KB062307

로크미디어가
유혹하는
재미있는 세상

ROK
MEDIA
로크미디어

싱크

싱크 16

2017년 5월 17일 초판 1쇄 인쇄
2017년 5월 22일 초판 1쇄 발행

지은이 현민
발행인 이종주

기획 팀 이기헌 송윤성 왕소현
책임 편집 이세종

발행처 (주)로크미디어
출판등록 2003년 3월 24일
주소 서울시 마포구 성암로 330 DMC첨단산업센터 3층 314호
Tel (02)3273-5135 Fax (02)3273-5134
홈페이지 rokmedia.com E-mail rokmedia@empas.com

© 현민, 2015

값 8,000원

ISBN 979-11-6130-853-1 (16권)
ISBN 979-11-255-8684-5 04810 (세트)

싱크

16

† 현민 게임 판타지 장편소설 †

ROK
MEDIA

로크미디어

CONTENTS

수왕진 발동

땅이 흔들렸다.

이곳은 정말이지 지진이 지겹도록 온다. 속이 울렁거리고 멀미가 날 지경이었다.

안진후는 팔짱을 끼고 마법진을 노려보았다. 왜 토끼가 반쪽만 사라졌는지, 그 반쪽은 어디로 갔는지 알아내기 위해서였다.

복잡한 세부 사항은 무시했다. 마법진을 이루는 세 가지 중요한 부분에 집중했다.

마력을 투입하는 곳, 즉 주마라 불리는 부분에는 문제가 없다. 이곳이 삐걱거렸다면 마력이 주입되지 않았을 테고 토끼는 그대로였을 것이다.

변마 구획은 의심스럽지만 딱히 수상한 곳을 찾기 어려웠다. 마력의 성질을 바꾸어 웜홀 같은 아공간 통로를 여는 데 필요한 마력 변환의 메커니즘은 자신도 모른다. 기존에 알고 있던 부분을 가져왔을 뿐이다.

여기 문제가 있다면…… 아예 이 시도를 접어야 한다.

마지막 발마 구획은 여전히 정리되지 않았다. 마법을 실제로 발동시키는 부분은 너무나 복잡해서 천재적인 두뇌로도 겉핥기에 그칠 뿐이었다.

"……아, 짜증 나."

땅이 또 흔들렸다.

짜증은 몇 배로 커졌다.

그때, 딛고 선 땅이 툭툭 갈라졌다. 가느다란 선이 쩍쩍 소리를 내며 뻗어 나갔고, 한쪽이 아래로 꺼지는 바람에 안진후는 하마터면 넘어질 뻔했다.

안진후는 윤태희를 찾았다. 보이지 않았다. 아무래도 사냥을 나간 모양이었다. 구선희는 오유선의 손목을 잡고 이곳으로 달려오는 중이었다.

두 여자가 갑자기 사라졌다.

푹 꺼진 바닥으로 떨어진 것이다.

안진후는 이그드라실의 뿌리를 뽑아냈다.

20미터나 늘어난 뿌리는 땅바닥에 깊이 박혔다. 늘어난 줄자가 원래 상태로 돌아가듯 뿌리가 줄어들면서 안진후는 빠른 속도로 이동할 수 있었다. 그런 방식으로 순식간에 두 여자가 있던 곳에 도착했다.

다행히 5미터 아래에 있었다.

오유선은 발목이 접질렸는지 주저앉았는데, 구선희가 그 위를 몸으로 덮어 혹시 모를 사태를 대비하고 있었다.

안진후는 뿌리로 두 사람을 휘감아 밖으로 끌어냈다.

다행히 지진은 잦아들었다. 그렇다고 두려움이 사라지진 않는다. 어쩌면 진짜 지진은 아직 시작되지 않았는지도 모른다.

구선희가 오유선의 발목을 살폈다. 조금씩 부어오르고 있었다.

"다들 괜찮아?"

꽤 멀리서 들린 목소리.

윤태희가 달려오는 중이었다.

안진후는 안도의 한숨을 내쉬었다.

이런 규모의 지진이 서울을 덮쳤다면 내진 설계와 거리가 먼 낡은 건물은 폭삭 무너졌을 테고, 그로 인해 전기, 가스에 문제가 생기면서 화재가 곳곳으로 번져 나갔을지도 모른다.

도로는 마비되고…… 사람들은 지옥을 경험할 것이다.

어떻게든 막아야 한다!

윤태희에게 구선희, 오유선을 맡긴 안진후는 마법진이 있는 곳으로 이동했다.

다행히 발마 구획만 약간 뒤틀려 있었다.

대자연의 심술로 망가진 부분을 고치려는데…… 눈이 휘둥그레졌다. 바로 그 부분이 문제였던 것이다.

1분도 못 되어 안진후는 토끼 반쪽이 어디로 가 버렸는지 깨달았다.

5분 만에 마법진 수정이 끝났다.

안진후는 완벽하다고 확신했다. 그러니 테스트를 해야 한다. 힐끔 윤태희와 구선희를 쳐다봤다. 오유선은 멀리서 봐도 언제 닥칠지 모르는 지진 때문에 두려워하는 모습이 확연했다.

평소였다면 토끼 한 마리 잡아서 시험을 했을 것이다. 하지만 당장이라도 지진이 일어나 마법진을 송두리째 파괴할지도 모르는 상황이 아닌가.

안진후는 중간 단계를 생략했다.

코어를 꺼내어 주마 구획에 놓은 그는 발마 구획으로 이동했다.

몸이 부르르 떨렸다. 조금이라도 자신이 틀렸다면…… 반으로 쪼개진 토끼 신세가 될지도 모른다. 당장 마법진 밖으로 뛰어 나가고 싶었지만 숨을 헐떡거리면서도 참았다.

바로 그 순간 머릿속으로 '매드 사이언티스트'라는 말이 생각이 났다.

미치광이 과학자!

그래, 나는 매드 사이언티스트다!

마법진이 웅웅 소리를 냈고 곧 섬광까지 토해 냈다. 그 강렬한 빛이 안진후를 에워싼 순간, 몸이 늘어나는 느낌이었다. 세상도 뜨거운 엿가락처럼 질질 길어졌다.

그러다 갑자기 무지개 빛깔로 알록달록한 구멍으로 떨어지는 자신을 발견했다.

김현이 애용하는 스킬 현섭과 비슷하다는 사실을 뒤늦게 알아차렸다.

'서, 성공이야.'

그 희열은 금세 끝났다.

차원의 통로로 이동하는 것 자체는 중요하지 않다. 어디에 도착하느냐, 제대로 도착하느냐가 훨씬 중요했다.

안진후는 얼른 몸을 확인했다. 반쪽은 아니었다.

그 찬란한 통로는 나타난 것처럼 순식간에 사라졌다.

쿵!

엉덩방아를 찧은 안진후는 '이크!' 소리를 내고 말았다.

고통을 억누르며 주위를 살피는데…… 작은 방이었다. 그리고 바로 옆에는 침대가 놓여 있는데, 바닥에 주저앉은 상태라서 누가 누워 있는지 비어 있는지 알 수 없었다.

시선이 느껴졌다.

천천히 고개를 돌린 안진후는 권총으로 자신을 겨누는 여자를 발견했다. 눈에 익은 여자였다.

안진후는 눈물을 흘릴 뻔했다.

"체리."

"……다, 당신, 누구야?"

안진후는 깨달았다. 이 여자는 지금 자신의 얼굴을 모른다. 벨란데르라는 페플 캐릭터만 봤을 테니까.

"벨란데르."

"서, 설마 안진후?"

"맞아. 내가 바로 안진후야."

안진후는 김현이나 여기 머물렀던 박용준, 라이언 등이 자신에 대해 이야기를 했다는 사실을 깨달았다.

"어, 어떻게 여기에 온 겁니까?"

체리는 권총을 내렸다.

겨우 몸을 일으킨 안진후는 얼마나 힘겹게 찾아왔는지 설명하려다 침대에 누워 있는 친구를 발견했다. 불길한 생각이 머리를 스쳤다.

"푹 쉬면 깨어날 거예요."

체리가 말했다.

안진후는 길게 숨을 내쉬었다. 만약 자신이 늦은 거라면 무능력으로 시간을 지체했다는 사실 때문에 평생 후회했을 것이다.

김현을 내려다봤다. 마음이 포근해지는 느낌이었다. 이 녀석을 만나러 오기를 잘했다는 생각이 들었다.

그때, 눈꺼풀이 열렸다.

"……진후?"

"나야, 나."

"꿈을 꾸다가 깼는데 또 꿈이네. 진짜 리얼하다."

다시 눈을 감는 김현.

"하하, 하하하."

안진후는 도저히 웃음을 참을 수 없었다.

팔을 들어 손등으로 눈을 비빈 김현은 그제야 꿈이 아니라는 사실을 알았다.

"너, 뭐야?"

"널 도우려고 이 형님이 오신 거지."

"진짜?"

안진후는 페플 코어를 통해 이곳으로 넘어올 수 있었으며, 노관장과 황철호 등 사람들과 함께 왔다는 사실을 알렸다.

억지로 몸을 일으키다 신음을 흘렸지만, 김현의 얼굴은 밝게 빛나고 있었다.

"사부님이 오셨어? 어디 계신데?"

"지하에. 이 세계에 대해서 알아보고 성질석도 확보하려고 내려가셨어. 물론 혼자는 아니야. 철호 아저씨와 다른 사람들도 함께 있어."

안진후는 진세진과 악마 타프에 대해선 말하지 않았다. 나중에 직접 보는 게 훨씬 이해가 빠를 터였다.

체리는 김현의 마음을 읽은 것처럼 시원한 물을 건넸다. 물을 마신 김현은 한결 좋아 보였다.

안진후는 두 사람이 아주 잘 어울린다고 생각했다.

"아까 놀랐지?"

"뭐가?"

"토끼 반쪽. 내가 실수로 보낸 거였어."

"……토끼라고요?"

체리였다.

"공간 이동 마법진은 처음이라서 실수가 좀 있었어. 놀랐다면 미안해."

"그, 그게 아니라…….."

체리의 얼굴이 하얗게 질렸다.

"왜 그래?"

김현이었다.

체리가 재빨리 설명했다. 드래곤 비디타스가 그 토끼 반쪽을 보낸 놈을 찾아냈을 뿐 아니라 제거하기 위해 움직였다는 이야기였다.

안진후는 눈살을 찌푸렸다.

드래곤이라니.

김현의 안색이 변했다. 침대에서 일어난 그는 다가와 안진후의 손을 잡았다.

"간다."

"어디로 가……."

현섬이 두 사람을 덮어 버렸다.

그 무지갯빛 통로를 둘은 날고 있었다. 통로는 곧 끝났고, 주위는 캄캄해졌다.

쾅!

어마어마한 불덩이가 공간을 가르며 날았다.

퍽.

노관장이 뛰어올라 발로 걷어차자 그 불덩이는 지하 동굴의 벽을 때렸다. 타오르는 불길은 벽에 달라붙어 한참을 타다가 조금씩 사그라들었다.

안진후는 입을 쩍 벌렸다.

노관장이 저렇게나 강한 사람이었다니.

더 놀라운 건, 호리호리한 엘프의 힘이었다. 적어도 5서클 이상으로 보이는 마법을 숨 쉬듯 계속 펼치는 중이었다.

다행히 대략 40미터가량 떨어져 있었기 때문에 직접적인 마법 위력에서는 벗어나 있었다.

김현이 어지러운지 조금 비틀거리다가 바닥에 앉았다.

"괜찮아?"

"좀 쉬면 좋아질 거야."

안진후도 자리를 잡았다.

머뭇거리던 김현이 입을 열었다.

"어……머니는 잘 계셔?"

"어, 아주 잘 계셔."

안진후는 마음이 아팠다.

김현에겐 엄마가 유일한 가족이다. 그냥 헤어진 게 아니었다. 기억 자체가 사라졌으니, 그 심정은 상상조차 할 수 없었다.

"고맙다."

"……내가 뭘. 근데 안 말릴 거야?"

안진후는 점점 더 격렬해지는 싸움을 가리켰다.

"비디타스도 알고 있어, 사부님이 크립테아 놈이 아니라는 걸. 그리고 둘 다 즐기고 있어. 제대로 된 상대를 아주 오랜만에 만났으니까 어중간하게 그만두고 싶지 않은 거지."

안진후는 친구를 쳐다봤다.

김현은 호기심 가득한 눈으로 노관장과 드래곤의 싸움을 관찰하고 있었다.

"사실은 여기 온 이유가 하나 있어."

안진후는 지진 이야기를 꺼냈다. 여기 뎁스 파이브의 세계에서 일어난 충격이 이그드라실을 거쳐 현실에도 영향을 준다는 사실을 알렸다.

잠깐 말이 없는 김현.

안진후는 친구의 말을 기다렸다.

"……그러니까, 엘루마뿐 아니라 서울도 위험해졌다는 거네."

"맞아."

"나도 할 말이 있어."

김현은 안진후에게 크립테아가 어떤 집단인지, 지금 무슨 일을 벌이고 있는지 설명했다. 그리고 크립테아에 설치된 초대형 마법진을 무너뜨려야 이 사태가 끝나며, 그 방법에 대해서도 자세히 알렸다.

"우리가 제때 왔구나."

드래곤은 시간의 장벽으로 내려갈 수 없다. 그러니 노관장, 황철호 등이 나서야 한다.

안진후는 기분이 좋아져 실실 웃었다.

"타이밍이 기가 막혀."

"시간의 장벽, 보고 싶다."

"그럼 봐야지."

앉은 자세 그대로 김현이 안진후의 손을 잡고 현섬을 펼쳤다.

현기증으로 몸이 힘들었지만, 오로라처럼 빛나는 시간 장벽을 보자 안진후는 할 말을 잃었다.

앞으로 다가가 손을 뻗었다. 손가락 끝에 닿는 감촉이……
굉장히 이상했다. 한없이 얇은 비단이 손가락을 사락사락 건드는 느낌이랄까.

"그 너머에 크립테아 군대가 진을 치고 있어."

김현은 땅바닥의 흙을 끌어 올려 지하 세계 크립테아의 구조를 보여 주었다.

안진후는 그 내용보다…… 흙을 자유자재로 다루는 능력에 깜짝 놀랐다.

'이 녀석, 대체 얼마나 강해진 거야? 용준이에게 대충 듣긴 했지만 이렇게나 달라졌을 줄은 생각도 못 했어.'

그때, 다시 땅이 흔들렸다.

안진후는 지상에 있을 윤태희 등에 대해 알렸다.

"난 여기서 기다릴게."

현섬으로 자신을 데려갈까 봐 선수를 쳤다. 구역질을 겨우 참고 있었던 것이다.

피식 웃은 김현이 사라졌다.

잠시 후, 김현이 나타났다.

"사람들은?"

"체리에게 맡겼어."

안진후는 김현의 얼굴을 살폈다. 여전히 평온했다. 사람들을 여럿 데리고 현섬을 펼쳐도 전혀 무리가 되지 않을 만큼 강해진 것이다.

"철호 사형 보러 갔다 올게."

"그래."

안진후는 시간 장벽에 집중했다.

시간에 대한 온갖 물리학 이론, 가설이 머릿속으로 떠올랐다. 시간이 고정적이라는 믿음은 깨진 지 오래였다. 빛의속도로 이동하면 시간은 흐르지 않는다는 이야기는 초등학생도 알 만큼 유명했다.

저 장벽에 깃든 마법을 물리학으로 설명할 수 있을까? 안진후는 해 보고 싶었다. 그 일부라도 소화할 수 있다면 지구의 과학자들에게 개벽 같은 충격을 줄 수 있을 것이다.

장벽을 자세히 뜯어보았다.

페플 마인드에 의해 갇혔던 그 방의 벽처럼 특정한 각도로 들여다보자…… 아주 조그만 마법진 기본 요소가 눈에 띄었다.

콤미투오와 액토, 테르미였다.

그 외에는 대단히 낯선 것들이 뒤섞여 있는데, 그 방식은…… 상상을 초월했다.

2차원 평면이 아니었다.

3차원 입체였지만, 그것만으로는 부족했다.

"뭐야? 살아 있잖아."

촘촘하게 쌓아 올린 3차원 입방체는 때로는 담 넘어가는 구렁이처럼, 때로는 사냥감을 향해 내리꽂히는 맹금처럼, 때로는 이끼처럼 집단을 이루며 움직이고 변화하는 중이었다.

이런 마법진은 처음 봤다.

분석 자체가 불가능했다.

지금 저 마법진을 분석해 봐야 시시각각 달라지기 때문에 시도 자체가 의미 없게 된다.

파란 하늘이 전부라고 생각했다가 그 너머 우주를 처음 본 듯한 기분이었다.

안진후는 시간 장벽이 얼마나 강력한 마법인지 깨달았다.

이런 마법진을 여기다 설치한 존재는 얼마나 대단할까? 이런 마법진을 지구에서, 서울에서 흉내라도 낼 수 있다면 어떤 일이 벌어질까?

안진후는 상상의 나래를 펼쳤다.

일정 구역을 시간이 느리게 흐르는 '슬로 존Slow Zone'으로 만들 수 있다면, 그 범위를 늘릴 수 있다면 세상은 급변할 것이다.

일단, 수명이 늘어난다.

농업 생산성이 몇 배로 증가할 것이다. 다른 제조업 역시 마찬가지일 것이다.

물론 혼란도 뒤따를 것이다.

슬로 존에 모두가 들어가지 못한다면, 특권층의 전유물이 될 가능성도 높다. 그 불만으로 세상은 불안에 시달리다가 어쩌면 전쟁이 터질지도 모른다. 한번 시작된 도화선은…… 세상을 불태워 버린 후에야 그칠 것이다.

안진후는 이 세계 피플에 대해 깊은 두려움을 느꼈다.

엘프 벨란데르로서 경험한 피플은 중세의 세계에 마법을 살짝 가미한 수준이었다. 오래전에 그 수준을 벗어나 최첨단 과학으로 지구를 수백 번이나 파괴할 만큼의 힘을 보유한 인류에게 페플은 저항조차 힘들 거라고 내심 생각했다.

하지만 시간 장벽……은 현대 과학은 흉내조차 내지 못하는 마법이었다.

이런 마법진을 설치한 존재가 지구로 넘어올 수 있다면 어떤 일이 벌어질까? 그런 존재에게 핵폭탄이 통할까? 전쟁이 벌어진다면 항공모함, 잠수함, 전투기 등으로 승기를 잡을 수 있을까?

일렁이는 공간을 뚫고 사람들이 나타났다.

황철호, 진세진 그리고 악마 타프였다. 셋은 얼굴을 찡그릴 뿐 허리를 꺾어 속에 든 것을 게워 내진 않았다.

그들 역시 안진후처럼 시간 장벽을 보자 입을 쩍 벌렸다.

"나는 사부님께 갔다 올 테니까, 앞으로 뭘 하게 될지 설명해 줘."

김현이 부탁했다.

안진후가 고개를 끄덕이자 녀석은 사라졌다.

안진후는 황철호 등을 모았다. 그리고 시간 장벽에 대해 알렸고, 그 너머에 무엇이 있는지도 설명했다.

경악, 희열, 기대, 두려움 등이 교차되는 그들의 얼굴이 안진후에겐 일종의 안도로 다가왔다. 그들 역시 충격을 받았기 때문이다.

황철호가 물었다.

"태희 씨는?"

"곧 만나게 될 거예요."

몸을 돌린 안진후는 시간 장벽으로 다가가 좀 더 자세히 살피기 시작했다.

온몸의 세포가 하나하나 숨 쉬고 있었다.

40대 중반, 경지에 다다른 이후, 지금처럼 전력을 다해 누군가와 싸워 본 적은 없었다. 대련이든 싸움이든, 항상 배려하면서도 상대가 눈치채지 못하도록 신경을 써야 했다.

짜릿한 승부의 순간은 과거의 추억이 되고 만 것이다.

그 갈증은 페플 커넥터 덕분에 조금은 해소되었다. 페플에 접속하여 무시무시한 몬스터와 싸워서 이길 때마다 쾌감 덕에 젊어지는 기분이었다.

하지만 여전히 부족했다.

어쩌면 그 때문에 안진후를 따라서 이곳으로 넘어왔는지도 모른다.

그 결핍, 이제야 메꿔졌다.

정신과 몸이 완전한 흥분으로 가득 차오른 것만 같았다.

뎁스 파이브 또는 만계라 불리는 이 세계로 넘어온 이후, 능력이 몇 배로 증가했다. 서울에서는 머릿속으로 상상만 할 수 있었던 스킬도…… 여기서는 너무나 쉽게 펼쳐졌다.

안진후는 자연스러운 현상이라고 설명했다. 노관장뿐 아니라 황철호, 구선희 등도 비슷한 변화를 겪었다.

그 증가된 힘을 온전히 펼치려면 막강한 상대가 필요하다. 바로 그 녀석이 눈앞에 있었다.

노관장은 괴물을 향해 달려들며 무릎을 세웠다. 천무도의 공격법 표슬이었다.

상대는 예상 못 한 방위로 몸을 틀더니 붉은 손으로 노관장의 어깨를 덮쳤다.

손이 닿기도 전에 옷이 타기 시작했다. 그 부분을 찢어 던지며 운중으로 물러났지만 상대는 그림자처럼 따라붙었다.

노관장은 삼결고로 놈에게로 돌진했다. 이 어깨 공격에 닿기만 해도 튕겨 나갈 것이다.

'허! 충격을 흡수해 버리다니!'

감탄할 여유는 없다.

상상도 못 했던 공격이 쏟아졌다. 불덩이는 회피 동작을 무시하며 따라왔고, 기다란 불화살 수십 개가 날아와 몸을 노렸다. 기의 그물 투라를 펼쳐 불화살을 막고 중타추로 불덩이를 튕겨 내면서도, 노관장은 상대에게서 눈을 떼지 않았다.

점점 몸이 뜨거워졌다.

평소 쓰지 않던 무술이 저절로 흘러나왔다.

막천무가 시작되었다.

몸은 마음을 좇았다.

천무도 최강의 무공 중 하나인 막천무는…… 원한다고 펼칠 수 있는 무공이 아니었다. 내부에서 투지를 이끌어 낼 만큼 상대가 강하거나…… 그만큼 급박한 상황이어야 흘러나온다.

팔꿈치로 후려친다.

발끝으로 내리찍는다.

주먹을 내질렀다가 손을 펴며 손바닥으로 쳐올린다.

막천무는 격렬한 춤인 동시에 부드럽게 이어지는 무공이었다.

막내 제자가 눈에 들어왔다. 저 멀리 널찍한 바위에 앉아 여유롭게 구경하고 있었다. 치열하지만 서로의 목숨을 뺏기 위한 싸움이 아님을 저 녀석은 알고 있었다.

"나는 현기명이오."

노관장이 먼저 말했다.

"비디타스."

통성명을 하면서도 두 사람은 싸움을 멈추지 않았다.

아니, 오히려 강맹한 공격과 아슬아슬한 회피술, 너무나 견고해서 뚫을 수 없는 방어 기술이 둘에겐 더 진실한 대화였다.

말로는 상대를 속일 수 있다.

몸으로는 거짓말이 불가능하다.

힘은 말 몇 마디로 모이지 않는다. 힘은 매 순간 치열하게 쌓아 올려야 한 줌이라도 자기 것으로 만들 수 있다. 그런 힘의 구조물이 강함의 근원이다.

천무도의 후계자는 이전 계승자의 내공은 물론 갖가지 경험까지 함께 잇는다. 그렇기에 차원이 다른 힘을 소유할 수 있을 뿐 아니라, 무공의 지평 역시 확대된다.

한 사람이 평생 걸려도 도달할 수 없는 수준이었다.

그렇다면 비디타스라는 녀석도 천무도처럼 대를 이어서 힘을 전달하는 경우일지도 모른다.

두 사람은 동시에 물러났다. 그런 타이밍을 입으로 꺼낼 필요는 없었다.

김현이 다가왔다.

"이분은 제 사부님이십니다. 이쪽은…… 비디타스, 드래곤입니다."

노관장은 비디타스를 빤히 쳐다봤다. 자신이 아는 드래곤과는 전혀 닮지 않았다.

"지금은 변신 상태입니다. 원래는…… 훨씬 큽니다."

김현이 설명했다.

노관장은 할 말을 잃었다. 변신?

김현 덕분에 페플이라는 가상현실을 즐겼고, 지금은 커넥터가 아니라 실제로 기묘한 세계로 넘어왔다.

이 정도로 놀라선 안 된다.

앞으로 더 재미있는 것이 튀어나올 테니까.

현기명은 자신도 모르게 씨익 웃었다.

비디타스 역시 미소를 지었다.

김현이 비디타스에게 설명을 시작했다. 반쪽 토끼가 온 이유에 대해서, 안진후가 사람들을 데리고 여기로 온 목적에 대해서도.

"가시죠."

김현이 손을 내밀었다.

노관장은 비디타스를 쳐다봤다.

대화는 이제 막 시작했다. 지금 끝내면 무척이나 아쉬울 것이다.

다행히 드래곤 역시 노관장과 같은 생각인 듯했다.

비디타스가 김현을 쳐다봤다.

"너 먼저 가거라."

"네?"

"저 사람과는 할 말이 있다."

그 의미를 이해한 김현은 현섬으로 사라졌다.

노관장은 비디타스를 쳐다봤다.

두 사람은 동시에 움직였다.

갑자기 사람 수가 두 배로 늘었다.

다행히 어색한 분위기는 금세 사라졌다. 원래 여기 있던 사람들의 중심이었던 김현과, 이곳으로 온 사람들의 대장 격인 안진후가 절친이었기 때문에 매끄럽게 서로를 받아들이게 되었는지도 모른다.

물소 한 마리가 통째로 구워지고 있었다. 사람들은 그 근처에서 마음껏 먹고 마시며 이야기를 나누었다.

스노빈은 약간 떨어진 곳에서 사람들을 관찰했다.

가장 눈에 띄고 신기한 조합은…… 모두가 힐끔거리는 두 사람이었다.

김현의 사부와 드래곤 비디타스.

할 말이 그렇게나 많은지 둘은 그림자처럼 붙어 다녔다. 감히 비디타스에게 다가가 말을 걸 강심장의 소유자는 없기 때문에 더 도드라졌다.

지나가면서 얼핏 들었는데, 그 노인도 김현처럼 드래곤에게 막말을 했다. 놀라운 건, 드래곤 역시 그 험한 말을 자연스럽게 받아들인다는 점이었다.

김현은 안진후와 함께 어디론가 사라졌다. 아마도 시간 장벽 때문일 것이다.

황철호라는 이방인은 추광대주 트로얀과 이야기를 주고받았고, 윤태희는 체리, 세르프 옆에 앉아 있었다. 간간이 웃음이 터졌는데 아주 보기 좋았다.

유독 뚝 떨어진 두 사람이 눈에 들어왔다.

이름이 뭐였더라.

그래, 진세진과 오유선이었다.

진세진은 음침한 남자였다. 눈치를 보니 이곳으로 온 사람들과도 친분이 거의 없는 듯했다. 항상 예리한 눈으로 쳐다보는데 느낌이 좋은 사람은 아니었다.

현자 스노빈의 관심을 독차지한 인물은 바로 오유선이었다. 다른 이방인들은 깜짝 놀랄 만큼 강한 데 반해 오유선은 경악할 만큼 허약했다. 이런 곳에는 올 생각도 말아야 할 사람이라고 처음엔 생각했다.

하지만 오유선에게서 굉장히 무겁고 낯선 망량의 기운을 느낀 후, 생각이 달라졌다.

스노빈은 그 여자에게로 걸어갔다.

"날씨 참 좋죠?"

"아, 네."

"미래를 예측한다는 이야기를 들었습니다."

"……그건 장군님이 알려 주시는 거라서, 마음대로 알 수는 없어요. 어?"

수줍어하던 여인이 눈을 동그랗게 뜨고 스노빈을 쳐다보았다. 찬찬히 뜯어볼 뿐 아니라 현자 주위를 맴돌았다.

이 여자도 스노빈에게 묶인 망량을 느낀 것이다.

"와, 대단해요. 불도 있고, 바람도 있네요."

"이계엔 당신 같은 사람들, 많나요?"

싱크

"꽤 있는데, 대부분 가짜예요. 그 때문에 장군님, 선녀님이 화를 내세요."

스노빈은 몇 가지 질문을 더 던졌고, 오유선은 아는 범위 안에서 솔직하게 대답했다.

그는 이계가 어떤 곳인지 조금은 알 수 있었다.

마법이나 무공 같은 힘이 존재하지 않는 곳이 정상인 세계였다. 대신 과학이라 불리는 지식의 힘이 모든 것을 지배하는 곳이 바로 이계였다.

진짜로 놀란 건, 정치체제였다.

"당연히 투표로 뽑죠. 지난번에 뽑은 국회의원은 정말 재수가 없어요. 다음엔 갈아치워야 해요. 이렇게 보여도 저, 꽤 유명해요. 사람들에게 크게 떠들면 그 국회의원 배지 떨어뜨릴 수 있어요."

오유선의 말에는 낯설거나 이해하기 힘든 대목이 많지만, 한 가지는 확실했다.

보통 사람이 권력을 쥔 자를 끌어내릴 수 있다는 것.

그 방식이 도입된다면 혈통을 기반으로 권력이 유지되는 이 세계와는 완전히 다른 풍경이 펼쳐질 것이다. 국왕이 오히려 백성을 무서워하게 될 것이다.

이게 얼마나 과격하고 위험한 생각인지 곧 깨달았다.

입으로 내뱉자마자 왕실이 발칵 뒤집힐 테고, 근위기사단이 잡으러 올지도 모른다.

오유선도 스노빈에게 질문을 했다.

스노빈 역시 솔직하게, 최대한 자세히 알려 주었다. 현자의 의도와 상관없이 오유선은 가끔 웃음을 터트렸다.

"뭐가 그렇게 재밌어요?"

윤태희가 다가와 오유선 옆에 앉았다.

"이분 참 말씀을 잘하셔. 재미도 있고."

오유선의 말에 스노빈은 미소 지으며 고개를 숙였다.

세련된 말투는 아니지만 오유선은 순수하고 맑아서 마음이 들여다보이는 사람이었다.

"윤태희예요."

스노빈은 윤태희를 본 순간, 충격을 받았다. 저 눈빛······ 이 머릿속으로 파고드는 느낌이었다. 마치 자신이 무슨 생각을 하는지 속속들이 아는 것만 같았다.

윤태희의 눈빛이 흔들렸다.

그 순간, 스노빈은 깨달았다.

'독심술이다!'

"미안해요. 몰래 생각을 엿보려는 의도는 아니에요. 마음을 읽을 수 있는데, 이게 아직 통제가 안 되네요."

표정과 목소리에서 진정성이 느껴졌다.

"제가 좀 도와 드릴까요?"

스노빈은 언젠가 계약을 맺었지만 머릿속이 복잡해서 잠이 오지 않을 때나 불러냈던 망량 각충을 소환했다.

보통 사람 눈에는 보이지 않는데, 오유선은 단번에 알아보더니 겁을 집어먹었다.

"괜찮아요. 아주 순해요."

스노빈은 개미를 닮은 거미를 윤태희의 어깨에 올려놓았다. 각충의 더듬이가 하얀 목에 닿자, 윤태희의 눈이 커졌다.

"아! 안 들려요!"

스노빈은 빙긋 웃었다.

현자 집단 호지센은 잡생각, 망상은 외부에서 들리는 소음 같은 것이라고 간주한다. 스노빈이 볼 때 윤태희는 그 소음을 유달리 잘 듣는 사람이었다. 밀려드는 쓸데없는 생각을 막아 주는 각충이라면 윤태희에게 꽤 도움이 될 것이다.

"정말 고마워요."

"간단한 일이었습니다."

스노빈은 윤태희를 통해 좀 더 깊이 이계에 대해 알 수 있었다.

윤태희는 오유선과는 비교도 할 수 없을 만큼 뛰어난 화술의 소유자였다. 질문 하나를 던지면 훨씬 풍부한 대답이 돌아왔다.

새로운 지식을 흡수한다는 건 언제나 즐겁다.

하지만 스노빈은 더 많이 알게 될수록…… 더 마음이 무거워졌다. 자신이 태어나고 자란 세계와 지구라 불리는 이계는 달라도 너무 달랐다.

최근 잠잠하지만 중명 제국과 레나르카 왕국 사이의 전쟁은 여전히 진행 중이었다. 수십 년 동안 이어진 전쟁의 발단은 너무나 어이없는 일이었다.

중명 제국 출신 무인과 레나르카 왕국의 마법사가 무공과 마법 중 어느 쪽이 우월한지 내기를 한 것이다.

목숨을 건 대결에서 무인이 겨우 마법사를 이겼다. 거기서 결투가 끝났다면 무마 전쟁, 또는 마무 전쟁이라 불리는 거대한 소용돌이는 시작되지 않았을지도 모른다.

그 무인은 신음을 흘리는 마법사의 얼굴을 짓밟고 손가락을 잘랐으며, 심장을 도려내는 만행을 저질렀다.

레나르카의 마법사들이 분개하여 그 무인을 찾아내어 배로 갚았을 뿐 아니라, 내기와 상관없는 무인 백 명을 찾아가 복수를 했다.

복수의 범위는 넓어졌고, 그건 대규모 전쟁으로 발전했다.

현자로서 그 전쟁을 깊이 들여다본 적이 있었다. 왜 사소한 다툼이 그런 대전쟁으로 번졌을까? 곰곰이 생각해서 내린 결론은…… 언젠가 터질 전쟁이었다는 것이다.

중명 제국과 레나르카 왕국은 너무나 달랐다. 특히, 무공을 숭상하는 중명은 국왕부터 마법사인 레나르카를 이해할 수 없었고, 레나르카 역시 마찬가지였다.

그 다름이 전쟁의 원인이었다.

그 격차가…… 여전히 전쟁이 계속되는 이유이기도 했다.

만약 이 세계와 이계 사이에 통로가 열린다면, 자유롭게 오갈 수 있게 된다면 어떤 일이 벌어질까?

무마 전쟁은 동네 아이들 싸움처럼 보일 만큼 치열하고 격렬하며 비참한 대규모 전쟁이 시작될 것이다.

제국과 국가의 전쟁이 아니라…… 세계와 세계의 전쟁.

스노빈은 자신도 모르게 몸을 떨었다.

지금 이곳은 평온하다. 엘프와 뱀파이어가 함께 웃고, 서로 다른 세계에 속한 사람들이 같은 고기를 먹으며 대화를 나누고 있다.

이런 분위기가 정상이라면 좋으련만.

현자로서 세상을 떠돌며 구경했기에, 오히려 이곳이 비정상임을 아주 잘 알았다.

다른 만큼 서로를 증오하기 마련이다.

다르다는 이유만으로 증오가 합리화된다.

그때, 김현과 안진후가 나타났다.

김현은 스스럼없이 드래곤에게 다가가 말을 걸었다. 그뿐 아니라 엘프, 드워프, 뱀파이어와도 편안하게 이야기를 주고받았다. 김현이 가기만 하면 웃음도 커지고, 유쾌한 분위기가 고조되었다.

스노빈은 깨달았다.

이 비정상의 원인이 바로 김현이라는 사실을.

김현이 여기 없었다면, 그 상태로 사람들이 만났다면 어떤 일이 벌어졌을까?

강한 만큼 사소한 차이도 그냥 넘기지 않고 따졌을 테고, 그러다가 충돌이 일어났을 것이다. 그러다가 한두 사람이 다치거나 죽는다면…… 다음은 전쟁이다.

드래곤만큼이나 강한 저 노인과 비디타스가 진심으로 싸운다면…… 나머지는 그 영향력에 휘말려 죽고 말 것이다.

어떻게 해야 할까?

일단 격차부터 줄여야 한다. 서로를 이해해야 한다. 이런 분위기를 넓혀야 한다. 되도록 많은 사람들이 이런 분위기에 익숙해지도록 만들어야 한다.

구체적인 실천 방법은?

스노빈은 답을 찾아냈다.

모두가 힘을 합하여 완성된 수왕진의 주마 구역으로 성질석을 옮겼다. 안진후 일행도 그 작업에 힘을 보탰다.

황철호가 이 많은 성질석을 어떻게 다 모았냐면서 감탄하자, 사냥으로 성질석을 확보한 사람들의 얼굴에 자부심이 어렸다.

"마지막은 자네가 하게."

대학사 요프람이 김현에게 큼지막한 수류석을 내밀었다.

그 성질석을 정확한 위치에 내려놓으면 수왕진 전체가 발동을 시작한다.

수류석을 받아 든 김현은 요프람을 쳐다봤다.

이 볼품없고 허약한 노인이야말로 수왕진 건설에 가장 큰 기여를 한 사람일지도 모른다. 요프람이 마법진을 정교하게 설계하지 않았다면 정령왕 소환은 꿈도 꾸지 못했을 것이다.

"그동안, 수고하셨습니다."

"내가 뭘 한 게 있다고."

소탈하게 웃는 대학사.

김현은 수왕진 안으로 들어갔다.

이 거대한 마법진을 건설하기 위해 도시를 무너뜨렸고, 잔해를 치웠으며, 땅을 파냈다. 그동안 어떤 일이 벌어졌는지 생생하게 기억났다.

한 걸음 한 걸음 묵묵하게 올라가다가 어느새 구름 위 산봉우리에 이르러 주위를 둘러보고 어떻게 여기까지 왔을까 의아해하는 것처럼, 김현은 깊은 홈을 건너며 어떻게 이런 마법진을 건설할 수 있었을까 생각해 봤다.

혼자였다면 엄두도 내지 못했을 것이다.

많은 사람들이 소매를 걷어붙이고 참여했다. 자기 일처럼 열정을 쏟아부었다. 이제 곧 물의 정령왕을 불러낼 저 거대한 마법진은 모두의 땀이 스며 있는 결과물이었다.

김현은 수류석을 내려놓을 자리 앞에 섰다. 긴장감으로 등이 뻣뻣했다.

한숨을 내쉰 그는 고개를 돌려 사람들을 쳐다봤다.

잔뜩 기대에 찬 눈빛.

휴우. 마음이 무겁다.

만약 실패한다면?

이제까지 잘 지내 왔기에 노골적으로 누군가를 비난하는 일은 없겠지만, 그동안의 고생으로 불만을 품는 건 매우 자연스럽다.

아마도 대학사 요프람이 표적이 될 것이다. 초대형 마법진을 설계했을 뿐 아니라 정령왕 소환과 관련된 성질석의 필요량을 결정한 사람이 바로 요프람이기 때문이다.

물의 정령왕이 성질석의 양을 문제 삼는다면 사람들은 자신도 모르게 요프람을 탓할 것이다.

그런 경우를 대비해 요프람이 계산으로 도출해 낸 성질석의 양에 50%를 추가로 확보했다.

사실 그 때문에 요프람은 자존심이 상했을 것이다. 공들여 계산한 결과를 믿지 않는다는 건, 바로 자신을 신뢰하지 않는 거라고 느꼈을 테니까.

자세한 설명 없이 김현은 50% 추가 결정을 밀어붙여서 관철시켰다. 그 때문에 마법진 건설 기간도 늘어났다. 아무런 설명도 하지 않았지만 지혜로운 요프람은 김현을 이해해 주었다.

쥐고 있는 푸르스름한 돌멩이에서 차갑고 무거운 기운이 흘러나왔다.

김현은 수류석을 그 자리에 내려놓으며 현섬을 펼쳤다.

단숨에 비디타스 옆으로 이동한 김현은 수류석에서 뻗어 나온 마력이 수왕진 전체를 깨우는 광경을 볼 수 있었다.

주마 구역이 웅웅 진동하기 시작했다.

성질석에서 흡수한 마력이 주마 구역을 뒤덮자, 곧 변마 구역이 작동을 시작했다. 울긋불긋 제각기 다른 색깔이 변마 구역에서 이리저리 섞이며 하나의 색깔로 바뀌기 시작했다. 그 색깔은 짙푸른 바다의 색과 닮았다.

거대한 마력의 바다가 발마 구역으로 몰려들었다.

번쩍.

수왕진 전체에서 섬광이 터졌다.

이어서 빛의 기둥이 하늘로 솟구쳤다.

구름까지 꿰뚫을 만큼 높이 올라간 강렬한 빛 때문에 주위가 갑자기 어두워진 느낌마저 들었다.

땅 자체가 크게 흔들린다고 생각한 순간, 갑자기 섬광이 사라졌다. 그리고 일식이라도 시작된 것처럼 어둠이 깔렸다.

그때, 푸르스름한 형체가 모습을 드러냈다.

공중을 올려다본 김현은 자유의여신상을 떠올렸다.

뉴욕에 있는 자유의여신상을 직접 본 적은 없지만, 워낙 영화에 자주 나와서 친숙했다.

점점 형체가 뚜렷해졌다.

김현은 입을 벌렸다.

푸른 바다가 소용돌이치며 만들어 낸 자유의여신상 같았다. 거대한 여신이 사람들을 내려다봤다. 정령왕의 그림자가 그들을 덮었다.

"나를 불러낸 게 너희인가?"

목소리에 깃든 거력 때문인지 공기 자체가 흔들리는 느낌이었다. 귀가 아니라 몸으로 듣는 것만 같았다.

마법진 이론뿐 아니라 정령에 대해서도 박학다식한 대학사 요프람이 앞으로 나섰다.

"위대한 정령왕이시여."

하지만 물의 정령왕 라도미르는 대학사를 힐끔 보더니 가볍게 무시했다.

한 사람씩 살피던 라도미르는 레드 드래곤을 알아보고는 흠칫 놀랐다.

"당신이 나를 불러낸 겁니까?"

"나는 구경꾼 자격으로 여기 있는 거니, 신경 쓰지 마십시오."

비디타스가 말했다.

이맛살을 찌푸린 라도미르는 한 사람씩 훑다가 김현을 내려다보며 멈췄다.

"당신이군."

사람들도 김현을 쳐다보았다.

김현은 머리를 긁으며 앞으로 나섰다. 주목을 받는 일, 즐기지는 않지만 그렇다고 피할 생각도 없다.

"이렇게 소환에 응해 주셔서 감사합니다. 저는 김현입니다."

"이방인이었군."

무시하는 듯한 말투였다.

요즘엔 이방인이라는 말을 들으면 조금 기분이 나빠진다. '너는 이방인이다.'라는 표현에 담긴 배척, 구분의 뉘앙스가 좀 더 예민하게 느껴지는데, 어쩌면 여기 아주 오랫동안 머무르고 있기 때문일지도 모른다.

김현은 라도미르를 올려다봤다.

"맞습니다. 저도 당신처럼 이방인입니다."

"……나처럼?"

"저처럼 당신도 다른 차원에서 온 거니까요."

라도미르가 김현을 빤히 쳐다봤다.

저쪽 뒤에서 김현을 지켜보던 비디타스가 고개를 흔들었다. 정령왕은 웬만한 드래곤보다 자존심이 세고 뻣뻣하니 되도록 고분고분하게 말해야 한다고 비디타스가 조언했었다.

김현은 괜한 말로 자존심을 건드린 게 아닌가 염려했는데, 정령왕의 딱딱한 표정이 조금 풀렸다.

"재미있는 관점이군. 어? 왜 당신 안에…… 그런 게 들어 있는 거지?"

라도미르가 허리를 굽혔다.

저 높이 있던 거대한 머리가 쑥 내려와 바로 5미터 지점에서 김현을 내려다보았다.

김현은 라도미르의 속눈썹까지 자세히 볼 수 있었다.

라도미르가 손을 뻗자 푸르스름한 액체가 다가와 김현을 제외한 사람들 모두를 휘감더니 30미터 밖으로 옮겼다.

자유의여신상처럼 거대했던 라도미르가 줄어들었다. 키가 2미터쯤 되는 모델처럼 보였다.

"자카리안의 기운이 어떻게 거기 있는 거지?"

라도미르의 손가락이 김현의 가슴에 살짝 닿았다.

김현은 아무 말도 하지 않았다.

"이방인의 가슴에 드래곤 로드의 하트가 있다니. 음, 예언이 성취되는 것인가."

이해하기 힘든 소리를 하는 라도미르.

김현은 수왕진의 주마 구역에 쌓여 있는 성질석을 힐끔 쳐다봤다.

정령왕의 소환 시간이 늘어날수록 성질석 소모량도 증가한다. 50%를 추가로 확보했다고 해서 모두의 피와 땀이 서린 성질석을 낭비할 수는 없다.

"부탁이 있어서 당신을 소환했습니다."

"말하라."

"크립테아의 수도 데알렘 지하에 거대한 마법진이 있습니다. 그 마법진을 파괴하고 싶습니다."

김현은 입술이 바짝 말랐다.

이 순간을 위해 오랫동안 땀을 흘렸고 던전을 훑으며 사냥을 해 왔다. 물의 정령왕이 '안 된다.'라고 말한다면 그 고생이 헛수고가 되고 말 것이다.

라도미르는 쌓여 있는 성질석을 지그시 쳐다봤다. 마치 저 성질석의 양이 부탁을 들어줄 만큼 되는지 계산하는 것만 같았다.

"알겠다."

그 말을 한 순간, 정령왕은 사라졌다.

천인대가 두두두 요란한 소리를 내며 거대한 마법진 주위를 달리고 있었다.

켄티르는 곡도, 즉 구부러진 칼을 들고 그 뒤를 쫓았다.

그는 조금씩 속도를 올렸다.

힐끔 뒤를 돌아본 놈들의 얼굴이 공포로 구겨졌다. 따라잡힌다고 해서 진짜로 죽일까 생각하던 놈들도 현실을 알게 되었다.

켄티르는 천인대의 1할, 즉 백여 명을 죽여 없앨 생각이었다. 그로 인해 나머지 9할이 하나로 뭉칠 수 있다면, 천인대 전체가 강해질 수 있다면 만족한다.

펜타가 옆으로 따라붙었다.

십인대 소속이었다가 켄티르와 함께 천인대 배속이 결정된 놈으로, 제법 머리가 돌아가는 녀석이었다. 켄티르는 펜타를 천인대장 직속 참모로 삼았다.

"간다."

"네, 천인대장님."

앞으로 내달린 켄티르는 그동안 훈련을 하지 않아 몸이 비대한 녀석의 목을 곡도로 내리쳤다.

놈의 비명에 천인대가 뒤를 쳐다봤다.

그들은 신임 천인대장이 소속 병사를 죽이는 모습을 보았다. 켄티르는 활짝 웃으며 또 다른 녀석의 등을 베었다.

이제 놈들에겐 두 가지 선택만 남았다.

분노에 사로잡혀 대장을 공격하거나, 공포를 원동력 삼아 훨씬 더 빠르게 도망치거나.

천인대장을 공격하는 순간, 놈들 모두가 크립테아의 반역자가 된다. 배신의 대가를 너무도 잘 알기에 놈들은 이전과는 비교도 안 되는 속도로 질주했다. 공포가 숨어 있던 잠재력까지 끌어 올린 것이다.

열에 하나를 죽이는 이 결정은…… 단순히 천인대를 강하게 만들려는 목적 때문만은 아니었다.

마그나타를 지키는 임무를 부여받은 천인대는 거의 전투에 노출되지 않았기 때문에 명령 체계가 엉망진창이었다. 놈들은 신임 천인대장을 깔봤다. 이전의 대장처럼 적당히 넘어갈 줄 알았던 것이다.

명령의 권위가 서야 조직은 움직인다.

권위를 세우는 가장 효과적인 방법은 죽음으로 인한 공포였다.

비명이 이어졌다.

천인대는 더 빨라졌고, 더 치열해졌다.

켄티르는 한꺼번에 죽이지 않았다. 초대형 마법진 마그나타를 한 바퀴 돌 때마다 한두 명씩 해치웠다.

서서히 조여드는 공포를 놈들의 머릿속 깊이 각인시킬 생각이었다. 신임 천인대장은 제대로 미쳐서 언제든 자신들을 죽일 수 있음을 뼛속 깊이 새기고 싶었다. 그래서 천인대 전체가 사소한 명령에도 목숨을 걸도록 만들고 싶었다.

다리가 후들거려 뒤로 처진 놈의 뒤로 곡도를 들고 다가가는데, 펜타가 불렀다.

"대장님!"

펜타는 공중을 손가락으로 가리켰다.

반사적으로 고개를 든 켄티르는 할 말을 잃고 멈춰 섰다.

켄티르뿐 아니라 천인대 중 예민한 녀석들도 질주를 끝냈다.

푸르스름한 여인이 검붉은 마법진 마그나타를 내려다보고 있었다.

천인대와 더불어 마법진 보호 임무를 맡은 마법사들 사이에 소동이 일었다. 귀가 밝은 펜타가 켄티르 옆으로 다가왔다.

"……물의 정령왕이라는데요."

"물?"

누군가 저 거대한 정령을 소환했다는 뜻이다.

물은 불과는 상극이다. 그렇다면 저 정령이 나타난 이유는 명확하다. 바로 마그나타를 파괴하려는 것이다.

켄티르는 재빨리 마그나타와 주변 지형의 구조를 머릿속으로 떠올렸다.

그때, 거인의 몸이 흩어졌고…… 물이 쏟아졌다. 순식간에 마그나타로 모여들던 마법사들을 휩쓸어 버린 그 물줄기는 마법진을 뒤덮었다.

치이이. 치치치.

허연 수증기가 시야를 막을 만큼 피어올랐다.

물의 양은 상상을 초월했다. 크립테아가 단 한 번도 겪지 못한 물난리였다. 이건 홍수의 범람이었다.

"천인대!"

켄티르가 소리쳤다.

놈들 모두가 켄티르를 쳐다봤다. 이 갑작스러운 상황에도 천인대는 명령을 수행할 준비가 되어 있었다.

"서남쪽 구덩이를 파내어 구멍을 뚫는다! 서둘러!"

그 구덩이 아래쪽으로 강이 흐른다.

지하의 강은…… 매우 깊고 광활한 곳까지 뻗어 있는데, 거대한 정령이 뿜어낸 물줄기를 거기로 보낼 수만 있다면 마그나타를 지킬 가능성도 조금은 높아질 것이다.

천인대는 마그나타의 서남쪽으로 달리기 시작했다.

켄티르도 질주했다.

땅이 흔들리는 느낌에 뒤를 봤더니 어마어마한 물이 마그나타를 채우고 있었다. 화염 마법진이 아래로 움푹 들어간 형태가 아니었다면 저 물은 이미 천인대를 덮쳤을 터였다.

"변신을 허락한다!"

잠시 후, 천인대 전체가 한꺼번에 변신을 감행했다. 그들 모두가 구덩이를 파기 시작했다.

거꾸로 박힌 거대한 쐐기를 떠올리게 하는 시간의 탑은 천천히 회전하고 있었다.

저 구조물은 볼 때마다 감탄을 자아낸다. 저렇게나 거대한 것이 스스로 움직일 수 있을까? 어떻게 시간의 장벽을 만들어 냈을까? 저런 걸 창조한 천도의 신족과 지상의 드래곤은 얼마나 강할까?

정신을 차린 쿠라프는 명령을 내렸다.

"서둘러!"

새까만 로브를 입은 마탑 칼리고크의 마법사들이 마스터의 셋째 제자를 보며 고개를 끄덕였다.

장벽 붕괴를 앞당기기 위해 데려온 노예들이 마법진 중앙에 섰다. 인간은 물론 엘프, 드워프까지 포함된 노예는 그 수가 백 명 이상이었다.

평소라면 이 정도 제물로 시간의 탑에 흠집조차 내지 못하겠지만, 마그나타라 불리는 화염 마법진의 공격 덕에 지금 시간의 탑은…… 붕괴 직전이었다.

만계로 내려가라고 사부님이 명령하기 전까지, 쿠라프는 시간 장벽에 대해서는 아는 바가 없었다.

칼리고크의 타워 마스터 블라크가 머리에 손을 올리자, 쿠라프는 즉시 크립테아와 시간의 탑에 대해 이해하게 되었다. 크립테아가 몬스터대전을 일으킨 장본인이며, 그런 세력과 마탑 칼리고크가 은밀히 손을 잡았다는 사실까지도.

쿠라프는 흥분했다.

그렇게나 중요한 일을 사부님이 자신에게 맡겼다는 건, 그만큼 신뢰한다는 증거였다.

뒤늦게 자신만 만계로, 크립테아로 내려가는 게 아님을 알아냈다. 둘째 사형 피덴 역시 시간의 탑 붕괴를 도우라는 명령을 받았던 것이다.

세 개의 탑 중 하나는 파괴되었다.

이제 두 개만 남았다.

누가 먼저 시간의 탑을 무너뜨리느냐에 따라 사부님의 평가는 달라질 것이다. 자신이 조금이라도 더 빨리 붕괴시킨다면, 사부님은 칼리고크의 차기 마스터 후보로 셋째 제자를 떠올릴지도 모른다.

그때, 시간의 탑을 공격하던 검붉은 마법진이 빛을 잃었다. 쿠라프는 눈살을 찌푸리며 크립테아의 마법사들을 찾아갔다.

"어떻게 된 거지?"

"……여기 문제가 아닙니다. 힘을 공급하는 마그나타에 문제가 생긴 것 같습니다."

마그나타는 크립테아의 수도 데알렘 지하에 설치된 초대형 마법진이었다. 화맥의 힘을 흡수하는 마그나타가 멈췄다? 혹시 사상 사이에 충돌이라도 생겼을까? 어쩌면 내전으로 규모가 커졌을지도 모른다.

그 순간, 쩌억! 꽤 큰 소리가 들렸다.

쿠라프는 눈을 의심했다.

시간의 탑 외벽에…… 금이 갔던 것이다. 번개 형태로 뻗어 나간 금에서 파편 같은 것들이 떨어지고 있었다.

그는 마음이 급했다.

시간의 탑은 복구 능력을 가지고 있다. 이대로 시간이 흐르면 저 틈도 사라지고 말 것이다. 마그나타에 문제가 생겼다니, 이 좋은 기회를 놓치면 여기 와서 보낸 시간만큼 더 머물러야 할지도 모른다.

쿠라프는 주위를 둘러보았다.

제물이 더 필요했다.

관점을 바꾸자 아주 적당한 제물이 눈에 들어왔다.

쿠라프는 히죽 웃으며 크립테아의 마법사들을 쳐다보았다. 그들은 그의 속내도 모르고 어색하게 웃음을 지었다.

방심한 놈들을 덮쳐서 제압하는 건 손쉬운 일이었다. 쿠라프는 그들까지 노예들 곁에 세웠다. 그제야 크립테아 놈들은 의도를 알아차리고 격렬하게 항의했다.

"크립테아의 황제 폐하께 그대들의 충성심을 반드시 알리겠다. 잘 가라."

흡수 마법진이 발동되었다.

쿠라프는 주먹을 꽉 쥔 채로 시간의 탑을 살폈다. 회복력이 빠를지, 흡수 마법진이 짜낸 파괴력이 빠를지는 곧 판명이 날 것이다.

쩍.

금이 더 커졌다.

쿠라프는 쾌재를 불렀다.

퍽!

탑 외벽 일부가 떨어지더니 아래로 떨어졌다. 서 있던 칼리고크 마법사 몇 명이 깔려서 죽었다. 드디어 시간의 탑이 무너지기 시작한 것이다.

쿠라프는 더 빠른 붕괴를 보고 싶었다.

주위에 있던 칼리고크의 마법사까지 잡아다가 흡수 마법진에 던졌다. 대의를 위한 결정이니 놈들 역시 마땅히 받아들여야 한다.

마법을 펼쳐 감히 마스터의 제자를 공격하는 놈들도 있었다. 쿠라프는 팔을 꺾고 다리를 부러뜨린 후 흡수 마법진으로 던졌다.

쾅!

웬만한 집처럼 커다란 덩어리가 추락했다.

"하하하."

그 굉음이 쿠라프에게는 음악처럼 들렸다. 흡수 마법진에서 생기가 빨리는 제물의 비명과 저주 역시 멋진 음악의 일부였다.

한번 시작된 붕괴는 점점 더 빨라졌다.

이윽고 탑 전체가 와르르 무너져 내렸다.

"하하하, 하하하하하."

쿠라프는 웃음을 참을 수 없었다.

플랜 B

산더미 같았던 성질석은 빠르게 사라지고 있었다. 물의 정령왕 라도미르가 성질석의 힘으로 저 지하 깊숙한 곳의 화염 마법진을 부수고 있다는 뜻이었다.

김현의 걱정은 단 하나, 성질석의 부족이었다.

현재 남아 있는 성질석은 대략 3분의 1이었다. 거듭 주장하여 관철시킨 50%의 추가 분량이었다. 만약 처음 계획 그대로 실행했다면…… 성질석이 모자라 수왕진은 저절로 작동을 중단했을 것이다.

김현은 입을 쩍 벌렸다. 계속 하품이 나왔다.

수왕진이 빛을 뿜으며 발동된 지 사흘째였다. 이렇게나 오래 걸릴 줄은 몰랐다. 물의 정령왕은 소환된 상태였다. 마그나타가 의외로 강해서 파괴하는 데 시간이 필요한지도 모른다.

눈꺼풀이 아래로 처졌다.

잠 한숨 자지 않고 수왕진 앞을 지켰다. 평소처럼 천부선공, 타케노프, 광현칠검보 등을 수련하면서도 마법진의 상태를 힐끔힐끔 살폈다.

체리, 윤태희 등 사람들이 쉬라고 말을 했지만 지금은 따를 수 없다. 마그나타가 무력화되었다는 이야기를 라도미르에게서 들은 후에 쉬면 된다.

책상다리 자세로 앉아 있던 김현 옆으로 안진후가 다가왔다. 털썩 앉아 버린 안진후가 말했다.

"계산은 정확했어."

그 의미를 알아차린 김현은 적잖이 놀랐다.

이 녀석이 천재라는 사실은 진작에 알고 있었다. 하지만 아무리 그래도 단 며칠 만에 대학사 요프람이 결정한 성질석의 양이 옳다는 결론에 도달할 줄이야.

"라도미르가 감당하지 못할 만큼 마그나타의 규모가 크다는 건가."

김현은 실망감을 드러내지 않으려 애를 썼다.

사람들은 자신의 눈빛, 표정, 목소리 톤, 몸짓 하나하나에 관심을 기울인다. 자신이 웃어야…… 자신만만해야…… 그들 또한 웃고 사기가 오른다.

그걸 잘 알기에 매 순간 김현은 자신이 어떤 상태인지 신경 쓰지 않을 수 없었다.

"세상일이란 게 원래 계산대로 안 돼."

"풋."

달관한 사람 같은 말투에 김현은 웃음을 터트렸다.

"사실이라니까. 계산대로 된다면 난 이미 세계를 정복하고 남았어."

"하하하."

답답했던 속이 조금 풀리는 기분이었다.

김현은 친구를 슬쩍 쳐다봤다. 어떻게 보면 함께 보낸 시간 자체는 추광대가 훨씬 길다. 그러나 자신이 누군지, 어떤 사람인지 가장 잘 이해하는 사람은 이 녀석이었다.

왜 그럴까?

추광대는 오랜 수련으로 강해진 상태에서 만났지만, 안진후는…… 김현이 아무것도 아니었을 때, 아등바등 강해지려 애를 쓸 때 처음 봤다.

안진후는 진짜 자신을 알고 있는 것이다.

"여기서 염려해 봐야 달라질 건 없어. 우리, 가 보자."

"어디로?"

"장벽 너머로."

"아!"

라도미르가 마그나타를 공격했다면, 그 소식이 전해졌다

면 장벽 너머에 진을 치고 있을 군대에도 변화가 생겼을 것이다.

고개를 끄덕인 김현은 급한 마음에 안진후의 손목을 잡고 현섬을 펼쳤다.

"잠깐……."

안진후의 말은 뚝 끊겼다.

웅장한 시간 장벽이 시야를 가득 채웠다. 버려진 도시를 싹둑 둘로 자른 장벽은 빛나는 커튼 같았다.

고통스러운지 눈을 지그시 감은 안진후.

"괜찮지?"

"……휴우, 앞으로는 준비가 됐는지 먼저 물어봐."

"알았어."

김현은 안진후와 함께 시간 장벽을 통과했다. 조심스럽게 전진하는 동안 두통에 시달렸다.

장벽 너머로 나간 김현은…… 이전보다 촘촘해진, 견고해진 구조물을 볼 수 있었다. 곳곳에 초병이 서서 이쪽을 살피고 있었다.

"침입자다!"

초병 하나가 김현을, 그 옆에 서 있던 안진후를 발견했다.

화살이 핑핑 날아왔다.

안진후가 이그드라실의 뿌리를 뻗어 화살을 부수거나 튕겨 냈다.

김현은 친구와 함께 물러났다. 마음이 무거웠다.

군대에는 아무런 변화가 없다. 그건 물의 정령왕이 마그나타에 아무런 타격을 입히지 못했다는 뜻이다.

"너, 못 봤구나."

안진후의 눈이 반짝거렸다.

김현은 친구를 쳐다봤다. 자신이 보지 못한 게 있어서, 그걸 안진후가 알아봐서 너무나 기뻤다.

"깃발이 없었어. 주둔지의 중앙에 서왕 타릴이 머문다면서? 그러면 거기에 호랑이 형태의 깃발이 있어야 하잖아."

김현은 다시 시간의 장벽을 통과했다.

다시 날아온 화살.

흙으로 항아리를 만들자 거기에 푹푹 박혔다. 그동안, 그는 주둔지를 자세히 살필 수 있었다.

안진후의 말이 옳았다. 중앙 천막에 나부껴야 할 서왕 타릴의 깃발이 사라졌다. 그건 곧 타릴이 이곳을 떠났다는 뜻이다.

김현은 안진후가 있는 곳으로 돌아갔다.

"내 말 맞지?"

엄지를 세웠다.

안진후는 팔짱을 끼고 웃어 댔다.

그때, 갑자기 땅이 흔들렸다.

김현은 눈을 부릅떴다. 땅의 진동은…… 익숙한 일이라 신경도 쓰지 않았다.

하지만 시간의 장벽이 점점 옅어지더니…… 건너편의 주 둔지가 어렴풋이 보일 만큼 그 두께가 얇아지는 현상에 할 말을 잃었다.

장벽의 약화가 뜻하는 바는 분명하다.

시간의 탑이 무너진 것이다.

장벽이 완전히 사라지진 않았다. 이제 탑이 단 하나만 남 았다.

김현은 안진후의 팔을 잡았다. 현섬을 펼친 후에야 '준비 됐어?'라는 질문을 떠올렸다.

수왕진 근처에 도착한 김현은 입술을 깨물었다. 두 번째 시간 탑의 붕괴로 발생한 지진에 수왕진이 둘로 쪼개졌다. 푸르스름한 빛을 뿜어내던 초대형 마법진은…… 완전히 작 동을 멈춘 상태였다.

한쪽에 성질석만 쌓여 있었다.

물의 정령왕은 자신의 세계로 돌아갔다.

마그나타 파괴는 실패했다.

오히려 시간 탑 하나가 붕괴되었다.

김현은 억지로 웃었다.

이제 길은 하나뿐이었다. 직접 크립테아로 내려가서 빌어 먹을 마법진을 부수는 것이다.

마그나타를 덮었던 홍수는 소용돌이치면서 구멍을 통해 콸콸 지하 강으로 빠져나가고 있었다.

화염 마법진은 붕괴되지도, 파괴되지도 않았다. 오히려 화맥에서 흡수한 힘으로 아주 빠르게 물기를 날려 버리는 중이었다. 그 때문에 자욱한 안개가 낀 것처럼 시야가 흐렸다.

켄티르는 공중을 올려다봤다. 물의 정령왕이 갑자기 사라지지 않았다면 저 구멍을 뚫었다고 해도 마그나타가 부서지거나 완전히 힘을 잃었을 것이다.

정말 운이 좋았다.

오랫동안 후방에서 시간만 낭비하던 천인대는 처음으로 실전을 경험했다. 그 상대가 물의 정령왕이라니!

라도미르를 상대로 마그나타를 지켜 내는 데 성공했으니, 이제 천인대는 어디서든 막강한 전투력을 발휘할 것이다.

변신 상태로 미친 듯이 땅을 파내어 구멍을 뚫었던 놈들은 지쳐서 쉬고 있었다.

"어떻게 여기에 구멍을 뚫을 생각을 한 거냐?"

뒤에서 들린 목소리.

돌아선 켄티르는 화들짝 놀라며 고개를 숙였다. 서왕 타릴이 직접 이곳까지 내려온 것이다.

"어디를 가든 지형을 파악해 두는 습관 때문입니다. 마그나타를 방어하는 임무를 맡은 이후 주변 지형에 대해 조사를 했는데, 그 때문에 명령을 내릴 수 있었습니다."

타릴이 켄티르를 쳐다봤다.

진심이 깃든 눈빛.

그 순간, 켄티르는 서왕이 자신을 인정했음을 깨달았다.

쫓겨나듯 십인대장에 임명됐던 때가 기억났다. 당시에 포기했다면…… 오늘의 영광은 결코 누리지 못했을 것이다.

"물의 정령왕이었다면서?"

"그렇습니다."

"자네 의견은 누구 짓인 것 같나?"

"외부 세력입니다."

켄티르는 확신을 가지고 말했다.

마법에 대해 아는 바는 적지만, 정령왕을 소환하려면 어마어마한 양의 성질석과 초대형 마법진이 필요하다는 사실 정도는 천부장을 넘어 만부장을 꿈꾸는 지휘관에겐 상식이었다.

크립테아 어디에도 그런 마법진은 없다.

거기에 들어가는 성질석을 누군가 몰래 모았다면 서왕 타릴이 놓쳤을 리가 없다.

무엇보다 물의 정령왕은 마그나타를 파괴시킬 뻔했다. 크립테아 누구도 마그나타의 붕괴를 원치 않는다. 그건 자살행위였다. 따라서 외부 세력, 크립테아의 의도를 알아차린 놈들이 이런 짓을 계획하고 실행한 것이다.

"마음 같아서는 너를 당장 주둔지로 데리고 가고 싶다. 멍청한 놈들을 날리고 너를 만부장으로 임명하고 싶다. 하지만 그럴 수는 없어. 놈들이 마그나타를 노리고 있는 한, 이곳의 방어야말로 무엇보다 중요한 임무니까. 목숨을 걸고 마그나타를 지켜라. 그러면 내 너를 만부장으로 삼고 선봉에 세울 것이다."

선봉에 선 만부장은 모두가 우러러보는 자리였다.

타릴이 자신의 손가락에 있던 하얀 반지를 **빼**내어 켄티르에게 건네며 말을 이었다.

"언제든 서왕령을 발동시켜도 된다. 네 명령이 곧 내 명령이 될 것이다."

켄티르는 놀란 눈으로 서왕을 쳐다봤다. 그리고 서왕지환 또는 대백환이라 불리는 반지를 살폈다.

"안 받을 거냐?"

타릴이 웃으며 말했다.

"아닙니다. 충성을 다하겠습니다."

켄티르는 반지를 받았다.

타릴이 돌아간 후, 그가 서왕지환으로 내린 첫 명령은 천인대를 위한 술과 음식이었다.

천인대는 환호했다.

"서왕 만세!"

"켄티르 만세!"

프리온은 검은 땅 위에 섰다.

풀 한 포기 자라지 않는 이 거대한 구역에는 셀 수도 없는 시체가 묻혔다. 툼바라는 이름을 가지고 있음에도 그 이름을 입에 잘 올리지 않는 이곳이야말로 크립테아의 공동묘지였다.

어떻게 죽든, 어디서 죽든 크립테아의 혼은 이곳으로 흘러든다.

소매로 코를 막아 봐도 악취가 파고들었다. 주술로 냄새를 흩어 버리고 싶지만, 그랬다가는…… 이 땅 아래에 모여 있는 무수한 망량의 먹잇감이 되고 말 것이다.

뼈만 남은 허연 손이 땅을 뚫고 올라와 발목을 잡았다.

주술사는 가만히 서 있었다.

오래전에 죽어 버린 누군가의 앙상한 손은 더듬으며 무릎까지 올라왔다.

프리온은 소리도 내지 않고, 움직이지도 않았다.

그 어떠한 행동도 보여 주지 않았더니, 뼈다귀는 원래 있던 곳으로 사라졌다.

이곳은 버려진 구역이었다. 누구도 원해서 찾아오지 않는 곳이었다. 죽은 자들의 세계였기에 산 자에겐 매우 위험하며, 사소한 잘못으로도 삶이 끝나는 곳이었다.

동왕 앙즈의 책사 스루가 나타났다. 천천히 다가오던 그녀 역시 뼈다귀 손에 발목이 잡히자 멈췄다.

프리온은 목걸이에 달려 있는 이빨을 뜯어 저 늙은 여자에게 던지고 싶은 충동을 겨우 참았다. 스루를 이곳에 묻어 버릴 수 있겠지만, 자신 역시…… 같은 신세가 되고 말 것이다.

스루에 이어서 북왕의 책사 크롤, 남왕의 책사 플라르가 모습을 드러냈다. 그들도 툼바의 망량을 깨울까 봐 조심스럽게 다가왔다.

이곳 툼바는 누구도 주술을 사용할 수 없기에, 대화의 장소로는 제격이었다.

"휴전이라도 제안하려고 오셨나?"

플라르가 깐족거렸다.

프리온은 이를 악물었다.

수백 년이나 살아왔으면서도 젊은 여자 행세를 하는 플라르를 보면 이유 없이 짜증이 솟구친다.

특히 플라르가 걸고 있는 목걸이가 마음에 들지 않았다. 그 목걸이에는 이제 막 자른 듯 탱탱한 손가락이 무수히 매달려 있었다.

"마그나타가 공격받았다는 소식, 다들 알고 있을 거라고 생각하오."

프리온의 말에 다들 표정이 변했다.

아무리 내부 경쟁이 치열해도 마그나타를 건드려서는 안 된다. 마그나타가 파괴되면 앞으로도 꽤 오랫동안 시간 장벽 밖으로, 이 지긋지긋한 감옥 밖으로 나갈 방법은 없을 것이다.

"지하의 강이 범람했다는 소문도 있던데, 아닙니까?"

크롤이 물었다.

"누군가 물의 정령왕을 소환했소."

프리온은 스루, 플라르, 크롤을 동시에 살폈다.

표정에 변화가 생긴다면 일단 의심해야 한다. 외부 세력의 개입이라고 확신하지만, 내부 소행의 가능성도 배제해선 안 된다.

셋 다 놀란 얼굴이었다.

"서왕 전하께서는 장벽 너머 짓이라고 생각하고 계시오."

"장벽 너머라면……?"

"룬트란."

프리온은 한 번 더 주술사들의 얼굴을 뜯어봤다. 이번에도 놀란 표정인데, 워낙 교활해서 어디까지 믿어야 할지는 그도 판단이 어려웠다.

"그깟 놈들이 소환진으로 정령왕을 불러낼 수 있을까요? 내가 보기엔 레나르카 왕국 같아요."

플라르였다.

스루는 중명 제국을 입에 올렸다.

영토나 인구로 보아 중명이나 레나르카가 가능성이 높지만, 만계와 직접적으로 연결된 곳이 바로 룬트란이라는 점은 무시 못 할 사실이었다.

"시간 장벽이 무너지기 전까지 휴전을 제안하오. 이건 서왕 전하의 뜻이오."

프리온은 본론을 꺼냈다.

크립테아는 전쟁, 전투를 일상으로 여긴다. 누군가 싸움을 걸어왔을 때 맞서 싸우지 않고 물러서거나 먼저 싸움을 멈추면 겁쟁이라는 낙인이 찍힌다.

바로 그 때문에 프리온은 휴전의 필요성부터 먼저 알려야 했다.

누구도 비웃지 않았다. 그들 또한 사태의 중요성을 깨달은 것이다.

"현재 마그나타를 서왕군이 맡고 있다고 알고 있는데, 맞습니까?"

크롤이었다.

"그렇소. 물의 정령왕이 공격했을 때, 기지를 발휘해 홍수로부터 마그나타를 구한 건 서왕군의 천인대였소."

프리온은 왠지 불안했다.

"그 중요한 임무를 서왕군에게만 맡겨 둘 수는 없겠네요. 동왕군도 보내겠어요."

스루였다.

플라르와 크롤도 가세했다.

프리온은 한마디 하려다 참았다.

모두가 거부하는 바람에 어쩔 수 없이 서왕군이 마그나타 방어를 맡았다. 거절 이유는 분명했다. 안전한 곳은 공적과 거리가 멀다. 마그나타는 배치되는 군대와 지휘관에게는 치욕스러운 장소였다.

이제 와서 공을 차지하기 위해 군대를 보내겠다? 그 속셈이 너무나 노골적이라서 어처구니가 없었다.

하나의 임무를 경쟁 관계에 있는 네 개의 군대가 맡는다? 그 결과는 뻔했다.

그래도 일단은 휴전이 먼저였다.

"그렇게 합시다. 시간 장벽 너머에서 언제든 놈들이 침입할 수 있으니 경계에 만전을 기하는 게 좋을 것 같소."

"경계하지 않는 군대도 있었나요? 아, 서왕 타릴 전하의 천막이 불타 버렸다면서요? 경계는 서왕군부터 철저히 해야겠네요."

플라르의 말에 스루, 크롤이 웃음을 터트렸다.

프리온은 자신도 모르게 마력이 들끓었다.

땅을 뚫고 수백 개의 손이 올라왔다.

놈들의 미소는 사라졌다.

프리온은…… 억지로 감정을 눌렀고, 마력은 서서히 가라앉았다. 몸을 더듬던 위험천만한 손들도 천천히 돌아갔다.

주술사들은 서로를 노려봤다. 이곳이 툼바가 아니었다면 이미 싸움이 시작되었을 것이다.

흩어진 그들은 각자의 자리로 돌아갔다.

"시간 탑의 붕괴, 수고했노라."

서왕 타릴이 말했다.

무릎을 꿇고 고개를 숙인 채 그 말을 들은 쿠라프는 쾌감에 몸을 떨 뻔했다.

사부님의 지시를 완수했을 뿐 아니라, 크립테아의 사왕 중 하나인 서왕 타릴에게 인정까지 받았으니 이보다 더 기쁜 일은 없을 것이다.

"가져와라."

타릴이 명령했다. 곧 바퀴 끌리는 소리가 들렸다.

고개를 돌린 쿠라프는 잠시 할 말을 잃었다.

다섯 대의 수레에 성질석이 가득 실려 있었다. 뇌석, 혼마석, 사혈석, 금맹석, 풍음석 등 종류도 다양했고 양도 많았다. 작은 손수레임을 감안한다고 해도 저 정도라면 마탑 칼리고크가 5년은 쓰고도 남을 양이었다.

마스터 블라크는 그 무엇보다 저 성질석에 흡족해할 것이다. 자연스럽게 셋째 제자의 실력과 일 처리 솜씨도 눈여겨 볼 테고, 마탑 칼리고크의 다음 대 타워 마스터 후보로 진지하게 고민할지도 모른다.

"전하의 마음, 감사히 받겠습니다."

"부탁이 하나 있다."

쿠라프는 깜짝 놀랐다. 자존심 세기로 유명한 서왕의 입에서 부탁이라는 말이 나올 줄이야.

그 순간, 부탁은…… 명령의 또 다른 말이라는 사실을 깨달았다.

"무슨 말씀이신지?"

"나를 위해 시간 장벽 너머를 살펴 준다면, 두 배의 성질석을 주겠다."

쿠라프는 재빨리 머리를 굴렸다.

서왕은 얼마 전 습격을 받았다. 동왕 앙즈가 보낸 자객에게 당할 뻔했다는 소문이 있는데, 어쩌면 그 자객이 시간 장벽을 통과해 서왕군 주둔지로 들어왔다고 의심하는지도 모른다. 그게 사실이라면 또 한 번 기회가 찾아온 셈이다.

두 배의 성질석.

사부님께 충분한 양을 드리고도 쿠라프 자신을 위해 따로 성질석을 챙길 수 있을 것이다.

셋째 제자를 따르기로 결심한 녀석들의 충성심을 더욱 단단히 할 수 있을 테고, 제자들 중 누구를 선택할지 망설이는 놈들을 끌어당길 뿐 아니라 심지어 사형을 섬기는 새끼들까지 자신 밑으로 모여들게 만들 수 있을 것이다.

"제가 할 수 있는 일이니, 최선을 다해 보겠습니다."

"그대는 참으로 마음에 든다. 그대가 나를 도와줬으니 나 또한 그대를 도울 것이야."

이 선언은…… 기대 이상이었다.

성질석을 얻는 것보다 백배나 좋은 보상이었다. 크립테아의 타릴이 전폭적으로 지지한다면 누구도 쿠라프 앞을 막지 못할 것이다.

천막 밖으로 나온 쿠라프는 부하들에게 성질석을 맡긴 후 시간 장벽을 향해 걸어갔다.

서왕군 병사들의 시선이 쏟아졌다. 하나같이 매우 적대적인 눈빛이었다.

서왕 타릴을 도우러 내려왔음에도 쿠라프는 저놈들에겐 언젠가 없애야 할 사냥감이었다. 당장이라도 타릴이 보호령을 거둔다면, 저 녀석들과 한바탕 싸워야 할 것이다.

쿠라프는 놈들을 노려보았다.

크립테아에 처음 내려왔을 때는 이곳이 어떤 세계인지 몰랐다. 예의를 갖추느라 고개를 숙이면 정수리를 짓밟는다. 노려보고 윽박지르고 때로는 무력을 행사해야 존경받을 수 있는 곳이 바로 크립테아였다.

죽음의 기운 테네파르 인스푸모가 흘러나와 두 손이 까맣게 변했다.

흠칫 놀라는 놈들.

사나운 기세가 한풀 꺾였다. 정말이지 단순한 놈들이었다. 상대가 강하면 바로 꼬리를 내린다.

주술사 프리온이 다가왔다.

"전하께서 정찰 명령을 내리셨다지요?"

쿠라프는 명령이 아니라 부탁을 받았다고 고쳐 주고 싶었지만 참았다. 타릴은 그런대로 사내답지만 이 더러운 주술사…… 겉으로만 호탕했다. 속은 옹졸하기 짝이 없는 놈이었다.

이빨을 꿴 저 목걸이는 보기만 해도 구역질이 났다.

"시간 장벽이 뚫린 겁니까?"

"아직 단언할 수는 없습니다. 조사가 진행 중이니까요. 허나, 전하께서는 만사에 틈이 없으십니다. 어떤 경우도 놓치지 않고 확인하시니까요."

아는 게 전혀 없다는 뜻이었다. 그러니 시간 장벽을 무사히 넘어갈 수 있는 쿠라프에게 부탁을 한 것이다.

앞으로도 크립테아와…… 서왕 타릴과…… 이 더러운 주술사와 긴밀한 관계를 유지해야 하기 때문에, 쿠라프는 쓸데없는 지적은 생략했다.

시간 장벽 통과는 끔찍할 만큼 고통스럽지만, 두 개의 탑이 무너지는 바람에 확실히 통증의 강도는 줄어들었고 지속 시간은 짧아졌다.

그렇다 해도 숨이 헐떡거릴 만큼 힘이 들었다.

크립테아 놈들은 시간 장벽 안으로 들어서기만 해도 그 시간 격차에 의해 몸이 분해된다. 실제로 그 모습을 봤을 때의 충격은 여전히 생생했다.

쿠라프는 주위를 살폈다.

'여기 뭐가 있다는 거지? ……어?'

발자국이 꽤 많았다.

선명한 걸 보면 최근에 사람들이 시간 장벽 앞까지 왔다는 뜻이었다. 발자국의 길이와 폭으로 보건대, 인간뿐 아니라 엘프, 드워프까지 포함된 무리였다.

쿠라프는 눈살을 찌푸렸다.

서왕 타릴이 부탁할 만큼 중요한 일이라는 생각이 드는 순간, 뒤쪽에서 인기척이 느껴졌다.

급히 몸을 돌린 쿠라프는 한 사람을 발견했다.

그 녀석도 자신을 보고 있었다.

'저놈을 잡아서 타릴에게 데려가야겠다. 일이 잘 풀리면 세 배의 성질석을 받아 낼 수도 있으니까.'

"쿠라프?"

쿠라프는 깜짝 놀랐다. 분명히 처음 보는 놈인데, 자신을 알고 있을 줄이야.

테네파르 인스푸모를 뿜어내 몸을 감쌌다. 다크 워킹으로 단숨에 공간을 가로질러 놈의 배후로 이동한 다음에, 블랙 핸드로 제압할 생각이었다.

갑자기 놈이 사라졌다.

그제야 쿠라프는…… 공간 이동술 현섬을 떠올렸다.

뒷덜미에서 강력한 충격이 느껴졌다. 몸이 무너지며 시야가 어두워졌다.

쿠라프는 정신을 차리고도 눈을 뜨지 않았다. 먼저 귀로 자신이 어디 있는지 살폈다.

공간감으로 볼 때, 작은 창고 같았다.

슬쩍 눈꺼풀을 밀어 올렸다. 추측이 옳았다.

쿠라프는 팔을 움직여 봤다. 마력을 봉쇄하는 수갑이 채워져 있어, 버둥거리는 게 전부였다.

'대체 어떤 놈일까?'

시간 장벽 앞에서 자신을 사로잡은 사람은 상당한 고수였다. 현섬을 자유자재로 사용할 뿐 아니라 한 번의 타격으로 상급 마법사를 제압할 만큼 실력이 출중한 무인을 머릿속으로 떠올렸다.

가장 먼저 생각난 사람은 그레아트의 무인 레온이었다. 국숫집을 운영한다고 알려졌지만 레온의 실체는…… 강맹한 힘으로 상대를 압도하는 무인이었다.

콘빅토르의 브로빈도 근접전에서는 당해 낼 수 없는 무인이었다.

그 외에도 몇 명의 무인이 생각났다.

하지만 그들이 왜 만계로…… 왜 시간 장벽 앞에 와 있는지는 추측조차 힘들었다.

문이 덜컹 열렸다.

쿠라프는 그 전에 눈을 감고 정신을 잃은 척했다.

자신을 단숨에 잡고 들어 올린 손은…… 두툼했다. 실눈으로 확인했다.

굵고 짧은 팔, 커다란 얼굴, 작은 키.

드워프였다!

'어떻게 여기 만계에 드워프가 있는 거지?'

드워프는 쿠라프를 꽤 넓은 곳으로 데려가 의자에 앉혔다.

고개를 숙인 채 여전히 정신을 잃은 척하면서, 쿠라프는 주위에서 들리는 소리에 집중했다.

속삭이는 목소리 몇 개가 들렸다. 그중 익숙한 음성은 하나도 없었다.

"마탑 칼리고크가 크립테아와 손을 잡았다고 봐야 하지 않겠습니까?"

한 사람이 말했다.

화들짝 놀란 쿠라프는 고개를 들었다. 잘생겼지만 그보다

총기가 어린 얼굴이 인상적인 남자였다.

쿠라프는 그가 누군지 바로 깨달았다.

호지센의 신임 회주 스노빈.

바로 대현자 파르소겐의 제자였다.

"오랜만입니다, 단주님."

뒤에서 들린 목소리에 쿠라프는 고개를 홱 돌렸다. 새하얀 피부의 남자가 그를 보고 있었다. 어디서 본 얼굴인데. 뒤늦게 상대가 누군지 기억해 냈다.

"……추광대주?"

저 뱀파이어는 혈문 엘루마 지부에 소속된 추광대를 이끄는 트로얀이 분명했다.

어렴풋이 엘루마에서 벌어진 소동 때문에 추광대가 벌을 받았고, 그로 인해 만계로 보내졌다던 이야기가 생각났다.

쿠라프는 천천히 주위를 둘러보았다.

아는 얼굴을 발견했다.

대학사 요프람이었다.

수련사 시절 때 마법 이론과 관련해서 납득하기 어려운 부분이 있었다. 그래서 용기를 내어 찾아갔고, 명쾌한 설명에 감탄했었다.

왜 저 노인이 여기 있을까?

한 명 더 있었다.

뮤카멘 백작가의 영애 체리언 델 뮤카멘은 쿠라프를 시간 장벽 앞에서 쓰러뜨린 무인 옆에 앉아 있었다.

체리라고 불리는 저 공녀는 이방인 노바디의 측근이었다. 그렇다면…… 혹시 노바디와 관련이 있을까?

조각처럼 완벽한 외모의 엘프를 본 순간, 쿠라프는 몸이 덜덜 떨렸다.

'비, 비디타스 님! 어, 어떻게 여기에……?'

8대마탑의 타워 마스터가 비디타스를 공식적으로 만난 적이 있는데, 쿠라프는 거기 수행원 자격으로 참가했었다. 드래곤을 직접 볼 수 있다는 사실에 흥분했기에 그 얼굴은 지금도 또렷하게 기억이 났다.

분명히 드래곤이 저기 앉아 있었다.

"저 녀석, 날 알아차린 것 같은데."

비디타스가 장난스럽게 말했다.

쿠라프는 드래곤이 누구를 향해 말을 했는지 깨달았다. 자신을 제압했던 그 무인이었다.

그 사람이 앞으로 다가왔다.

"오랜만이야."

"……누구?"

"김현. 아니, 당신에겐 노바디라는 이름이 더 익숙하겠지."

"당신은 노바디가 아니야."

쿠라프는 기형적으로 커다란 얼굴을 떠올렸다.

"좋아, 마음대로 생각해. 내가 누군지는 중요하지 않으니까. 이제 좀 더 중요한 얘기를 해 볼까 하는데, 솔직하게 말해 줬으면 좋겠어."

김현은 쿠라프에게 크립테아의 내부 상황, 사왕군의 배치 현황, 황제 투리우스의 상태 등에 대해 물었다.

쿠라프는 김현을 노려보았다.

"뭘 하려는지 모르겠지만, 꿈 깨는 게 좋아. 크립테아는 호락호락하지 않으니까."

쿠라프는 비디타스를 보지 않으려 애를 썼다. 드래곤이 나섰다고 해도 대답은 달라지지 않았을 것이다.

시간 장벽 때문에 드래곤조차도 크립테아를 건드릴 수 없으며, 장벽이 무너진다면 오히려 크립테아가 드래곤을 공격할 것이다.

"사부님."

김현이 말했다.

눈에 띄지 않았던 노인이 귀찮다는 얼굴로 몸을 일으키더니 천천히 다가왔다.

쿠라프는 노인 너머에 있던 사람들의 표정 변화를 놓치지 않았다.

'뭐야? 나를 동정하고 있잖아. 저 노인이 누구이기에…… 다들 나를 불쌍한 얼굴로 쳐다보는 거야? 고문이라도 하는 걸까?'

노인은 손짓만으로 수갑을 풀었다.

마력이 돌아온 순간, 쿠라프는 이 노인을 인질 삼아 이곳을 벗어나리라 마음먹었다.

그러나 마력은 충분한데도 몸이 움직이지 않았다.

쿠라프를 내려다보는 노인.

"시간이 좀 필요하겠어. 이 녀석이랑 오붓하게 말이야."

"구경해도 될까?"

비디타스가 물었다.

쿠라프는 그 순간, 무언가 잘못됐다고 확신했다.

저 오만한 드래곤이 노인에게 동의를 구했다. 그 단순한 대화가 뜻하는 바는 명확했다.

노인은…… 드래곤만큼이나 강하다.

게다가 저 노인의 눈빛은…… 오금이 저릴 만큼 이상했다.

쿠라프는 자신이 지옥에 들어섰다는 사실을 어렴풋이 깨달았다.

달이 둥실 떠올랐다.

다섯 개의 달이었다.

모여 있는, 조금은 겹치기도 하는 저 위성들은 이곳이 지구가 아니라는 증거였다. 지구에는 존재하지 않는 몬스터가 득실거렸고, 심지어 마법진과 성질석으로 물의 정령왕을 불러내기까지 했다.

진세진은 언덕에 앉아 아래를 내려다보았다.

수왕진은 둘로 갈라져 있었다.

정령왕 소환 계획은 실패로 돌아갔다. 이제 남은 건, 직접 크립테아라 불리는 지하 세계로 내려가는 작전뿐이었다.

이곳에 왜 왔는지 모르지만 아마도 진세진은 노관장, 황철호와 함께 크립테아로 내려가 한바탕 싸우게 될 것이다. 그 과정에서 보고 접하는 모든 것을 머릿속에 넣어야 한다. 그래야 지구로 돌아가서 할 말이 생길 것이다.

만계라 불리는 이 낯선 세계로 넘어와서 가장 놀란 건, 김현이라는 놈이었다.

단 하루 만에 여기 모인 사람들의 중심이라는 사실을 알 수 있었다.

통찰력 따위는 필요 없었다. 김현이 나타나면 주위로 사람들이 모인다. 자석에 철 가루가 붙듯, 사람들은 저마다 자유롭게 지내면서 김현만 보이면 자신도 모르게 다가오는 듯했다.

더 놀라운 건, 김현의 능력이었다.

진세진은 현섬이라는 공간 이동술 자체는 물론 그 스킬을 사용하는 사람도 몇 명 알고 있지만, 누구도 김현처럼 자연스럽게 펼치지 못한다.

김현처럼 많은 사람들을 데리고 이동할 수는 없다. 게다가 몇 번이나 현섬으로 움직여도 김현에게서 지친 흔적은 찾기 어려웠다.

김현의 실력을 알아차린 계기 중 하나는 텐타클로 세뇌 작업을 시도했을 때였다. 만약의 사태를 대비하여 한 명이라도 더 세뇌하기 위해 무형의 촉수 텐타클을 뻗었는데, 그때마다 김현이 진세진을 쳐다봤다.

그 눈빛은 일종의 경고였다.

그런 짓 하지 말라는.

진세진은 경고를 무시했고, 그 대가를 치렀다.

김현이 자리를 비운 틈을 이용해 멍청한 드워프에게 텐타클을 꽂으려 했는데, 비디타스라 불리는 엘프가 어느새 뒤에 서 있었다.

화들짝 놀란 진세진이 몸을 돌리려는 순간, 비디타스는 텐타클을 움켜쥐더니 뽑아 버렸다. 텐타클을 애지중지 아끼며 키워 왔기에 뿌리까지 뜯기는 고통에 정신이 아득해졌다.

"죽고 싶어?"

텐타클을 화염으로 태워 버린 비디타스는 진세진을 노려보았다.

그 강렬한 눈빛을 본 진세진은 몸이 얼어붙었다. 살기등등한 호랑이를 코앞에서 본 느낌이었다. 이 엘프가 얼마나 강한지 머리가 아니라 몸이 먼저 알아차렸다.

"그 녀석이 널 죽이진 말라고 했다. 고맙게 생각해라."

비디타스는 노관장 쪽으로 가 버렸다.

진세진은 죽을 뻔했음을 깨달았다. 김현의 부탁 덕에 살아남은 것이다.

프리벨리지 길드 소속 각성자로서 가졌던 우월감은 박살났다. 유니온에서야 누구도 자신을 무시하지 않았고, 자연스럽게 그런 대접을 받을 만한 능력이 있다고 자부했건만.

우물 안 개구리였다.

한숨을 내쉬는 순간, 머리가 깨질 듯 아팠다. 단순한 고통이 아니었다. 두개골이 둘로 쪼개지는 것 같았다.

숨도 쉴 수가 없었다. 이러다가 죽는 게 아닐까 생각하는데, 갑자기 통증이 사라졌다.

눈을 뜬 진세진은…… 주위를 살폈다. 분명히 수왕진이 내려다보이는 언덕에 앉아 있었는데.

이곳은 정교한 톱니바퀴가 맞물려 철컥철컥 돌아가는 거대한 기계 내부였다. 바닥과 벽, 울퉁불퉁한 천장까지 복잡한 기계로 뒤덮여 있었다.

진세진은 낯익은 사람을 발견했다.

프리벨리지의 길드 마스터 유해문이었다. 명령을 내려 진세진을 이곳 만계로 보낸 그는 톱니바퀴로 구성된 의자에 앉아 있었다.

"세진아."

"네, 마스터."

진세진은 그 앞으로 다가갔다.

이곳은 정말 실감 나는 장소지만, 가상의 공간…… 현실을 왜곡하는 마스터만의 능력에 의해 창조된 곳임을 깨달았다.

"네 기억 속에 봉인해 뒀다. 너 스스로 자부심을 잃을 때, 네 생각처럼 우물 안 개구리라고 느낄 때 이 봉인이 해제되도록 만들어 둔 거지."

진세진은 자신도 모르게 얼굴이 일그러졌다.

길드 프리벨리지가 자랑하는 건, 세뇌 혹은 정신 조작이라 불리는 스킬이었다. 당하는 입장에 서면 결코 기분이 좋을 수 없다.

"내가 왜 널 안종화에게 보냈는지, 왜 널 그런 곳으로 가게 만들었는지 넌 모르겠지."

"가르침을 주십시오."

"김현을 죽여라."

그 명령에 진세진은 이를 악물었다.

이곳에 온 이유, 드디어 알게 되었다. 김현을 죽이기 위해 온 것이다.

암살 자체는 그리 놀랍지 않다. 한때는 프리벨리지의 어쌔신으로 활동하기도 했다.

로고스, 블랙, 현문, 모네타 등 여러 길드 멤버를 은밀히 죽였는데, 대부분 유니온의 5인회가 내린 명령이었다.

암살 대상은 유니온을 부정하거나, 결코 드러내지 말아야 할 사실을 폭로하려는 자들이었다.

한 번도 왜 죽여야 하는지 되묻지 않았다. 암살 전에 타깃을 살펴보면서 죽어야 할 이유를 개인적으로 찾아봤을 뿐이다. 그 기준으로 본다면 김현을 죽일 이유는 이미 차고도 넘칠 정도였다.

김현은 새로 나타난 시더였다.

녀석 옆에 있던 사람들이 대부분 각성했다. 그들이 만들어낸 길드 섬바디가 블랙 길드를 밀어내고 유니온의 일원이 되기까지 했다.

진세진은 유니온 5인회의 일원이자 프리벨리지 길드의 마스터를 쳐다보았다.

"암살은…… 힘듭니다."

"힘들다?"

"제 생각엔 암살을 성공할 가능성이 5%도 안 될 겁니다."

무능력을 고백하게 될 줄이야.

그래도 진실을 숨기고 싶지는 않았다.

잘못 건드리면 김현 본인도 가만히 있지 않겠지만, 김현 옆에 있는 노관장과 비디타스가 분노할 테고…… 그로 인해 유니온은 무서운 적을 만들게 될지도 모른다.

"그래서 이걸 준비했다."

유해문의 손바닥 위에 호두를 닮은 씨앗이 놓여 있었다.

표면이 살아 있는 생물처럼 꿈틀거리는 그 씨앗을 본 순간, 진세진은 할 말을 잃었다.

"······뇌종이 아닙니까?"

"삼켜라."

진세진은 아무 말도 못 하고 가만히 있었다.

뇌종이 무엇인지 잘 안다. 저 뇌종을 삼키는 순간, 자신은 더 이상 진세진이 아니게 된다.

뇌종이 진세진을 지배한다. 뇌종을 심은 사람이 진세진의 주인이 된다. 그가 진세진의 입을 통해 말하고, 진세진의 몸을 통해 행동한다.

유해문은 지금 몸을 통째로 요구하고 있었다.

뇌종은 직접 다른 차원의 세계로 넘어가지 않으면서, 그 세계를 직접 경험할 수 있는 최고의 방법이었다.

피할 방법은 없다.

진세진은 한 가지 의문이 생겼다.

왜 자신은 이 봉인에 대해 전혀 몰랐을까?

유해문은 굉장한 각성자였고 그의 능력 또한 상상을 초월하지만, 아무런 흔적도 남기지 않고 기억을 조작하거나 거기에 뇌종을 봉인할 수는 없다.

진세진은 세뇌와 정신 조작을 너무나 잘 알기에 그런 스킬에 대한 방어법에도 능숙했다.

그렇다면 가능성은 하나뿐이다.

스스로 봉인을 받아들인 것이다.

대체 왜 그랬을까?

그 답을 찾으려면 저 끔찍한 뇌종을 삼키는 수밖에 없다.

진세진은 뇌종을 받아서 입에 넣었다. 혀에 닿는 순간 뇌종이 살아나 낙지처럼 목구멍을 타고 내려갔다.

곧 변화가 시작되었다.

고통 없이 오른팔이 잘려 나갔다. 뇌종이 오른팔을 차지한 것이다. 다음은 왼팔, 그리고 다리까지 한꺼번에 잃었다. 더 이상 심장의 두근거림도 느낄 수 없었다.

미각도 사라졌다.

후각이 흐릿해졌다.

청각마저 빼앗겼다.

마지막으로 남은 건, 눈이었다.

유해문이 다가왔다.

"넌 괜찮은 놈이었다."

진세진은 목소리가 아니라 입술의 움직임을 보고 그 말을 이해했다.

유해문은 사형선고를 내렸다. 뇌종으로 진세진의 몸을 이용하다가 쓸모가 사라지면 버리겠다는 뜻이다. 자객이 생존 자체를 포기한다면 암살 가능성은 비약적으로 증가한다.

시야가 좁아졌다. 신기한 경험이었다. 마치 왼쪽, 오른쪽에서 새까만 벽이 중앙으로 밀고 들어오는 느낌이었다. 어둠이 눈앞을 완전히 덮었다.

싱크

진세진은 오감을 빼앗긴 채 완전히 갇혔다.

유해문이 뇌종을 통해 몸을 움직이고 있을 것이다.

진세진은 슬슬 겁이 났다. 자신을 과대평가했다면, 유해문에게 스스로 몸을 갖다 바친 꼴이 될 것이다. 유해문은 일회용 종이컵처럼 자신의 몸을 쓰고 난 다음 구겨서 버릴 터였다.

그때, 진세진은 시선을 느꼈다.

이 어둡고 고립된 공간에…… 누군가 있었다.

"잘했어."

그 말을 한 건, 바로 진세진이었다.

거울을 들여다보는 듯…… 또 다른 진세진이 앞에 서 있었다. 녀석이 손을 내밀었다.

진세진은 조심스럽게 그 손을 맞잡았다.

그 순간, 기억이 몰려들었다. 자신을 불러내어 정신 조작을 시도한 유해문의 음모를 사전에 알고도 일부러 덫으로 걸어 들어간 과정이 모조리 생각났다.

진세진은 비로소 자신감을 되찾았다.

유해문은 뇌종으로 몸을 지배하려 했지만, 진세진은 그 욕망을 이용해 길드 마스터의 힘을 자신의 것으로 만들 계획이었다.

그가 할 일은 그저 담담하게 기다리는 것뿐이었다.

얼마의 시간이 지났을까.

실낱같은 빛이 느껴졌다.

시야가 열리기 시작했다. 닫혔던 문이 아주 천천히 열리는 것만 같았다. 파란 하늘 아래 들판이 펼쳐져 있는데, 몸이 떨릴 만큼 장관이었다.

청각이 회복되었다. 풀잎을 스치고 지나가는 바람 소리가 감미롭게 들렸다.

오른팔을 되찾았다.

몸 전체가 고스란히 느껴졌는데, 이전엔 느끼지 못했던 맹렬한 힘이 용솟음치고 있었다. 바로 유해문이 뇌종에 담아 놓은…… 마력이었다.

유해문은 자신이 완벽한 덫을 쳐서 진세진을 잡았다고 생각하겠지만, 한 가지 간과한 부분이 있었다.

만약 이곳이 지구라면, 서울이라면, 그래서 유해문의 영향력이 미치는 장소였다면 진세진은 꼼짝 못 하고 당했을 것이다.

하지만 여기는 만계, 즉 다른 차원의 세계였다.

오히려 진세진이 삼킬 수 있을 만큼 유해문의 힘은 극도로 약해질 수밖에 없다.

"감사합니다, 마스터. 뇌종의 힘, 아주 잘 쓰겠습니다."

그때, 황철호가 진세진을 불렀다.

진세진은 언덕을 내려가 그 앞에 섰다.

"무슨 일이야?"

"회의. 아마 내일 지하로 내려갈 것 같다. 자세한 이야기는 회의에서 듣게 될 거야. 가자."

황철호를 따라가던 진세진은 유해문의 암살 명령을 무시하기로 마음먹었다.

김현 같은 괴물을 당장 죽일 수는 없다. 그렇다고 배알도 없이 놈의 계획에 휘둘릴 마음도 없다.

'나로선 시간의 탑이 무너지고 제3차 몬스터대전이 일어나는 게 좋아. 기존의 질서가 무너져야 다양한 기회가 생길 테고, 새로운 질서가 세워질 테니까. 음, 어떻게 해야 시간 장벽을 무너뜨릴 수 있을지 고민해 봐야겠군.'

만계로 넘어온 이후, 처음으로 기분이 좋아졌다.

황철호는 드래곤 아머라 불리는 갑옷이 좀 작다고 생각했는데, 일단 착용하자 저절로 늘어나며 우람한 대흉근을 뒤덮었다. 몸에 밀착되면서도 동작에는 전혀 방해가 되지 않아 굉장히 신기했다.

이런 갑옷이라면 착용한 채 잠도 잘 수 있을 것 같았다.

주홍빛이 강한 반지를 손가락에 끼웠다. 순간 몸이 뜨거워지는 느낌을 받았다.

"마법 저항력을 높여 줍니다."

피부가 하얀 트로얀이 알려 줬다.

황철호는 어색하게 고개를 끄덕였다.

저 녀석은 뱀파이어였다. 드워프, 엘프는 그런대로 쉽게 적응했는데 뱀파이어는 왠지 모르게 불편했다.

트로얀을 볼 때마다 목을 물어뜯고 피를 마시는 영화의 한 장면이 생각났다. 고정관념이라는 사실을 아는데도 생각처럼 쉽지 않았다.

정권의 위력을 몇 배로 끌어올리는 철제 장갑 아이언 피스트는 무척 마음에 들었다. 드래곤 아머처럼 연결 부위가 유연해서 금속 재질인데도 손을 자유롭게 사용할 수 있어서 좋았다.

아이템 장착을 끝낸 황철호는 밖으로 나갔다. 전쟁을 앞둔 용병이 된 기분이었다.

노관장은 뒷짐을 지고 뉘엿뉘엿 가라앉는 해와 그 근처로 떠오른 달을 보고 있었다.

황철호는 옆으로 다가섰다.

그를 본 노관장의 입가에 미소가 걸렸다. 안 그래도 덩치 큰 놈이 갑옷까지 챙겨 입었으니 얼마나 육중해 보일까.

"넌 시대를 잘못 태어났다. 고려 때 태어났으면 무신으로 시대를 주름잡았을 텐데."

황철호는 사부님 옆에 서서 끝자락만 남긴 태양과 더욱 짙어진 달을 바라보았다.

문득 대사형이 생각났다.

천무관 관장이었던 강영준은 유니온 쿠데타 사건과 얽혔고, 지금은 도피 중이었다. 자세한 사정을 모르는 사람들에겐 황철호가 강영준을 내쫓고 관장 자리를 차지한 것으로 알려져 있었다.

황철호는 설명한 적도 없고, 앞으로도 설명할 생각은 없었다. 그 정도 오해쯤은 받고 살아야 관장으로서 제대로 일을 해낼 수 있을 것 같았다.

천무관이 제대로 돌아갈까 염려하다가 이곳의 시간 흐름이 다르다는 사실을 깨닫고 헛웃음을 지었다. 자유를 최고의 가치로 생각했던 자신이 관장이 되어 이곳에서도 천무관을 걱정하게 될 줄이야.

어쩌면 그런 심리 때문에 이곳이 마음에 드는지도 몰랐다.

여기서는 천무관 관장이 아니라, 그냥 황철호였다. 누구도 인정해 주지 않는, 가끔은 대놓고 무시를 당하는 사람에 불과했다.

김현을 보고 있으면 더욱 그런 생각이 강해진다.

김현이 이곳에서 수백 년이나 살았다는 사실은 머리로는 이해할 수 있어도 가슴으론 실감이 나지 않는다. 황철호의 눈엔 여전히 애송이 티가 역력한데, 눈빛이나 몸에서 흘러나오는 기세는…… 놀랄 만큼 깊고 매서웠다.

"이곳 일이 끝나면 돌아가서 계승례를 열자꾸나."

사부님이 말했다.

그 의미를 황철호는 즉시 알아들었다. 바로 자신을 천부선공의 계승자로 삼겠다는 선언이었다.

"……저보다는 넷째가 계승자에 어울립니다."

"그 녀석은 큰일을 할 놈이야. 천무관이라는 좁은 곳에 묶어 둘 수는 없지."

황철호는 깜짝 놀랐다.

진지한 마음으로 천무관에 들어오는 사람들의 목표는 계승자였다. 잠사, 범사, 역사, 고사, 쾌사, 중사 그리고 무사를 거쳐야만 올라갈 수 있는 천무관 최고의 단계가 바로 계승자다.

김현은 이런 피라미드의 단계를 이미 뛰어넘은 것이다.

사부님에게 무시당했다는 마음도 들지 않았고, 김현을 향한 질투도 느껴지지 않았다. 비빌 언덕이라도 있어야 어떻게 해 볼 마음이 생긴다.

사람들이 모였다.

마지막으로 장비를 점검했다.

김현이 다가와 양손을 내밀었다.

현섬은 아무리 겪어도 적응이 어렵다. 황철호는 진세진과 트로얀의 손을 잡았다. 크게 원을 그리며 손을 맞잡자 김현이 빙긋 웃었다.

"갑니다."

번쩍 섬광이 사라지자, 폐허 도시를 반으로 가른 시간 장벽이 시야에 들어왔다.

탑 하나가 더 무너져 문제가 생겼다더니, 빛의 장벽 자체가 희미해져 건너편이 어렴풋이 보였다.

"무리하지 마십시오. 조금만 다쳐도 이곳으로 돌아와 치료를 받으십시오."

김현이 손가락으로 비디타스를 가리켰다.

"너도 조심해라."

황철호가 말했다.

고개를 끄덕인 김현은 체리 앞으로 걸어갔다. 무슨 말을 하는지 들리진 않았다. 잘 갔다 오겠다는 말, 몸조심하라는 당부 등이 오가는 분위기는…… 아주 달달했다.

김현 곁으로 안진후, 만스크 그리고 벨레스카르가 모였다. 그들은 '격서擊西' 팀이었다.

'성동聲東' 팀이 동쪽을 시끄럽게 하는 동안, 격서는 크립테아로 은밀하게 파고들 것이다.

격서 팀은 공간 이동술로 사라졌다.

황철호는 심호흡을 하며 시간 장벽 앞으로 걸어갔다. 오른쪽에 트로얀이 섰다. 왼쪽에는 진세진이었다.

"잘해 보자."

황철호는 트로얀을 보며 말했다.

과묵해서 표정 변화도 잘 없던 트로얀이 그를 보며 환하게 웃었다.

"가자."

노관장이 앞으로 나섰다.

황철호는 '통곡의 벽'을 펼치며 달려 나갔다.

성동격서

격서 팀의 계획은 간단했다. 성동 팀이 한바탕 서왕군을 공격해서 이목을 끄는 동안 폐허 도시 베크렘을 통과하는 것이었다.

안진후는 김현과 만스크, 벨레스카르를 쳐다보았다. 누구보다 믿을 수 있는 김현과 달리, 얼마 전까지만 해도 김현 일행을 공격했던 리치와 크림테아에 첩자로 잠입했다가 탈출했다는 하프엘프는…… 여전히 의심스러웠다.

오늘 아침 현자 집단 호지센의 회주 스노빈이 안진후를 찾아왔다.

"만스크와 벨레스카르, 잘 살펴보십시오."

그 의미는 분명했다. 스노빈 역시 그 둘을 100% 신뢰하지 않았다.

김현이 반지를 꺼내어 하나씩 건넸다.

"이걸 끼면 도움이 될 겁니다."

색이 계속 변하는 반지를 김현이 손가락에 끼자, 곧 놀라운 변화가 일어났다. 시간 장벽 바로 앞에 서 있는 김현의 몸이…… 시간 장벽과 비슷한 색깔로 바뀌었고, 그 때문에 김현이 사라진 것처럼 보였다.

안진후도 얼른 반지를 꼈다. 몸이 천천히 변하는 걸 보니 카멜레온이 된 기분이었다.

김현이 말했다.

"격서 팀은 벽을 탈 겁니다. 시간이 좀 걸리겠지만, 들키지 않고 베크렘을 빠져나가는 게 무엇보다 중요하니까요."

설명을 간단히 끝낸 김현이 먼저 시간 장벽으로 들어섰다. 만스크와 벨레스카르가 그 뒤로 따라붙었고, 안진후는 마지막으로 장벽을 통과했다.

기분 나쁜 두통이 몰려왔다.

꾹 참고 장벽을 넘자, 가장 먼저 땅을 울리는 발소리와 공기를 흔드는 고함이 귀로 파고들었다. 소리가 들리는 곳은…… 전투가 벌어진 중앙 지점이었다.

격서 팀이 있는 곳은 시간 장벽과 암벽이 만나는 구석이었다.

크립테아 초병은 바로 앞 시간 장벽이 아니라, 전투가 벌어진 중앙 부분을 바라보고 있었다. 그 눈빛에는 싸우고 싶어 하는 열망이 가득했다. 크립테아 군대가 얼마나 전투를 좋아하는지 알 것 같았다.

김현은 천천히 암벽으로 올라갔고, 매끄럽고 단단하기까지 한 벽면에 틈이나 돌출부를 만들며 조금씩 위로 올라갔다.

50미터 정도 암벽을 타고 올라간 다음 수평으로 이동하여 서왕군의 주둔지를 통과하여 폐허 도시 베크렘을 빠져나가는 게 잠입 계획의 핵심이었다.

이그드라실의 뿌리도 제대로 파고들지 못할 만큼 벽은 견고했다.

현섬 같은 공간 이동술로 단번에 폐허 도시 베크렘을 통과하면 이런 고생은 할 필요가 없을 것이다. 문제는 현섬을 펼치는 순간, 놈들이 이쪽의 의도를 눈치챌 가능성이 매우 높아진다는 점이었다.

안진후는 이를 악물고 작은 돌출부를 꽉 움켜쥐었다. 그리고 만약을 대비해 눈에 띄는 틈새로 이그드라실의 뿌리를 박았다.

저 아래에서는 치열한 전투가 벌어지고 있었다.

안진후는 현기명 노관장이 손을 뻗을 때마다 크립테아 병사들이 뭉텅이로 날아가는 모습을 보고 입을 다물지 못했다. 격투기 선수가 아이들 싸움에 끼어든 느낌이었다.

하지만 서왕군은 압도적인 규모로 밀어붙이는 중이었다.

시간이 흐르면 노관장도 지치고 말 것이다.

고개를 살짝 들자 공중으로 날아다니는 놈들이 시야에 들어왔다.

벨레스카르의 말에 따르면 비마대라 불리는 부대로 날개를 가지고 있어서 자유롭게 날아다닐 수 있는데, 주로 주둔지의 상공을 지키거나 전투 시에는 위에서 적을 공격하는 임무를 맡았다.

비마대 중 절반은 노관장, 황철호 관장 등에게 화살을 쏘거나 돌 같은 것을 던져서 공격하는 중이었고, 나머지는 여전히 주둔지 위쪽 공간을 부지런히 돌아다니고 있었다.

놈들이 만약 가까이 다가온다면 도시를 에워싼 벽에 달라붙은 채 이동하는 격서 팀을 발견할지도 모른다. 드래곤이 내놓은 반지는 몸 전체의 색을 카멜레온처럼 주변 지형과 비슷하게 바꾸지만, 움직임까지 숨기진 못한다.

다행히 어떤 놈도 벽을 눈여겨보지 않았다.

사라겐의 비월 같은 아이템을 이용해 단번에 베크렘을 통과하자는 의견을 밝히기도 했지만, 아쉽게도 이 반지는 날아다니는 양날도끼까지 숨겨 주지는 못했다.

한숨을 내쉬는 순간, 안진후는 발이 미끄러졌다. 아래로 5미터가량 추락했지만 이그드라실의 뿌리 덕에 거기서 멈출 수 있었다.

김현이 안진후를 쳐다봤다.

괜찮아?

눈빛에 담긴 질문에 안진후는 천천히 고개를 끄덕였다.

짜증이 솟구쳤지만 김현에겐 아무 말도 못 했다.

김현은 이 지루하고 위험한 암벽등반을 이끌고 있었다.

천부선공을 이용해 벽에 발을 디딜 틈이나 돌출부 따위를 만들면서 이동했을 뿐 아니라, 몸에 묶은 밧줄에는 만스크, 벨레스카르가 연결되어 있기 때문에 둘 중 누가 발을 헛디뎌 떨어져도 결국 김현이 고스란히 그 무게를 지탱해야 하는 구조였다.

안진후는 다시 힘을 내어 암벽을 오르기 시작했다.

얼굴에 벌레 문신을 새긴 크립테아 병사가 두꺼운 칼을 들고 돌진했다.

트로얀은 가만히 그 병사를, 그 너머에서 달려오는 크립테아 군대를 쳐다보았다.

피가 들끓었다.

당장이라도 풍뢰검을 뽑고 달려 나가 선두의 병사를 베고 싶었다. 절망으로 꺼져 가는 눈빛을 보고 싶었고, 힘없이 쓰러질 때 나는 털썩 소리도 듣고 싶었다.

'이 전투의 목적을 잊지 말자.'

드디어 놈이 공격 범위 안에 들어왔다.

검을 뽑자마자 놈의 손목을 잘랐다. 칼을 잡은 손이 바닥에 떨어지기 전에 놈의 가슴에 풍뢰검이 푹 꽂혔다.

트로얀은 발에 힘을 주어 싸늘하게 식어 가는 놈을 걷어찼다. 시체가 쌓이면 움직이기 불편해진다.

파도처럼 몰려오는 군대.

저절로 근육에 힘이 들어가자 몸이 부풀어 오른 느낌이었다. 풍뢰검 끝이 파르르 떨렸다. 두려움 때문은 아니었다. 흥분과 기대감이 섞인 묘한 감정이 몸 전체를 사로잡았다.

트로얀은 뒤늦게 깨달았다.

이런 순간을 기다려왔다는 사실을.

앞으로 튀어 나가 검을 휘둘렀다. 천야장에 의해 훨씬 예리해진 풍뢰검은 놈들이 입고 있는 갑옷의 틈으로 깊이 들어가 살을 베고 뼈를 갈랐다. 내가 검을 휘두르는 게 아니라, 검 스스로 크립테아 놈들을 죽이는 것만 같았다.

"일곱, 여덟…… 아홉, 열…….”

수를 세는 소리가 얼핏 들렸다.

구선희라는 이방인이었다.

까만 옷을 입고 잘 웃지 않는 그 여자의 손에서 만들어진 새까만 공은 크립테아 병사의 갑옷을 뚫었을 뿐 아니라 검붉은 불을 붙여…… 근처 병사들까지 삼키고 있었다.

트로얀은 그 여자를 쳐다봤다.

그 여자도 트로얀을 보고 있었다.

미묘한 긴장감이 흘렀다.

드래곤이 인정할 만큼 강한 사조, 우람한 몸에서 흘러나오는 기세가 일품인 사백께서, 이계에서 이곳 만계로 사부님을 돕기 위해 넘어왔다. 그 일행에는 저 이방인 여자와 뿔 달린 악마도 포함되어 있었다.

더 놀라운 건, 구선희와 악마 타프가 사부님의 제자라는 사실이었다.

알고 봤더니…… 사부님 몰래 사조님께서 받아들인 제자였다. 자연스럽게 서열 정리가 필요해졌다.

트로얀이 직접 나설 필요는 없었다. 레반과 테룽, 세르프가 구연희를 찾아갔던 것이다.

"누가 수제자인지 우리가 정할 수는 없어요. 사부님의 권한이니까요. 크립테아 관련 일을 마무리한 뒤에 다 같이 사부님을 찾아가는 게 어떻겠어요? 물론 그동안 각자의 실력을 사부님과 천무관의 어르신들께 보여 드리면 그 결정에 도움이 되겠지요. 이보다 더 나은 방법은 없을 것 같은데, 어떻게 생각해요?"

구선희가 옳았다. 그게 최선이었다.

이후, 경쟁이 시작되었다.

다들 어떻게든 사부님께, 사조님과 사백에게 잘 보이려고 애를 썼다. 일부러 앞에서 대련을 했고, 수련 장소도 눈에 잘 띄는 곳으로 옮겼다.

추광대는 사조와 사백의 눈에 들기 위해 노력했고, 구선희와 악마 타프는 김현을 쫓아다녔다. 모두 높은 서열을 위해 움직이고 있었다.

"열셋, 열넷…… 열다섯, 열여섯……."

구선희가 흑화탄으로 병사를 쓰러뜨릴 때마다 수가 하나씩 올라갔다.

트로얀은 그 의미를 깨달았다.

정말 유치한 경쟁이지만, 지고 싶지는 않았다.

자세를 낮추며 풍뢰검을 수평으로 들었다. 그리고 소용돌이치듯 회전했다가 검에 마력을 담아 앞으로 휘둘렀다. 풍뢰검에서 뿜어져 나간 예리한 기운이 다가오던 병사들의 가슴을 찢으며 뒤로 날려 버렸다.

트로얀은 구선희를 보며 말했다.

"열일곱."

얼굴이 일그러진 구선희는 이제 양손으로 흑화탄을 쏘기 시작했다.

다른 곳에서도 수 세는 소리가 들렸다.

악마 타프였다.

이빨 달린 도끼 고스통을 휘두르는 테룽도, 마법으로 공격하는 레반도, 정령을 소환하여 크립테아 병사를 쓰러뜨리는 세르프도 해치운 병사의 수를 세고 있었다.

트로얀은 웃음을 터트릴 뻔했다. 다 큰 어른이 아이들처럼 유치하게 경쟁을 하다니. 나쁠 건 없다. 서로에게 자극이 된다면 평소보다 훨씬 힘을 뽑아낼 수 있을 테니까.

병사 하나를 발길질로 날려 버린 트로얀은 '우와!' 함성 소리에 고개를 돌렸다.

눈을 의심했다.

노관장이 주먹을 살짝 뻗었는데, 거기에 닿은 병사는 멀쩡한 반면 그 뒤쪽에 있던 병사들 수십 명이 부채꼴로 흩어지며 짧게는 10미터, 길게는 30미터 가까이 날아가 버린 것이다.

거칠고 호전적인 크립테아 병사들조차 노관장의 무력에는 감탄을 금치 못했다.

사조님이 땅을 가볍게 굴렀다.

쿵.

놀라운 일이 벌어졌다.

발에서 시작된 충격파가 해일처럼 크립테아 군대를 덮쳤다. 흙먼지 날리는 충격파에 닿기만 하면 팔이 부러지거나 다리가 꺾였다. 심지어 들고 있던 창은 자루가 바스러졌고, 방패는 박살이 났다.

"······타각이야."

트로얀은 김현의 수련을 자주 봤기 때문에, 저 스킬이 무엇인지 바로 알아봤다.

하늘 위에 하늘이 있음을 깨달았다.

저보다 더 강한 위력의 타각을 지하 던전 사냥에서 본 적이 있다. 하지만 저보다 더 자연스럽고…… 더 정교하며…… 더 효율적인 타각은 본 적이 없다.

트로얀은 사조님에게서 눈을 뗄 수 없었다. 어떻게 저런 상황에서 저런 동작이 나올 수 있을까? 어떻게 저런 동작을 저토록 자연스럽게 이어 나갈 수 있을까?

"위험해요!"

세르프의 목소리였다.

고개를 돌린 트로얀은 검은 화살을 보았다. 독이 묻어 있는 화살은 코앞에서 멈췄다.

구선희가 화살대를 부러뜨리며 말했다.

"싸우는 게 겁나면 빠져요. 괜히 방해만 되지 말고."

이상하게 화가 나지 않았다. 평소라면 이를 악물고 어떻게든 저 여자의 콧대를 꺾어 놓겠다고 날뛰었을 텐데.

그 이유, 금세 알아냈다.

구선희는 사조님의 놀라운 무공을 보고도 그 깊이를 깨닫지 못한 것이다.

따라서, 이 여자와는 더 이상 경쟁 관계가 아니다. 오히려 자신이 돌봐 주고 사부님이 추광대를 이끈 것처럼 이 여자를 높은 수준으로 끌어올려야 한다.

풍뢰검으로 끝도 없이 몰려드는 병사들을 해치우면서도 더 이상 수를 세지 않았다. 그럴 필요를 느끼지 못했다. 오히

려 힐끔힐끔 사조와 사백을 눈으로 훔쳤다. 두 사람의 무공
에 빠져 정신을 잃지 않기 위해서 애를 써야 했다.

그 태도가 이상한지 구선희가 트로얀을 몇 번 살폈다. 그
러나 곧 나름대로 결론을 내린 후, 아예 뱀파이어를 무시하
고 전투에 몰입했다.

크립테아군 뒤쪽에서 뿔피리 소리가 들렸다. 전술의 변화
를 명령하는 소리 같았다.

갑자기 군대는 돌진을 멈췄고, 뒤로 40미터 가까이 물러
섰다.

트로얀은 얼른 물통을 들고 사조님 옆으로 다가갔다.

뱀파이어를 쳐다본 노관장은 물통을 받아 벌컥벌컥 마셨
다. 흡족한 미소를 지은 현기명은 다시 트로얀을 쳐다보며
물었다.

"많이 배웠느냐?"

"……네?"

"좋은 눈이야. 언제든 궁금한 게 있으면 찾아오너라."

"……알겠습니다."

트로얀은 감동했다. 맹렬한 전투 중에도 그 시선을 알아차
렸을 뿐 아니라 그 의도까지 간파하다니. 게다가 '좋은 눈'이
라는 칭찬까지 받았다.

이어 사백에게 물통을 가져가려 했는데, 이미 구선희가 거
기 서 있었다.

황철호가 트로얀을 보며 손짓했다.

트로얀은 물통을 들고 달려갔다.

"싸울 때는 아무리 진귀한 보물이 있어도 한눈팔면 안 돼."

"알겠습니다, 사백."

"대사형답게 행동하도록."

"……네!"

얼른 대답하고 물러나 자리로 돌아온 트로얀은 황철호에게 따지는 구선희를 볼 수 있었다.

곧 어깨가 축 늘어진 구선희가 다가왔다.

"……대사형께 인사드립니다."

트로얀은 깜짝 놀랐다. 크립테아 일이 모두 끝날 때까지 승복하지 않을 줄 알았다.

"잘 부탁해, 이二사매."

구선희의 눈이 커졌다. 첫째 사매라는 건, 대사형 바로 아래라는 뜻이었다.

능력과 성향을 고려할 때, 구선희가 그 위치에 있어야 한다는 게 트로얀의 판단이었다. 세르프, 테룽, 레반이 어떤 반응을 보일지 아직 알 수 없지만, 대사형으로서 내린 판단을 존중해 주기를 바랄 뿐이다.

뿔피리 소리가 다시 바뀌었다.

그리고 변화가 시작되었다.

크립테아 병사들의 몸이 꿈틀거리더니…… 저마다 다른

형태로 바뀌었다.

벨레스카르의 이야기가 생각났다. 크립테아의 진정한 힘은 변신과 융합에 있다는 조언.

어쩌면 전투는 이제 시작인지도 모른다.

시간 장벽 바로 앞에서 싸움이 벌어지고 있었다. 주술로 시력을 강화시켜 살피던 프리온은 입을 다물 수 없었다.

서왕군이 이렇게 나약했나?

아니다!

시간 장벽을 넘어온 놈들이 비정상적으로 강했다.

특히 중앙에 서서, 변신까지 끝낸 병사들을 장난치듯 쓸어버리는 노인의 힘은…… 상대가 강할수록 더 맹렬하게 달려드는 크립테아 병사들조차 본능적으로 움츠러들게 할 만큼 압도적이었다.

몸이 떨렸다.

두려움과 흥분이 뒤섞였다.

저런 늙은이와는 절대로 싸우고 싶지 않았다. 그와 동시에, 저 늙은이의 어금니만 손에 넣을 수 있다면, 자신의 목걸이에 그 이빨을 걸어 둘 수만 있다면 그 무엇도 아깝지 않다는 생각이 들었다.

주둔지 중앙에 설치된 높은 단 위에 앉아서 전투를 지켜보던 타릴이 프리온을 쳐다봤다.

"책사."

"네, 전하."

프리온은 강렬한 욕망을 즉시 숨겼다.

"내 눈에 문제가 생긴 건 아니겠지?"

"……보시는 그대로입니다."

"쿠라프는 아직인가?"

"그렇습니다."

정찰 나간 쿠라프는 돌아오지 않았다.

둘 중 하나였다. 쿠라프가 저놈들에게 당했거나, 아니면 처음부터 한편이었거나.

"서왕군의 명예가 땅바닥에 떨어졌군. 대체 어떤 새끼들이야?"

타릴이 프리온을 보며 물었다.

두 번의 전쟁을 통해 얻어 낸 지혜 중 하나가 정보였다. 상대가 얼마나 강한지, 경계해야 할 대상은 누군지, 특정 마탑의 장점과 단점은 무엇인지 등 다양한 정보를 입수해야 적을 굴복시킬 수 있을 것이다.

크립테아 밖으로, 시간 장벽 너머로 직접 나갈 수는 없지만 막대한 양의 성질석을 미끼로 쿠라프 같은 자들을 통해 어마어마한 양의 정보를 입수했다.

프리온은 그 정보 대부분을 직접 파악하고 분류한 후에 만부장, 천부장 등 중요 지휘관에게 필요한 사실을 제공해 왔다. 따라서 웬만한 무공, 마법은 동작만 봐도 알 수 있었다.

"저 노인의 무공은…… 무극심법 같습니다."

"무극심법?"

타릴의 눈이 휘둥그레졌다.

그럴 만도 했다. 무극심법은 하이엘프 셀레스카르가 완성한 최강의 무공 중 하나였다.

"……셀레스카르, 아니잖아?"

"그 때문에 저도 확신할 수가 없습니다. 스킬의 위력이나 발동 과정은 무극심법의 타각과 매우 유사한데, 셀레스카르 본인은 아닙니다."

프리온은 힘주어 강조했다.

"이러다가 방호군이 전멸하겠군. 웨르를 투입해."

"알겠습니다, 전하."

웨르는 제7만인대를 이끄는 만부장으로, 후퇴를 모르는 인물이었다.

프리온은 빙긋 웃었다.

적은 기껏해야 열 명 남짓이다. 저 늙은이가 아무리 강해도 웨르 만인대의 맹렬한 전투력을 당해 낼 수는 없다. 웨르가 늙은이를 쓰러뜨린다면 자신에게도 기회가 찾아온다.

저 노인의 이빨 하나를 입수할 수 있는 절호의 기회.

제7만인대를 향해 진격 명령을 하달한 프리온은 타릴 앞에 무릎을 꿇었다.

"전하, 청이 있습니다."

"후후, 저 늙은이의 이빨 때문이지?"

너무나 쉽게 책사의 속내를 간파한 타릴.

프리온은 고개를 조아렸다.

"역시 전하시옵니다. 허락해 주신다면, 그의 어금니를 뽑아 전하를 위한 망량으로 삼겠습니다."

"해 봐."

"감사합니다, 전하."

단상에서 내려온 프리온은 주술사들을 모았다.

노인의 능력은 물리적 타격 위주였다. 마법도 불덩어리를 날리는 공격이라면 쉽게 막아 내겠지만 저주나 부패 같은 은근한 마법에는 속수무책으로 당할 가능성이 높았다.

지시를 내린 프리온은 골륜조를 불러내어 전장으로 향했다. 이미 제7만인대가 움직이고 있었다.

가마가 흔들렸다.

한쪽으로 완전히 기울어지진 않았지만 분명히 쏠렸다. 팔걸이에 올려놓았던 유리잔이 미끄러져 아래로 떨어졌고 퍽

소리를 내며 깨졌기 때문이다.

"정지."

웨르는 명령을 내렸다.

무거운 가마를 어깨로 짊어진 열여섯 명의 교군이 일제히 멈췄다. 하지만 웨르는 공포에 질린 놈들의 미세한 떨림을 느낄 수 있었다.

"누구야, 실수한 놈?"

웨르는 가시 달린 채찍을 만지작거리며 물었다.

어떤 놈이 잘못했는지 이미 알고 있었다. 그럼에도 이런 질문을 던지는 이유는 만인대의 기강을 바로 세우기 위해서였다.

한 놈이 튀어나와 가마 앞에 무릎을 꿇고 조아렸다.

"죽을죄를 지었습니다! 다시는 이런 일 없……."

채찍이 살아 있는 뱀처럼 날아가 놈의 목을 휘감았다.

놀란 녀석의 눈이 휘둥그레지는 순간, 채찍의 가시가 목 안으로 파고들었다. 목에서 피가 흘러내렸다. 검은색이었던 채찍이 피를 흡수해 붉게 변했다.

"치워."

말 한마디에 병사들이 교군의 시체를 가져갔다.

교군, 즉 가마꾼은 웨르 만인대 소속 병사라면 누구도 거부할 수 없는 의무였다. 순번을 정해 열여섯 명씩 가마를 짊어지는데, 사소한 실수도 웨르는 용납하지 않았다.

언젠가는 열여섯 명을 한꺼번에 다 죽인 적도 있었다.

제7만인대는 크립테아인이라면 모두가 원하는 부대였다. 그만한 자격을 갖추어야 올 수 있는 곳이기도 했다.

"가자."

교군은 동시에 움직였고, 가마는 조금도 흔들리지 않았다. 공포는 몸을 마비시키기도 하지만 생존 욕구를 자극시켜 그 어느 때보다 힘을 발휘할 수 있게 만들기도 한다.

제7만인대는 드디어 시간 장벽 바로 앞에 도착했다.

웨르는 한 줌도 안 되는 적들을 보며 혀를 찼다.

저런 놈을 없애기 위해 웨르 만인대가 출병을 하다니! 이건 파리 한 마리 잡기 위해 전설의 보검을 꺼낸 꼴이 아닌가.

저런 놈 하나 처리하지 못한 방호군은 존재 의미가 없다. 타릴 전하라면 서왕군의 명예를 짓밟은 방호군을 아예 없애 버릴지도 모른다.

웨르는 근처에 쌓여 있는 시체의 산을 쳐다봤다.

아무리 허약한 방호군이라고 해도 크립테아 병사였다. 어릴 때부터 죽고 죽이는 경쟁을 뚫고 올라온 병사를…… 저리 쉽게 죽였다면 무시해선 안 된다는 뜻이다.

웨르는 옆에 앉아 있던 천부장 베르를 쳐다봤다.

"좋은 기회입니다, 장군. 분병으로 휩쓸어 버리는 게 어떻겠습니까?"

적절한 조언이었다.

제7만인대가 오랫동안 심혈을 기울여 만들어 낸 분병은 커다란 두더지를 군마처럼 다루는 부대였다. 기병이 군마를 타고 돌진한다면 분병은 갑옷 입은 두더지를 타고 적을 짓밟는다.

웨르가 고개를 끄덕이자, 베르는 즉시 명령을 내렸다.

두두두.

땅을 흔드는 진동과 함께 분병이 모습을 드러냈다. 집채만 한 두더지 서른 마리는 시커먼 갑옷을 입고 있었다. 두더지 한 마리 위에는 일곱 명의 병사가 타고 있었다.

조금씩 속도를 내기 시작하는 분병 부대.

두더지가 착용한 갑옷에는 웬만한 마법은 튕겨 내는 마법진이 새겨져 있었다. 또한 두더지 자체도 갖가지 성질석을 복용했기 때문에 마법 저항력이 굉장히 높았다. 평범한 칼로는 뚫지 못할 만큼 가죽도 단단했다.

주위에서 환호가 터져 나왔다.

크립테아인은 강함 자체에 쉽게 매료된다.

웨르는 경쟁 관계에 있는 만부장 카라벤, 르소스, 코딜의 표정을 볼 수 없어서 아쉬웠다. 아마 못마땅해서 잔뜩 구겨진 얼굴로 제7만인대의 분병이 보여 주는 맹렬한 질주를 지켜보고 있을 것이다.

웨르는 분병이 놈들을 짓밟아 형체도 남기지 않으리라 믿어 의심치 않았다.

붕.

선두에 있던 두더지가 공중으로 떠오르며 뒤집혔다. 두더지 갑옷에 쇠사슬로 몸을 묶었던 병사들이 허공에서 버둥거렸다. 병사들이 먼저 땅바닥에 떨어졌다. 팔이나 다리가 부러졌는지 비통한 얼굴인데, 그 위로 두더지가 추락했다.

쿵!

웨르는 벌떡 일어섰다.

두 번째 두더지는 더 높이 솟구쳤다.

세 번째 두더지는 뒤쪽으로 날아갔는데…… 시간 장벽 너머로 사라졌다. 그건 곧 시간 장벽에 의해 소멸되었다는 뜻이었다.

네 번째, 다섯 번째 두더지는 공중에서 부딪쳤다가 동시에 바닥에 떨어졌다.

그걸 보고 겁에 질린 두더지들은 병사의 지시를 거부하고 달아났다. 몇 마리가 대열에서 이탈하자, 분병의 질주는 순식간에 아수라장이 되고 말았다.

두더지는 근처에서 지켜보던 제5만인대, 제8만인대 등으로 난입하여 병사들을 짓밟았다. 주위 병사들이 공격하자 두더지는 곧 잠잠해졌다.

웨르는 이를 악물었다.

자신이 그토록 공을 들인…… 분병이 저런 식으로 망가지다니!

"바라크!"

"명령을 기다리고 있습니다."

3미터의 키에 네 개의 팔을 가진 잡종 크립테아인이 가마 앞으로 다가왔다.

"놈들의 대가리를 가져와라."

"존명!"

제7만인대 최강의 병사 바라크는 단신으로 달리기 시작했다.

분병을 단신으로 망가뜨린 노인 대신 덩치 큰 남자가 앞으로 나섰다. 그래도 바라크 앞에서는 샌님 같은 놈이었다.

웨르는 바라크의 도끼가 단번에 놈의 대가리를 날려 버릴 거라고 확신했다.

바라크가 휘두른 도끼를 가볍게 피한 놈이 측면으로 파고들더니 주먹을 날렸다. 어깨와 옆구리, 턱과 관자놀이 등 열 군데가 넘는 곳을…… 주먹이 거의 동시에 타격했다. 일순간 주먹이 열 개 이상으로 보였다.

바라크는 변신했다. 날개가 돋아나고, 피부는 갑옷을 입은 것처럼 단단한 외피로 둘러싸였다. 힘도 속도도 몇 배나 증가했다.

그럼에도 상대를 압도하기는커녕 오히려 일방적으로 당하고 있었다. 꼬마가 다 큰 어른을 가지고 장난을 치는 듯했다.

바라크가 땅바닥의 흙을 상대에게 던졌다.

"우우우!"

크립테아 병사들이 비난을 퍼부었다.

대신, 그들은 너무나 강한 적을 향해 환호하고 있었다.

웨르는 도저히 화를 참을 수 없었다. 팔걸이를 쾅 내려치자 가마가 부서졌다.

만부장은 아래로 뛰어내렸다.

베르가 다가왔다.

"……예상외로 적이 강합니다. 이제는 전면전을 피할 수 없습니다."

"좋다. 그리고 제14백인대에 최종 명령을 내려라."

"……최종 명령이라면?"

웨르는 베르를 노려봤다.

"알겠습니다. 최종 명령을 하달하겠습니다."

제7만인대가 벌 떼처럼 놈들을 향해 돌진했다.

두더지가 공중으로 솟구친 것처럼, 노인 근처로 몰려간 병사들은 10미터, 때로는 20미터까지 날아올랐다가 철퍼덕 쓰러진 후 다시는 움직이지 않았다.

웨르는 뒤통수로 꽂히는 시선을 느꼈다.

누군지 알기 때문에 차마 돌아설 수는 없었다. 잊었다고 생각한 감정…… 공포가 몸을 감쌌다.

서왕 타릴은…… 이런 추태를 보인 만부장을 가만히 내버려 둘 사람이 아니다.

웨르는 채찍을 쥔 채 그 노인을 향해 달리기 시작했다.

손가락에 힘을 주고 벽에 깊이 박았다.

단단한 암벽을 억지로 부술 필요는 없었다. 천부선공 제5
단계 오행으로 단단한 절벽을 이루는 흙을 일부만 부드럽게
바꿀 수 있었다.

김현은 그 손에 힘을 주고 한 발 옆으로 옮겼다. 발 역시
오행의 묘리로 틈을 만들어 낼 수 있었다.

밧줄이 갑자기 팽팽해졌다.

암벽에서 미끄러지며 추락하는 만스크를 본 김현은 손과
발에 힘을 주며 버텼다.

만스크와 연결된 벨레스카르 역시 미끄러졌다.

확실히 마법사라서 만스크의 체력은 형편없는 수준이었
다. 벨레스카르는 그보다는 나은 수준이지만 그래도 암벽등
반 자체를 해 본 적이 없어서 도움이 절실했다.

김현은 한 손으로 밧줄을 잡고 당겼다. 만스크와 벨레스카
르 둘 다 쑥쑥 올라왔다.

하루하루 수련으로 일궈 낸 힘으로 누군가를 구하거나 도
와줄 때면…… 가슴 밑바닥에서부터 뿌듯함이 올라온다. 그
기쁨은 너무나 강렬해서, 몸은 힘들고 마음은 지쳐도 틈만

나면 또 수련에 몰두하게 만든다.

　무시 못 할 몬스터와 싸워서 이길 때의 쾌감도 짜릿했다.

　단순히 적을 이겼다는, 상대를 굴복시켰다는 사실이 주는 기쁨은 아니었다.

　내가 저런 몬스터를 이길 만큼 강해졌구나.

　이런 상황에서도 당황하지 않을 만큼 실력을 쌓았구나.

　기를 쓰고 하루하루 수련한 시간이 헛되지 않았구나.

　그런 생각이 주는 은근한 즐거움에 가까웠다.

　김현은 고개를 돌려 제일 뒤쪽에 있는 안진후를 쳐다봤다. 자유롭게 쓸 수 있는 이그드라실의 뿌리 덕에 안진후에게 암벽등반은 그리 어려운 일이 아니었다.

　세계수 이그드라실.

　안종화 회장이 건넨 씨앗.

　안종화 회장은 페플을 신대륙으로 생각하고 있었다. 더 이상 뻗어 나갈 곳이 부족한 인류에게 페플은 정복의 대상이며, 식민지로 삼아야 할 미지의 세계였다.

　그런 생각을 하는 사람이 안종화 회장 혼자는 아닐 것이다. 어쩌면 유니온 자체가 그런 의지를 가진 조직인지도 모른다.

　세상은 참 혼란스럽다.

　각자의 욕망을 이루기 위해 애를 쓸수록 세상 자체는 혼돈으로 뒤덮인다.

오랫동안 탐독한 스물두 권짜리 《룬트란 왕국의 역사》를 한두 마디로 압축한다면…… 그건 '갈등과 충돌'일 것이다.

　평화의 시기는 매우 짧았다. 아니, 평화롭게 보이는 시기에…… 갈등의 씨앗이 싹트고, 곧 크고 작은 충돌로 평화는 깨졌다.

　중명 제국은 레나르카 왕국을 눈엣가시처럼 여기고 어떻게든 무너뜨리려고 수단과 방법을 가리지 않았다.

　레나르카 왕국은 당하면 이자까지 쳐서 돌려줘야 직성이 풀리는 사람들로 가득했다.

　룬트란 왕국은 그 사이에 껴서, 때로는 전쟁에 휘말렸고…… 때로는 완충지대로서 이런저런 이익을 얻기도 했다.

　이제 그 규모가 커졌다.

　어떻게든 전쟁을 일으키려는 크립테아, 그걸 막으려는 드래곤과 천도의 신족, 그리고 호시탐탐 페플을 식민지로 삼으려는 유니온.

　김현은 그 거대한 소용돌이의 중심에 서 있는 셈이었다.

　겁이 나진 않았다.

　그런 단계는 이미 오래전에 지났다. 아직도 미숙한 마음을 가지고 있다면 무시무시한 드래곤 옆에 서지도 못할 것이다.

　기분은 좀 이상했다.

　4년 가까이 집에 갇혀 있었던 히키코모리가 어떻게 세계 전체를 가슴에 품는 사람이 될 수 있었을까?

이것이야말로 기적이었다.

어쩌면…… 운명일지도 모른다.

"킥킥."

김현은 자신도 모르게 웃었다.

만스크, 벨레스카르 그리고 안진후까지 그를 쳐다보았다.

그 눈빛을 모른 척하며 앞으로 움직이는데…… 저 멀리 시간 장벽 앞에서 벌어지는 일이 시야에 들어왔다.

쿵쿵 땅을 울리며 몰려가는 커다란 두더지들.

김현은 사부님과 둘째 사형이 피할 거라고 생각했다. 아니, 피해야 한다고 생각했다.

그 순간, 두더지가 공중으로 쑥 올라갔다.

다른 놈들도 마찬가지였다.

김현은 입을 쩍 벌렸다.

처음 보는 스킬이었다. 당장이라도 사부님께 가서 배우고 싶은 스킬이었다. 저건 힘으로 던진 게 아니라…… 두더지가 저절로 공중으로 떠오른 느낌이었다.

이어서 몰려가는 병사들.

사부님은…… 어마어마하게 강했다. 근처에 가기만 해도 병사들이 튕겨 나갔다.

그때, 변화가 일어났다.

코르디앙이었다!

한두 명이 아니라…… 백여 명이 합쳐진 융합!

기괴한 형태의 거인이 사부님을 덮쳤다. 거인의 몸은 공중
으로 떠오르지 않았다.

사부님이 옆으로 피한 순간, 그 땅바닥이 움푹 파였다. 사
부님은 처음으로 뒤로 물러났다.

"김현."

안진후였다.

저 격렬한 전투를 헛수고로 만들 수는 없다. 김현은 몸을
돌려 앞으로 움직였다.

둥그스름한 것이 시야에 들어왔다.

암갈색의 벽와 비슷하나…… 커다란 버섯이 웅크리고 있
는 것 같았다.

김현은 만스크에게 물었다.

"……저건 에룸입니다, 마스터."

"에룸?"

《룬트란 왕국의 역사》 20권 후반부에 에룸에 대한 내용이
실려 있었다.

에룸은…… 버섯의 일종이지만 폭연석을 흡수하여 무엇이
든 다가오면 폭발하는 식물이었다. 크기가 클수록 터지는 반
경도 넓었다.

왜 하필 여기 에룸이 있을까?

김현은 위와 아래를 살폈다. 크고 작은 에룸이 곳곳에 자
리 잡고 있었다. 그 어느 것도 터트리지 않고 빠져나가긴 불

가능해 보였다.

이제 남은 방법은 터지더라도 그 소리를 최대한 막아 내는 것뿐이었다. 김현은 사람들에게 그 방법을 알렸다.

세 명의 안색이 어두워졌지만 누구도 다른 방법에 대해 말하지는 않았다.

"비마대가 다가오더라도 절대 움직이면 안 됩니다."

김현은 다시 앞으로 움직였다. 그리고 오행의 묘리로 흙과 금속이 섞인 항아리를 만들어 냈다. 크기는 키우되 뚜껑 형태는 바꾸었다.

김현은 뒤를 쳐다봤다.

고개를 끄덕이는 사람들.

심호흡으로 마음을 다스린 김현은 그 커다란 뚜껑을 앞으로 이동시켜 에룸을 단숨에 덮었다.

펑!

진동이 암벽을 흔들었다.

다행히, 소리는 그리 크지 않았다. 공중을 돌아다니는 비마대 중 누구도 벽을 향해 눈길을 주지 않았다.

안진후가 김현을 보며 엄지를 세웠다.

히죽 웃은 김현은 폭발한 에룸 옆을 지나 또 다른 에룸이 있는 곳으로 이동했다.

같은 방식으로 에룸의 뚜껑을 덮었다.

펑!

쾅!

폭발이 연이어 일어났다.

뚜껑을 덮어서 소리를 죽인 커다란 에룸 바로 근처에 주먹 크기의 조그만 에룸이 있었던 것이다.

김현은 즉시 고개를 돌려 비마대를 쳐다봤다.

박쥐처럼 날고 있던 몇 명이 이야기를 주고받더니 벽으로 다가왔다.

거리는 30미터 정도였다.

10미터 안으로 들어온다면…… 카멜레온 반지로도 몸의 윤곽을 숨기지 못할 것이다.

만스크가 김현을 쳐다봤다. 먼저 공격해서 없애자는 뜻이었다.

김현은 고개를 저었다. 비마대 몇을 상대하는 건 쉬운 일이다. 그러나 들키지 않고 베크렘을 통과하지 못한다면…… 이번 계획 자체가 어그러질 것이다.

이제 비마대는 20미터까지 다가왔다.

안진후의 시선이 느껴졌다. 김현은 눈빛만으로 그 의미를 알아차렸다.

자신이 미끼가 되어 비마대를 한쪽으로 유인할 테니 그사이 이동하라는 뜻이었다.

김현은 무거운 얼굴로 고개를 저었다. 단순히 친구의 안위 때문이 아니었다.

안진후의 재능은 이번 계획에 중요한 요소였다. 만스크와 벨레스카르 모두 마법사이며 따라서 마법진에도 일가견이 있지만…… 처음 본 마법진의 구조를 순식간에 파악하여 그 약점을 파고드는 점에 있어서는 안진후만 못했다.

마그나타까지 잠입한다고 해도 그 구조조차 모르는 마법진을 무너뜨리려면 안진후는 반드시 동행해야 한다.

거리는 15미터였다.

그때, 어마어마한 소리가 주둔지 전체를 뒤덮었다.

비마대가 멈췄다.

더 이상 다가오지 않고 거기서 암벽을 훑는 비마대.

김현 일행은 숨도 쉬지 않고 가만히 절벽에 붙어 있었다.

놈들은 몸을 돌리더니 그 소리가 난 곳을 바라보았고, 그쪽으로 조금 이동했다.

김현은 사부님을 쳐다봤다. 코르디앙을 이룬 거인과 싸우면서도 이쪽을 눈여겨보던 사부님이…… 내공을 담아낸 사자후로 접근하던 비마대의 이목을 집중시킨 것이다.

"살았다."

안진후였다.

김현도 안도하며 앞으로 움직였다. 조금이라도 빨리 통과해야 사부님도 쉴 수 있을 것이다.

프리온은 치열한 전투를 힐끔 살피면서 손짓으로 편첩마
진을 조율했다.

　편첩마진은 제1차 몬스터대전 이후 본격적으로 개발되었
다. 드래곤을 상대로 겨우 승리를 거두었으나 결과만 보면
오히려 크립테아의 패배였다. 시간의 장벽이 생겨나 크립테
아가 지하에 갇혔던 것이다.

　투리우스 황제와 사왕은 물론 크립테아 전체가 달려들어
드래곤을 상대하기 위한 무기 개발에 나섰는데, 그중 하나가
바로 편첩마진이었다.

　한 사람의 마법사가 펼치는 마법을 퍼즐처럼 짜 맞추어 거
대한 마법으로 완성시키는 방법인데, 어떤 마법으로 구성하
는지…… 어떤 위치에서 마법을 펼칠지 등 까다로운 조건이
많은 공격법이었다.

　프리온의 손짓에 따라서 주술사들이 조금씩 자리를 옮겼
다.

　수도 없이 연습을 통해 다듬었지만 긴장감은 숨길 수 없었
다. 마법 종족이라 불리는 드래곤을 사로잡으려면…… 최소
한 열 배, 어쩌면 백 배나 많은 주술사가 필요할지도 모른다.

　다행히 저 늙은이는 물리적 공격에 특화된 무인이어서, 저
주 같은 마법만으로도 충분할 것이다.

준비는 끝났다.

프리온은 늙은이를 쳐다봤다.

백인대가 코르디앙으로 뭉쳐진 거대 전사가 늙은이와 싸우고 있었다. 두더지처럼 그 전사를 날려 버릴 수는 없는지, 노인은 재빠른 몸놀림으로 피할 뿐이었다.

그러다가 노인이 갑자기 고함을 내질렀다.

프리온은 재빨리 귀를 막았다. 근처에 있던 병사들 수백 명이 고통으로 비틀거리다가 주저앉았다.

거대 전사는 어리둥절했지만 타격은 거의 받지 않았다. 코르디앙으로 강화된 몸에 그 소리 공격은 무용지물이었다. 전사는 붕, 주먹을 뻗었다.

프리온은 고개를 갸웃거렸다.

이제까지 저 늙은이가 보여 준 전투법은 대단히 효율적이고 여유로웠다. 약간의 힘도 낭비하지 않았고, 동작 역시 군더더기가 없었다.

그런데 왜 힘을 모아서 소리를 내질렀을까?

순간, 마음이 찜찜해졌다. 무언가 중요한 사실을 놓치고 있는 기분이었다.

'저 노인의 힘은…… 크립테아 기준으로 봐서도 강하다. 만약 노인이 크립테아인이었다면…… 만부장 자리는 쉽게 꿰찼겠지. 싸우는 방식도 대단히 영리해. 그러면 대체 왜 어렵게 시간 장벽을 넘어와서 서왕군을 정면으로 공격할까?

기습을 했다면 훨씬 큰 피해를 줬을 텐데.'

이 공격이…… 미끼라는 생각이 들었다.

그러면 진짜는 무엇일까?

프리온은 주위를 살폈다. 격렬한 전투에 이목이 집중될 때 틈은 자연스럽게 드러난다. 그 틈을 이용하여 서왕 타릴을 노릴지도 모른다는 생각이 들었다.

즉시 서왕호위대에 명령을 내렸다. 어떤 일이 있어도 타릴을 지켜야 한다는 명령이었다.

그래도 마음에 걸리는 느낌은 사라지지 않았다.

더 이상 기다려서는 안 된다.

프리온은 주술사에게 지시를 내린 후, 바로 편첩마진을 발동시켰다.

제7만인대 곳곳에 자리 잡았던 주술사 수십 명이 저마다 정해진 순서로 마법을 펼쳤다. 테네파르 인스푸모, 바로 죽음의 기운이 듬뿍 담긴 마법이 검은 안개의 형태로 늙은이를 향해 날아갔다.

거대 전사의 발길질을 피한 늙은이는 다가오는 마법을 보고 뒤로 몸을 날렸지만, 프리온은 피식 웃었다. 편첩마진은 물리적 방법으로는 절대 피할 수 없다.

안개가 노인을 덮었다.

편첩마진에 속한 무수한 마법이 차례차례 그 위로 쏟아졌다.

노인의 몸이 검은 구체로 둘러싸였다. 몸 내부로 파고드는 저주의 기운, 부패의 힘에 노인은 결국 무릎을 꿇었다.

거대 전사는 편첩마진의 힘을 느끼고 뒤로 물러났다.

"하하하."

프리온은 웃음을 터트렸다.

언젠가 드래곤과 맞붙는다면 편첩마진은 그 위력을 제대로 발휘할 것이다.

노인 뒤에 있던 놈들은 시간 장벽 너머로 달아났다.

'후후, 의리라곤 눈곱만큼도 없는 놈들. 너희 따위엔 관심 없다. 저 노인…… 저 늙은이……의 어금니 하나면 난 크립테아 최강의 주술사가 될 테니까.'

프리온은 당당하게 병사들 사이로 걸어갔다.

평소 주술사를 경멸하는 놈들도 지금은 겁먹은 눈으로 물러섰다. 제7만인대가 나서도 어쩌지 못한 저 늙은이를 주술사들이 잡았기 때문이다.

편첩마진은 노인의 몸을 까맣게 물들였다. 그렇게나 강했던 늙은이는 검고 두꺼운 옷을 입고 쓰러진 거지 같았다.

그 앞에 선 프리온은 몸을 돌려 서왕 타릴을 쳐다보며 고개를 숙였다.

"역시 그대는 나의 책사다!"

타릴의 목소리가 주둔지 전체로 퍼져 나갔다.

함성이 사방에서 쏟아졌다.

주술사들도 이 순간만큼은 어깨를 펴고 주위를 바라볼 수 있었다.

모두 프리온이 이뤄 낸 성과였다.

"그대가 서왕의 책사 프리온인가?"

뒤에서 들린 나지막한 목소리.

프리온은 등골이 오싹했다. 한 번도 듣지 못한 음성이었지만, 누군지 이미 알아차렸다.

바로 뒤에 그 늙은이가 서 있었다.

프리온은 천천히 돌아섰다.

편첩마진은…… 흩어지며 땅바닥으로 흡수되었다.

도저히 있을 수도 없고, 있어서도 안 되는 일이 벌어졌다.

그 이유는…… 곧 깨달았다. 노인이 착용한 갑옷이 눈에 띄었다. 바로 크립테아의 힘에 저항하는…… 드래곤 아머였다. 그리고 목걸이와 팔찌, 반지 모두…… 크립테아와 싸우기 위해 드래곤이 만들어 낸 아이템이었다.

크립테아가 편첩마진 같은 방법으로 드래곤을 상대하기 위해 노력한 것처럼, 드래곤 역시 크립테아를 짓밟기 위해 온갖 마법 지식과 성질석을 동원했던 것이다.

노인은 너무나 쉽게 다가와 프리온의 목걸이를 움켜쥐었다. 상대가 무엇을 하려는지 깨달은 프리온은 버둥거렸으나, 이미 늦었다. 수백 개의 이빨이 꿰여 있는 목걸이는…… 주술사의 목을 벗어났다.

그 순간, 프리온은 깨달았다. 이 늙은이가 판 함정에 당했
다는 사실을.

퍽.

노인이 프리온의 배를 걷어찼다.

프리온은 붕 3미터 높이로 떠올라 뒤로 날아갔다.

평범한 발길질인데…… 주둔지 중앙, 서왕 타릴이 지켜보
는 단에 이르러서야 속도가 줄어들었다.

프리온은 서왕 앞에 나뒹굴었다.

몸을 일으킨 서왕은 시간 장벽 앞 늙은이를 노려보고 있
었다.

그 노인은 장난스럽게 허리를 콩콩 두드리더니 시간 장벽
너머로 사라졌다.

서왕군 전체가 침묵에 빠졌다.

비록 방호군, 제7만인대 그리고 주술사만 참가했을 뿐이
지만…… 이런 치욕적인 전투는 근래에 한 번도 없었다.

타릴이 주술사를 내려다보았다.

그 눈빛에서 강렬한 분노를 느낀 프리온은 눈을 감았다.

퍽, 타릴의 구두가 주술사의 머리를 박살 냈다.

암벽등반은 끝났다.

지뢰처럼 곳곳에 박혀 있던 에룸도 더 이상 문제가 되지 않았다. 그 습성을 알아차린 모양인지 에룸을 처리하는 김현의 방식도 훨씬 능숙해졌기 때문이다.

폐허 도시 베크렘의 입구는 텅 비어 있었다. 전투를 지켜보기 위해 초병까지 모조리 도시 쪽으로 이동한 것이었다.

저 멀리 시간 장벽이 보였다.

조금 전 서왕 타릴은 책사 프리온을 밟아서 죽였다.

계획대로였다.

그 까다롭고 조금은 황당한 계획, 바로 안진후가 세웠다.

그럼에도 그는 노관장이 그처럼 완벽하게 계획을 실행하여 결과를 낼 거라고 기대하진 않았다. 서왕군의 사기를 조금 꺾는 것만으로도 충분히 효과적이라 생각했는데, 노관장은 타릴이 프리온을 죽이게 만들었다.

만스크와 벨레스카르의 이야기를 종합했을 때, 서왕군에서 가장 위협적인 존재는 프리온이었다.

크립테아는 일반적으로 호전적이며, 눈앞에 있는 적을 향해 달려드는 종족이었다. 따라서 경쟁은 너무나 당연하며, 싸워서 이기는 것이야말로 크립테아의 미덕이었다.

그 스타일의 약점은 협소한 시야였다.

맹렬한 투지는 지금 보이는 것에만 집중하게 만들기 때문에 전체를 놓치기 쉽다.

주술사는 그 약점을 보완하기 위해 존재했다. 특히 사왕에게 직접 조언할 수 있는 책사는 총사령관이 보지 않는 부분을 봐야 하는 자리였다.

타릴이 직접 책사를 죽였으니, 그 자리에 오르게 될 또 다른 주술사는 선뜻 자신의 생각을 말하기는 힘들 것이다. 타릴이 분노에 사로잡힐수록 크립테아 잠입과 마그나타 파괴의 가능성은 높아진다.

노관장과 황철호 등이 타격을 입혔지만 10만을 훌쩍 넘기는 서왕군은 여전히 건재했다.

오늘 죽거나 전투가 불가능할 만큼 다친 놈들의 운명은…… 비료였다. 크립테아 전체를 위해 그들의 몸이 희생되는 것이다. 물론 그들 자신의 의도와는 상관없이.

결손은 금세 보충된다.

크립테아의 수도 데알렘에는 병사가 되기 위해 무럭무럭 자라는 아이들로 넘쳐 났다. 어릴 때부터 서로를 짓밟고 올라가는 경쟁 시스템이 너무나 철저해서, 오래지 않아 서왕군은 이전의 모습을 찾게 될 것이다.

안진후는 김현을 쳐다봤다.

서왕군을 바라보는 김현의 눈은…… 반짝반짝 빛났다. 안진후는 웃으며 고개를 내저었다.

'이 녀석, 싸우고 싶어서 몸이 근질근질한 거야. 마그나타 파괴라는 임무만 없다면, 아까 노관장 옆에서 신나게 서왕군과 싸웠겠지.'

그 순간, 김현과 크립테아가 잘 어울린다는 생각이 툭 튀어나왔다.

김현에게 말하면 황당한 표정을 짓겠지만, 어떤 적이든 이기고 싶어 하는 그 강렬한 의지 자체는 공통점이라고 해도 과언은 아니었다.

무엇이 다를까?

김현은…… 자신의 스타일을 강요하지 않는다. 내가 옳기 때문에 너희는 무조건 따라야 한다고 말한 적도 없다. 그저 묵묵히 수련함으로써 주위 사람들에게 은근한 자극을 퍼트릴 뿐이었다.

그에 반해 크립테아는 그 투지를 시스템으로, 법으로, 규율로 만들어 놓은 세계였다.

벨레스카르는 도시와 거기 주둔하는 군대가 아니라 김현을 보고 있었다.

그 시선이…… 어딘지 모르게 음험했다.

안진후는 크립테아 내부 관련 정보를 얻기 위해 벨레스카르와 이야기를 나눴는데, 벨레스카르는 매우 점잖고 똑똑한 사람이라는 게 금세 드러났다.

입에서 흘러나오는 말 자체가 매우 논리적이었다. 마치 머릿속에서 인과관계를 완벽히 정리한 후 책을 읽듯 말하는 사람이었다.

그뿐 아니라 자신이 무슨 말을 하는지, 그 말을 왜 하는지 명확했기에, 쓸모없는 부분은 생략하거나 압축하고 중요한 부분은 조금 더 자세히 설명하는 등 듣는 사람의 수준에 맞추어 이야기를 할 줄 아는 사람이기도 했다.

가끔 그 여유로운 태도가 흔들렸는데, 안진후는 그 타이밍에 집중했다.

유독 셀레스카르 이야기를 할 때 벨레스카르는 평정을 잃곤 했다.

안진후는 그 이유를 금세 알아차렸다.

벨레스카르는 하프엘프, 즉 셀레스카르와는 이복형제 사이였다.

이복형제라는 말이 어떤 뜻인지 안진후만큼 잘 아는 사람도 드물 것이다. 큰형 안형준, 작은형 안택현 모두 엄마가 달랐다. 삼 형제 모두가 이복형제였던 것이다.

아버지는 같은데, 엄마는 다른 관계.

참으로 기묘하고…… 엿 같은 관계였다.

게다가 안진후는 막내였다. 아무 이유 없이 얻어맞아도 반항조차 하기 힘든 막내.

다행히 안진후는 천재적인 머리를 타고났다. 그 덕분에 주먹을 휘두르는 큰형과 말로 푹, 상처를 입히는 작은형으로부터 벗어나 학문의 세계로 달아날 수 있었다.

물론 완전한 탈출은 애초에 불가능했다.

벨레스카르 역시 셀레스카르에 대해…… 복잡한 애증을

느끼고 있을 것이다. 단순히 엄마가 다르다는 것을 뛰어넘어, 종족 자체가 걸려 있기에 그 감정은 더욱 깊을 것이다.

안진후는 벨레스카르를 이해하기 때문에, 그를 의심의 눈으로 지켜볼 수밖에 없었다.

'내가 벨레스카르라면…… 김현을 있는 그대로 받아들일 수 없을 거야. 내가 맡았다가 실패한 임무를…… 나보다 뛰어나며 나를 무시하는 이복형의 제자가 멋지게 완수한다면…… 그 앞에서 결코 웃지 못할 테니까.'

벨레스카르가 안진후를 쳐다보았다. 그리고 활짝 웃었다.

이유가 있음에도, 괜한 사람을 의심하는 게 아닐까 싶을 만큼 완벽한 미소였다.

안진후도 마주 보며 웃었다.

'저 가면을 벗기면 어떤 얼굴이 나올까?'

그때, 김현이 말했다.

"갑시다."

김현이 먼저 도시를 벗어나 아래로 경사진 통로로 접어들었다.

그 뒤를 만스크, 벨레스카르가 따랐다.

안진후는 마지막으로 베크렘을 눈에 담은 후, 달리기 시작했다.

관문 통과

어마어마한 전투력으로 서왕군에게 한 방 먹인 노관장은
현자 스노빈을 찾아가 주술사의 목걸이를 내밀었다.

"이걸 왜……?"

"그 녀석의 뜻이라네."

"……알겠습니다."

스노빈은 김현이 왜 목걸이를 자신에게 맡겼는지 알 것 같
았다. 바로 자신이 현자이며, 망량 전문가이기 때문이다.

테이블 위에 프리온의 목걸이가 놓여 있었다.

시꺼먼 줄에 꿰여 있는 이빨들.

송곳니도 있고, 어금니도 있고, 앞니도 섞여 있었다.

비교적 멀쩡한 치아도 있고, 썩어서 건들면 부서질 것 같

은 이빨도 있었다.

한숨을 내쉰 스노빈은 테이블에 놓인 목걸이를 바라보다가 조심스럽게 손을 뻗었다. 손가락 끝이 이빨에 닿는 순간, 분노에 찬 고함이 들렸다. 귀청이 나갈 뻔했다.

망량의 분노였다.

마음이 불편했다. 이 목걸이를 어떻게 해야 할지 판단이 서지 않았다.

다른 치아에서는 슬픈 탄식이 흘러나왔다.

저마다 다른 사정을 가진 망량이…… 그 이빨들에 묶여 있었다.

똑똑.

노크 소리에 몸을 일으킨 스노빈은 입구로 가서 문을 열었다.

오유선이 서 있었다. 이 통통한 여인은 눈이 퉁퉁 부어 있었고, 눈가에는 눈물 자국이 남아 있었다.

스노빈은 프리온의 목걸이 속 망량의 울부짖음을 이 여자가 들었다고 확신했다.

"들어와요."

"……너무 슬퍼요."

"당신은 참 선한 마음을 가졌군요."

"아니에요, 아니에요. 사람이라면…… 그럴 수밖에 없어요."

스노빈은 '여기엔 사람 아닌 것들이 많다.'고 속으로만 말했다.

오유선은 테이블 앞에 앉았다. 그녀는 무서워서 눈을 돌리고 싶은 마음과 손을 뻗어 망량의 이야기를 듣고 싶은 마음 사이에서 망설이고 있었다.

"이 망량들, 자유롭게 풀어 줄 생각입니다."

"어떻게요? 방법이 있나요?"

동그래진 눈으로 오유선이 스노빈을 쳐다봤다.

"반운이혼진이라는 주술진이 있는데, 그걸 변형하면 망량을 저 더러운 이빨에서 벗어나게 할 수 있을 겁니다."

"정말 잘됐어요, 정말!"

아이처럼 기뻐하는 오유선.

"저 혼자서는 버거운 작업이라, 도와주시겠습니까?"

"당연히 도와 드려야죠!"

오유선의 눈이 빛났다.

스노빈은 그 마음을 조금 이해했다.

노관장 등과 함께 만계로 넘어온 이방인이지만 오유선은 망량에 대한 감각과 재능을 빼면 평범한 여자였다. 요리도 체리나 세르프가 훨씬 능숙했기 때문에 할 일이 없는 오유선은 조금은 기가 죽은 모습이었다.

이제야 할 수 있고, 해야 하는 일을 찾은 셈이었다.

스노빈은 천야장의 대장간으로 찾아가서 프리온의 목걸이

를 보여 주었다. 그 대장간은 한번 박살 난 후 다시 만든 것으로, 예전보다 더 나았다.

"……끔찍하군."

목걸이를 살핀 천야장.

천야장은 스노빈과는 또 다른 눈으로 목걸이 속 망량을 바라보고 있었다.

스노빈은 계획을 알렸다. 반운이혼진으로 망량을 자유롭게 해 주겠다는 내용이었다.

천야장이 대뜸 물었다.

"이 녀석들의 의견은 물어봤나?"

스노빈은 말문이 막혔다. 너무나 당연해서 그들이 자유를 원치 않으리라곤 생각도 하지 않았다.

"자유, 참 좋은 거지. 허나, 모두가 그 자유를 간절히 원하는 건 아니라네. 잠깐만 기다리게."

천야장이 프리온의 목걸이를 들더니 목에 걸었다. 그리고 눈을 감았다.

늙은 대장장이의 뺨이 떨렸다.

눈썹 끝이 치솟았다.

이를 가는 소리도 들렸다.

드디어 눈을 뜬 천야장.

"이 새끼들, 아주 거친 놈들이야. 말도 많고. 무엇보다 질서가 없어, 질서가."

"……자유롭고 싶답니까?"

"전혀."

"네?"

"이놈들이 원하는 건…… 파괴야. 여기 있는 놈들이 모두 크립테아인이라는 걸 잊지 말게. 언젠가 자유롭기를 원하겠지만, 지금은 아니야."

"그러면 어떻게 해야 할까요?"

"그냥 두면 안 돼. 내버려 두면 치아를 뚫고 나올 수도 있고 제멋대로 돌아다니면 다른 사람들이 위험하니까, 자네가 이 물건의 주인이 되어야겠어. 그게 최선이야."

"……주인이라고요? 그건 안 됩니다."

스노빈은 펄쩍 뛰었다.

"왜 안 된다는 거지?"

"저는…… 현자니까요. 이런 물건을 목에 걸 수는 없습니다."

현자로서 망량의 힘을 자주 빌렸다. 그러나 일종의 교환이자 거래였다. 자신의 힘이나 피를 망량에게 제공하고, 망량에게 부탁을 하는 것이다.

이 목걸이는…… 그런 기본 관계를 무시한다.

일방적인 착취였다.

"마음대로 하게. 김현이 자네에게 맡겼으니 자네 결정대로 해야겠지."

스노빈은 대장간에서 쫓겨났다. 목걸이와 함께.

스승님이 여기 있다면 이 목걸이를 맡겨 버렸을 텐데. 대현자 파르소겐이라면 자신보다 훨씬 탁월한 지혜로 목걸이 속 망량을 어떻게든 달랬을지도 모른다.

스노빈은 결정을 내리지 못했지만, 반운이혼진 설치에 돌입했다.

오유선은 주술진에 대해 아는 바가 전혀 없지만 단순한 작업은 깔끔하게 해냈다. 망량 자체에 대한 감각 덕분에 자세한 설명을 하지 않아도 된다는 점이 좋았다.

윤태희, 구선희가 가세했다. 두 사람은 단순 작업을 주로 맡았다.

반운이혼진이 완성되었다.

스노빈은 혼마석, 사혈석, 재생석 등 몇 가지 성질석을 들고 있었다. 그걸 내려놓기만 하면 반운이혼진이 발동될 것이다.

여전히 스노빈은 망설이고 있었다.

반운이혼진으로 이 녀석들을 자유롭게 풀어 주는 게 좋을까?

천야장의 말이 옳았다.

그동안 틈이 날 때마다 이빨 속 망량과 대화를 시도했는데, 놈들은 호전적인 크립테아인이 분명했다. 그들이 원하는 건…… 격렬한 전투였다.

불로 태워 버리는 방법도 고려했었다. 그래 봐야 망량은 타 죽지 않는다. 집을 잃어버렸기 때문에 더욱 화가 나서 해코지를 할 것이다.

노관장이 옆으로 다가왔다.

"그 녀석이 자네를 높이 평가한 모양이야."

그 녀석은…… 바로 김현이다.

"……무슨 말씀이신지?"

"자네라면 그 목걸이를 감당할 수 있겠다고 생각한 게지. 그렇지 않고서야 그 무거운 걸 맡길 수 있을까? 내가 봐도 그 녀석의 판단이 정확한 것 같네."

그 이야기를 듣는 순간, 스노빈은 현자로서 해선 안 되기 때문에 목걸이를 거부한 게 아님을 깨달았다. 프리온의 목걸이에 담긴 망량이 너무 많고, 너무 맹렬하며, 너무나 강해서 감당하지 못할까 두려웠던 것이다.

"정말 제가 할 수 있을까요?"

"자네에겐 문제가 딱 하나 있어. 바로 자신을 믿지 못한다는 거지. 그것만 고치면 돼. 앞으로도 그 녀석을 잘 도와주게나."

어깨에 손을 올린 노관장이 빙긋 웃었다.

맑고 깊은 눈과 주름진 표정은…… 말로 설명할 수 없는 힘을 스노빈에게 전달하고 있는 듯했다.

스노빈은 고개를 끄덕였다.

할 수 있다는 생각이 먼저 찾아왔고, 곧 하고 싶다는 마음이 생겼다.

그 자리에서 반운이혼진의 구조를 변경했다. 그리고 성질석을 내려놓아 주술진을 발동시켰다.

스노빈은 프리온의 목걸이를 들고 주술진 중앙에 섰다. 빛이 흘러나오자, 그 목걸이를 들어 올려…… 목에 걸었다. 주술진이 뿜어낸 빛은 현자와 목걸이로 집중되었다.

연결이 시작되었다.

스노빈은 자신을 믿기로 결심했다.

망량의 존재감이 커졌다.

고함도 뒤따랐다.

이제 둘 중 하나다. 이 목걸이의 주인……이자 목걸이에 깃들인 망량의 리더가 되거나…… 아니면 저 망량에게 먹히거나.

호지센이 자랑하는 콘센치오의 기술을 머릿속으로 떠올렸다.

번쩍 섬광이 터진 순간, 스노빈은 반운이혼진이 아니라…… 낯선 곳에 서 있었다. 땅과 하늘의 구분이 없는, 회백색의 공간이었다.

거기 무수한 망량들이 현자를 에워싸고 있었다. 다들 형태가 기괴해서 사람 같지 않았다. 오히려 몬스터에 가까웠다.

그렇게 생각한 순간, 의외의 일이 벌어졌다.

눈물이 흐르기 시작한 것이다.

그 이유는 스노빈 자신도 몰랐다.

눈물은 뺨으로 흘러 턱 근처에 모였다가 아래로 뚝뚝 떨어졌다.

뒤늦게 그 이유를 깨달았다.

저놈들이…… 저 망량들이…… 불쌍했던 것이다.

왜 불쌍한지 자세히 알지 못했지만, 그냥 느낄 수 있었다. 저 거친 놈들이 얼마나 불쌍한지…… 그냥 알 수 있었다.

신기한 일이 시작되었다.

괴물 같았던 망량의 형태가 변하더니…… 변신 전의 모습으로 돌아갔다.

평범한 사람들이었다. 표정이 저마다 다른, 생각도 다른 사람들이 거기 있었다.

그들은 어리둥절한 얼굴로 서로를 쳐다보았다. 아마도 오랫동안 자신의 원래 얼굴, 원래 몸을 잊어버린 듯했다.

분노는 줄어들었다. 그제야 스노빈은 그들이 왜 분노하고 있었는지 깨달았다. 자신의 모습이 마음에 들지 않았기 때문에 그들은 맹렬하게 화를 내고 있었다.

그들이 다가왔다.

스노빈은 가만히 있었다.

스노빈을 들여다보고 주위를 맴돌며 살피던 그들은 하나씩 사라졌다.

번쩍, 다시 섬광이 터졌다.

스노빈은 반운이혼진 위에 서 있었다.

주술진은 이미 끝났다.

스노빈은 목걸이를 살폈다. 그 더럽고 끔찍한 이빨은……
저마다 색깔이 다른 돌로 변했다. 얼핏 보면 이빨과 닮았지
만 훨씬 맨들맨들하고 색깔이 밝은 돌멩이였다.

오유선 등이 스노빈을 보고 있었다. 주술진이 제대로 성공
했는지 알고 싶어 하는 눈빛이었다.

스노빈은 말이 아니라 행동으로 보여 주었다.

구슬 같은 돌멩이 하나를 만지자, 거기서 망량이 빠져나와
형체를 갖추었다. 바로 골륜조였다.

뼈로 된 거대한 새 위에 올라탄 스노빈은 오유선을 쳐다봤
다. 윤태희, 구선희가 오유선을 데리고 골륜조 위로 올라왔
다. 골륜조는 그들을 태우고 하늘로 날아올랐다.

저 앞으로 거대한 두더지가 덤프트럭처럼 큰 수레를 끌고
위로, 베크렘으로 올라가고 있었다.

그 수레에는 갖가지 물품이 쌓여 있었는데, 만스크의 설명
에 따르면 대부분 식량이었다. 10만을 훌쩍 넘는 서왕군을
위한 보급품인 것이다.

보급 부대를 호위하는 병사들의 눈을 피해 구석진 곳에 숨어 있던 김현은 두더지 수를 세다가 스무 마리쯤에서 포기했다.

"어떻게 하다가 리치가 된 거야?"

김현이 물었다.

만스크는 김현을 보며 놀란 표정을 지었다. 그런 질문을 받으리라곤 생각 못 한 듯했다.

"어쩌다 보니 그렇게 됐습니다."

김현은 만스크를 계속 쳐다봤다. 그 정도 대답으론 만족할 수 없다는 뜻이었다.

한숨을 내쉰 만스크가 입을 열었다.

"아버지가 절 마탑 칼리고크에 팔았습니다. 한 달쯤 술 퍼마실 수 있는 돈을 받고 팔려 간 저는…… 지하 창고에 갇혔는데, 먼저 들어왔던 또래 아이들 덕에 무슨 일이 벌어질지 알게 됐습니다. 칼리고크가 일고여덟 살의 소년, 소녀를 사들이는 이유는…… 좋게 말하면 마법 발전 때문이었습니다."

"설마 인체 실험?"

안진후가 끼어들었다.

만스크는 천천히 고개를 끄덕였다.

"그래서?"

재촉하는 안진후.

만스크는 어깨를 으쓱 올리고는 아주 오래전의 이야기를

꺼냈다.

마법 실험 대상이었던 만스크는 희귀한 체질을 타고난 소년이었다. 테네파르 인스푸모, 죽음의 기운을 보통 사람보다 월등히 잘 받아들일 수 있는 몸 덕분에 마법사들이 즐겨 찾는 실험체였다.

계속 실험체로 살았다면 오래 버티지 못했을 것이다.

처음으로 온정의 손길을 보낸 사람이 나타났고, 그 마법사 그라치베 덕에 만스크는 실험체 신세에서 벗어나 당당한 마법사의 제자가 될 수 있었다.

그 시기는 만스크에게 가장 행복했던 시간이었다. 타고난 체질에 어마어마한 노력까지 더해지자 마법 성취도 빨랐다. 실험체라 경멸했던 다른 마법사들까지도 조금씩 만스크를 인정하기 시작했다.

그 봄날은 너무나 짧게 끝나 버렸다.

칼리고크 마법사답지 않게 권력에 별로 관심이 없는데도 그라치베는 칼리고크 내부 경쟁에 휘말렸다. 싸우지 않으면 죽을 위기에 몰리자, 만스크는 스승을 돕기 위해 뛰어들었다.

이야기가 거기까지 이르렀을 때, 보급 행렬이 끝났다. 두더지를 호위하는 병사들도 자취를 감추었다.

김현은 아쉬웠지만 내색하지 않았다. 자신이 말하면 만스크에게는 강요가 되어 싫어도 털어놓을 것이다.

"갑시다."

사람들은 구불구불한 길을 달리기 시작했다.

김현은 만스크, 벨레스카르, 안진후의 속도에 맞추며 생각에 잠겼다.

누구에게나 사정이 있다는 말이 떠올랐다. 어디서 그런 말을 들었는지는 기억나지 않았다.

처음 봤을 때 만스크는 죽어 마땅한 몬스터로 보였다. 마법으로 몬스터를 조종하는 죽음의 마법사에게 동정심을 느낄 이유는 조금도 없었다.

하지만 옛날이야기를 수줍게 꺼내는 그 모습은…… 악에 찬 리치와는 거리가 멀었다.

아들을 팔아 버린 아버지라니!

게다가 마탑에 실험체로 팔았다니!

김현 역시 아버지라는 단어만 들어도 머리가 지끈지끈 아프고, 가능하면 아버지에 대해 생각 자체를 하지 않으려 애를 쓰지만…… 그래도 만스크의 아버지와는 비교도 안 될 만큼 훌륭한 아버지였다.

적어도 아들을 팔아먹지는 않았으니까.

그런 환경에서 자랐다면…… 사이코패스 같은 살인마가 되었다고 해도…… 조금은 이해할 수 있을 것 같았다. 물론 저지른 잘못에 대한 대가는 치러야 하겠지만.

순간, 예상치 못한 질문 하나가 머릿속으로 떠올랐다.

크립테아에도 사정이 있을까?

만스크, 벨레스카르를 통해 크립테아가 어떤 곳이며 크립테아인들이 어떤 사람들인지 알게 됐지만, 왜 그렇게 되었는지는 생각해 본 적이 없었다.

왜 그토록 호전적일까?

동료를 죽이고 그 힘을 흡수하면서까지 위로 올라서는 게 정당화되는 분위기는 언제, 어디서부터 시작됐을까?

지금은 행동할 때지, 고민에 잠겨 머뭇거릴 때는 아니다. 필요하다면 언제든 죽여야 한다. 그렇지만 기회가 온다면 크립테아의 이유…… 그 사정을 꼭 알고 싶었다.

"저쪽에 관문이 있습니다."

만스크가 속삭였다.

김현은 속도를 늦추었다. 세 사람에게 길에서 벗어나 몸을 숨기라고 말한 다음, 결각보를 펼쳐 앞으로 내달렸다.

과연 코너를 돌자 어마어마한 장벽이 나타났다.

시간 장벽이 너울거리는 빛의 성벽이라면, 저 관문은…… 단단한 돌로 쌓아 올려 틈 하나 없는 요새였다. 아래쪽에 통과할 수 있는 터널 같은 것이 뚫려 있을 뿐이었다.

요새 꼭대기에는 아래를 내려다보며 돌아다니는 병사들이 수백 명이나 있었다. 그들의 눈을 피해 터널로 진입하는 것도 어렵지만, 터널에도 병사들이 물샐틈없이 지키고 있을 것이다.

김현은 벽과 천장을 살폈다.

베크렘처럼 성동격서의 계책은 사용할 수 없다. 침입자가 여기까지 들어왔다는 사실이 알려지는 순간 실패 가능성은 비약적으로 증가한다.

뒤로 물러난 김현은 사람들에게로 돌아가 관찰 결과를 자세히 알렸다.

안진후가 몇 가지 제안을 했다.

김현은 고개를 흔들었다. 어떤 방법도…… 은밀한 잠입을 보장해 주지 않았다.

김현은 만스크를 쳐다봤다. 크립테아의 일부였던 만스크에게 방법이 없다면…… 계획 자체를 수정해야 할 것이다.

잠시 후, 만스크가 입을 열었다.

"베크렘으로 올라갔던 보급 부대가 돌아올 겁니다. 수레에 숨어서 관문을 통과하는 게 현재로서는 가장 나은 방법 같습니다만."

"관문 아래 통로에서 병사들이 샅샅이 뒤진다면서?"

안진후였다.

"살짝 소동을 일으키면 병사들도 평소처럼 꼼꼼하게 살필 수는 없을 겁니다."

김현은 그 방법을 알아차렸다.

안진후도 고개를 끄덕이는 걸 보니, 눈치챈 듯했다.

조용히 있던 벨레스카르가 물었다.

"어떻게 소동을 일으킨다는 건가?"

만스크는 빙긋 웃었다.

"이게 더 낫지 않을까?"

안진후는 만스크가 그린 마법진 일부를 지우더니 순식간에 훨씬 간단하면서도 효율적인 마법진을 만들어 냈다.

그 구조와 내부 연결 방식이 매우 독특해서 만스크는 깜짝 놀랐다.

"이쪽은 이런 식이 나을 것 같고."

안진후는 만스크를 쳐다보지도 않고 마법진을 자신의 방식대로 수정했다.

만스크는 가만히 있었다. 안진후의 손을 거친 마법진이 처음 구상했던 것보다 훨씬 좋았기 때문이다. 더 적은 마력으로, 더 많은 몬스터를 끌어모을 수 있는 마법진이었다.

만스크는 마스터와 그 친구를 번갈아 쳐다봤다. 끼리끼리 모인다더니…….

그만 놀란 건 아니었다.

벨레스카르 역시 눈을 깜빡거리며 마법진을 눈여겨보고 있었다.

마스터는 친구를 뿌듯한 눈으로 쳐다봤다. 그 시선을 느끼고 밝게 웃는 안진후의 얼굴도 만스크는 보기 좋다고 생각했다.

저런 관계, 크립테아에는 없다.

만스크는 옛날 생각이 났다. 만약 그때 스승님이 내부 경쟁에서 벗어났다면, 자신이 거기에 휘말리지 않았다면 삶은 완전히 달라졌을 것이다.

후회해 봐야 소용없는 게 과거다.

만스크는 만약의 사태를 대비해서 챙겼던 혼마석과 사혈석을 마법진의 주마 구획에 내려놓았다. 손톱 크기의 성질석이었지만 주변에 있는 몬스터를 이곳으로 끌어모으기엔 충분한 양이었다.

만스크가 물러나자 김현이 나섰다. 거대한 바위를 양팔로 들고 와서 마법진을 가렸다. 그 힘에 만스크는 또 한 번 놀랐다.

마스터를 바라보는 안진후의 눈이 빛났다.

만스크는 약간 의아했다. 마스터가 안진후를 볼 때는 여유 있고 만족스러운 시선이라면, 안진후가 마스터를 응시할 때는 좀 더 강렬하고…… 어딘지 모르게 크립테아와 비슷한 분위기가 흘러나왔다.

그 순간, 만스크는 두 사람의 관계를 조금 더 깊이 알게 되었다. 저 둘은 대등하지만, 마스터가 좀 더 앞선 상태였다. 그걸 알기에 안진후는 어떻게든 따라잡으려고 애를 쓰는 중이었다.

마스터는 안진후에게도 자극을 주고 있었다. 다른 사람들에게 자극을 줬던 것처럼.

진동이 느껴졌다. 두더지를 앞세운 보급 부대가 돌아오고 있다는 뜻이었다.

만스크는 조바심으로 입이 탔다. 저 마법진이 너무 빨리 몬스터를 끌어모아도 곤란하고, 너무 늦게 몬스터가 몰려와도…… 계획에 문제가 생긴다.

두두두.

거대한 수레의 바퀴 구르는 소리가 꽤 크게 들렸다. 보급병들은 베크렘으로 올라갈 때보다 신경이 곤두서 있었다. 경사가 져서 자칫 잘못하면 수레가 망가질 수 있어서였다.

"정지!"

정찰을 맡은 선두의 병사가 소리쳤다.

보급 부대가 속도를 줄였다.

호위를 맡은 병사들이 앞으로 이동했다.

만스크는 슬쩍 전방을 살폈다. 성질석이 뿜어내는 마력을 감지하고 나타난 슬라임이 길의 일부를 막고 있었다. 높이만 2미터에 달하는 대형 슬라임이라서 병사들도 난감한 눈치였다.

그때, 김현이 조그만 조약돌을 손가락으로 튕겼다.

조약돌은 소리도 없이 날아가 슬라임의 몸에 푹 박혔다.

난동을 부리는 슬라임.

병사들은 어쩔 수 없이 슬라임과 싸우기 시작했고, 더 많은 병사들이 돕기 위해 앞으로 달렸다.

그 틈을 노려 김현이 먼저 수레바퀴 아래로 파고들었다. 만스크는 마스터 옆으로 기어들어 갔고, 벨레스카르와 안진후는 다른 수레 아래로 숨었다.

병사들 일부가 변신을 한 후에야 슬라임을 제압할 수 있었다.

"빨리 치워! 얼른 데알렘으로 돌아가서 보급품을 가져와야 돼! 잘못하면 불호령이 떨어질 거야!"

보급 부대를 책임진 지휘관이 소리쳤다.

잠시 후, 두더지가 끄는 수레가 움직이기 시작했다.

바퀴 축 근처에 붙어 있던 만스크는 시선을 느끼고 마스터를 쳐다봤다.

김현은 만스크를 보며 엄지를 세웠다.

만스크는 어느 때보다 기분이 좋았지만, 관문 통과 계획은 이제 시작에 불과했다. 관문 아래 터널을 지나야…… 성공했다고 할 수 있을 것이다.

더 많은 몬스터가 모습을 드러냈다.

스켈레톤, 좀비는 물론 거대한 뱀 세르헨, 몸집에 비해 빠른 대형 거미 라크네, 벽을 타고 다니는 지네 콜로엠 등도 나타나 보급 부대를 괴롭혔다.

예상대로 보급 부대는 관문을 방어하는 부대에 도움을 요청했다. 보급로의 정비, 방어 역시 관문 부대의 임무 중 하나였기 때문이다.

수백 명의 무장 병사들이 관문을 빠져나와 그 몬스터를 공격하기 시작했다. 맹렬한 기합 소리와 칼이나 창이 몬스터를 푹 찌르는 소리가 들렸다. 짙은 피 냄새가 코로 스며들었다.

관문 병사들의 가세로 길이 열리자, 보급 부대는 움직이기 시작했다.

만스크는 살짝 바퀴 옆으로 고개를 내밀어 관문을 살폈다. 이런 자세로 보니, 관문은…… 어마어마하게 높은 요새였다.

보급 부대는 터널로 접어들었다.

원래 이 터널에서 철저한 검사가 이루어진다. 보급 부대 소속 병사들은 물론 수레와 두더지까지 샅샅이 훑은 후에 통과가 가능했다.

하지만 몰려드는 몬스터 퇴치로 관문 병사들이 나가 있기 때문에 그 절차는 흐지부지될 가능성이 매우 높았다.

보급 부대는 잠시 정지했다.

"내려오면서 별일 없었다. 수레에 남아 있는 보급품 냄새 때문에 몬스터가 꼬이는 거니까, 빨리 지나가는 게 관문에도 좋을 것 같은데."

보급 부대 지휘관이 말했다.

결정이 내려지기까지는 오래 걸리지 않았다. 안 그래도 부족한 일손으로 난감한 찰나였다.

보급 부대는 움직이기 시작했다.

만스크는 빙긋 웃었다. 이대로 터널만 통과하면…… 데알렘까지 거침없이 내려갈 수 있을 것이다. 초소 몇 개가 있지만 관문에 비하면 쉽게 우회할 수 있는 곳이었다.

터널을 절반 정도 지나갈 무렵, 갑자기 고함이 들렸다.

"이게 뭐야? 왜 검사 안 해?"

거친 목소리였다.

만스크는 그 목소리를 기억해 냈다. 바로 관문 방어를 맡은 부대의 지휘관 프리게였다.

보급 부대는 다시 멈췄다.

"누구 맘대로 통과야? 철저하게 검사해!"

프리게가 호통을 쳤다.

관문 병사들은 구시렁거렸지만 명령이 떨어졌으니 보급 부대를 꼼꼼하게 확인하지 않을 수 없었다.

보급 부대 지휘관이 화가 나서 프리게와 싸우기 시작했다. 시간 지체로 보급에 차질을 빚으면 당신이 책임질 거냐는 말에 프리게는 관문이 뚫려 문제가 생기면 당신이 책임질 거냐는 말로 응수했다.

관문 병사들이 수레 쪽으로 다가왔다.

저 프리게만 나서지 않았다면 이 계획은 완벽했을 텐데. 여기서 들키면…… 그동안의 노력이 무너지고 만다.

방법을 생각해야 하는데, 아무것도 떠오르지 않았다. 만스크는 인상을 썼지만 방법이 없었다.

병사의 발이 바퀴 옆에 멈췄다.

"휴우, 또 지랄이야."

그 병사가 몸을 숙여 수레 아래를 살펴보기 직전, 김현이 조약돌을 튕겨 두더지의 은밀한 부위로 날렸다.

펙.

깜짝 놀란 만스크는 수레의 바퀴 축을 꽉 잡았다.

어릴 때부터 길들이며 키운 두더지도 그 맹렬한 고통을 참을 수는 없었다.

난동을 부리는 두더지의 발에 관문 병사 하나가 짓밟혔다. 보급 부대 병사들이 몸에 묶인 밧줄을 당겨서 진정시키려 애를 썼지만 그 고통이 쉽게 가라앉을 리는 없었다.

보급 부대 지휘관이 외쳤다.

"이게 다 당신 때문이야! 두더지는 좁고 어두운 곳에서는…… 야성이 깨어나는 놈들인 거, 당신도 알잖아. 몬스터 공격으로 민감해진 상태였는데. 이거 다 보고하겠어. 보급 차질의 책임도 당신이 져야 할 거야."

프리게는 몸을 부들부들 떨다가 어쩔 수 없이 '통과 명령'을 내렸다.

움직이는 수레들.

잔뜩 긴장했던 만스크는 길게 숨을 내쉬었다. 정말, 들키는 줄 알았다.

마스터를 쳐다봤더니, 자신처럼 안도하는 얼굴이었다. 마스터가 그 짧은 순간에 기지를 발휘하지 않았다면 잠입 계획은 실패하고 말았을 것이다.

드디어 보급 부대는 터널을 통과해 관문을 벗어났다.

김현은 만스크의 손을 잡고 현섬을 펼쳤다. 보급 부대에는 공간 이동술을 감지할 만큼 탁월한 주술사는 배치되지 않는다.

만스크는 부글대는 속을 가라앉히기 위해 눈을 감았는데, 그사이 마스터는 벨레스카르와 안진후를 데려왔다. 만스크는 자신만큼이나 두 사람도 현섬의 후유증을 겪어서 다행이라고 생각했다.

"갑시다."

김현이 말했다.

"……살려 줘."

다리 하나가 날아간 병사가 애처롭게 조르프를 올려다보며 말했다. 정말이지 눈물 없이는 볼 수 없는 장면이었으나, 조르프는 자신도 모르게 웃음을 터뜨렸다.

뒤늦게 그를 기억해 낸 것이다.

청소병인 자신을 슬라임 같은 새끼라면서 경멸했던 제7만인대의 맨리, 그 녀석이었다.

누구나 청소병을 무시한다.

하지만 청소병이 깔끔하게 자기 일을 끝낸 후에는 앞을 다
퉈…… 힘을 흡수하기 위해 찾아온다. 정말이지 구역질 날
만큼 이중적인 태도였다.

청소병은 전투로 사망한 병사, 전투 불능이 된 병사를 한
곳으로 모으고 등급을 분류한다. 크립테아에서 죽음은……
끝이 아니다. 또 다른 시작이었다. 분류가 끝나면 보충 계획
에 따라서 흡수 과정이 시작된다.

흡수는…… 말 그대로 동족의 힘을 몸으로 흡수하여 더 강
해지는 것이다.

이번 전투로 방호군은 물론 제7만인대가 어마어마한 피해
를 입었다. 따라서 조르프 같은 청소병에겐 할 일이 태산처
럼 쌓였다는 뜻이고, 다른 만인대는…… 군침을 흘리며 흡수
과정이 시작되기를 기다리고 있다는 의미였다.

조르프는 맨리를 내려다보았다.

"내가 왜 청소병을 갈궜을까 후회되지? 다들 한 치 앞의
미래도 모르더라고. 그렇게 죽는 거야. 아, 한 가지는 미리
알려 줄게. 넌 르소스 만인대의 일부가 될 거야. 제3만인대
말이야."

맨리의 얼굴이 일그러졌다.

제3만인대는 제7만인대와는 경쟁 관계였다. 안 그래도 억

울한데 제3만인대에 흡수당한다는 생각까지 더해지자 미치기 일보 직전이었다.

"이, 이거 줄게. 정말 비싼 거야."

맨리가 허리의 벨트에서 단검을 뽑아 내밀었다.

조르프는 그 단검을 받아서 살폈다. 맨리 같은 작자에겐 과분한 무기였다.

"진짜 비싼 거 맞네. 근데, 준다는 말은 틀렸어. 이건 내 거니까."

청소병의 특권이었다. 물론 부대 규율에 따르면 반납해야 하지만, 이런 즐거움도 없이 할 수 있는 일은 아니었다. 모두가 청소병을 싫어하니까.

조르프는 그래도 한때 알았던 사람으로서 맨리에게 친절을 베풀었다. 그의 가슴에 단검을 꽂아 산 채로 흡수되는 고통은 피하게 해 준 것이다.

진심으로 고마워해야 마땅한 맨리는…… 어리둥절한 표정으로 죽었다.

멍청한 새끼. 은혜도 몰라보니 그렇게 돼지지.

또 다른 녀석에게 다가가던 조르프는 땅바닥에 떨어진 동그란 물건을 발견했다. 처음엔 구슬이라고 생각했다. 하지만 자세히 살펴보니…… 씨앗이었다.

불그스름한 씨앗은 꽤 컸다.

조르프는 활짝 웃었다. 격렬한 전투 과정에서 누군가의 주머니 밖으로 튀어나온 씨앗일 것이다.

얼마나 귀한 물건일지 기대하며 씨앗을 집는 순간, 조르프는 어마어마한 고통으로 몸을 버둥거렸다.

그 씨앗에서 튀어나온 가시가 손바닥으로 파고들었다. 아니, 그 이상이었다. 씨앗 자체가 손바닥 안으로 흡수되었고, 가시 같은 뿌리가 몸 전체로 퍼져 나가는 느낌이었다.

가만히 서 있는데도 시야가 흔들렸다.

다른 청소병이 괜찮냐고 물었지만 그 소리가 왜곡되어 기괴하게 들렸다.

입에서 거품이 흘러내렸다.

귀가 먹먹했다.

입으로는 먹었던 것을 죄다 토해 냈다.

조르프는 뒤로 쓰러지고 말았다.

타릴은 구구절절 이어지는 설명을 끊었다.

"그래서 모른다?"

"……셀레스카르의 무극심법과 유사한 스킬이 있었지만, 전체적으로 보면 완전히 다른 형태의 무공이었습니다. 지금까지 한 번도 발견되지 않았던 무공이라고 보입……니다."

"모른다는 거잖아."

"그, 그렇습니다."

새로 책사로 임명된 주술사가 무릎을 꿇고 조아렸다.

타릴은 짜증을 억눌렀지만, 프리온을 괜히 죽였다는 생각 때문에 더 짜증이 났다.

그 치욕적인 전투가 끝난 이후, 주술사들은 그 늙은이에 대해 알아내기 위해 자료 검토에 들어갔다. 대륙 곳곳에서 들어온 정보를 다시 훑었지만 여전히 노인의 소속이 어디인지, 이름이 무엇인지 밝혀지지 않았다.

세상은 넓고 고수는 많다. 그러나 서왕군의 정예라 할 수 있는 제7만인대를 단신으로 묵사발 낼 수 있는 인간이라니! 존재할 수도 없고, 존재해서도 안 된다.

무엇보다 거슬리는 건, 늙은이가 몸에 착용했던 아이템이었다.

만약 그 늙은이가…… 드래곤이라면?

아니, 그럴 리는 없다. 드래곤이 시간 장벽을 넘는 순간 과거의 협정이 무효가 되고…… 그 즉시 감옥은 붕괴될 것이다. 그러니 절대 드래곤은 아니다.

그렇다면 드래곤과 관련이 있는 인물이 분명했다.

대체 어디서 그런 괴물이 튀어나왔을까?

"입단속은 잘하고 있겠지?"

"무, 물론입니다, 전하."

신임 책사가 또 대가리를 바닥에 쿵 박았다.

머리를 제대로 써야지, 저런 식으로 사용하다니.

방호군과 제7만인대가 한 사람에게 당했다는 사실이 알려지면 동왕 앙즈가 배를 잡고 웃을 것이다. 북왕 테투도, 남왕 파포르 역시 내심 만족할 게 뻔했다.

무엇보다 황제 투리우스가 이 사실을 알아차리면…… 더 큰 위험이 다가올지도 모른다. 투리우스는 한번 신임하면 웬만해서는 그 믿음을 거두지 않지만, 반대로 한번 신뢰를 잃으면 회복하기도 힘들었다.

한 가지 사실은 분명했다.

이번 전투의 배후에 드래곤이 있다. 따라서 드래곤이 크립테아의 계획을 눈치챘다는 뜻이다.

혹시 드래곤족 전체가 움직였을까?

시간 장벽 너머로 정찰을 보낼 수 있으면 얼마나 좋을까. 넘어갔다가 돌아오지 않는 쿠라프 때문에 화가 난 타릴은 신임 책사가 보는 가운데 옥좌를 발길질로 부쉈다.

그때, 주술사 하나가 책사 옆으로 다가와 그 귀에 대고 속닥거렸다.

놀란 책사가 타릴을 쳐다봤다.

타릴은 새로운 소식이라고 생각하며 기대했다. 몸을 일으키는 책사를 보니 영 나쁜 소식은 아닌 듯했다.

"기괴한 일이 벌어졌사옵니다, 전하."

"본론."

싱크

저 책사는 서론이 너무 길다. 확 죽여 버릴까? 프리온을 죽였던 걸 후회했다는 사실 때문에 타릴은 참았다.

"청소병 중 하나가 갑자기 미쳤는데, 자신이 이방인이라고 주장하고 있습니다. 그 전까지 미천한 청소병이었던 그는 한 번도 보지 못한 마법도 펼칩니다. 그가 전하께 알현을 요청하고 있습니다."

"데려와."

타릴은 이방인이라는 말에 마음이 움직였다.

오랫동안 룬트란 왕국, 중명 제국, 레나르카 왕국 등에 대한 정보를 모아 왔다. 그 노인 같은 강자가 갑자기 튀어나올 리는 없다. 만약 이방인이라면 이야기는 달라진다.

물론 거기에도 문제는 있다. 자존심 센 드래곤이 이방인의 힘을 빌릴 가능성은…… 매우 매우 낮다.

입가로 침을 질질 흘리는 놈이 다가왔다. 녀석은 무릎을 꿇지도 않았다.

호위대장이 나서려 했지만 타릴이 손을 들어 막았다.

"그대, 이방인이라면서?"

"당신이 서왕 타릴인가?"

호위대장뿐 아니라 신임 책사까지 얼굴이 하얗게 변했다. 서왕을 자극했다가는 어떤 일이 벌어질지 저들은 잘 알고 있었다. 타릴은 공포에 질린 그 표정이 아주 마음에 들었다.

"그래, 내가 타릴이다."

"나는 이계에서 온 사람이다. 그리고 나는 청소병 따위가 아니다. 이 몸은…… 내가 잠시 빌렸을 뿐이다."

"나를 찾아온 이유는?"

"진실을 알려 주기 위해서다."

"진실? 그대는 나의 적이 아닌가? 그대의 말이 진실이라는 근거는 무엇인가?"

"나는 이계에서 왔지만 크립테아의 주장에 반대하진 않아. 강자가 약자를 지배하는 것 말이야. 물론 내 주위에 있는 놈들은 생각이 다르지만."

"드래곤도 거기 있나?"

"영 멍청이는 아니군. 비디타스가 시간 장벽 바로 너머에 있다."

"……역시."

타릴은 의심을 버렸다. 비디타스. 청소병 따위가 입에 담을 수 있는 이름이 아니었다.

"노바디라는 이름, 들어 봤나?"

이방인이 말했다.

타릴은 천천히 고개를 끄덕였다.

최근 크립테아로 모인 정보 중 가장 눈에 띄는 이름이 바로 노바디였다. 처음엔 장난이라고 생각했다. 대가리가 보통 사람보다 몇 배가 크다는 말에…… 보고한 주술사를 죽일 뻔했다.

하지만 관련 정보는 점점 더 많아졌고, 타릴 역시 진지하게 받아들일 수밖에 없었다.

가장 놀라운 소식은…… 이방인 노바디가 하이엘프 셀레스카르의 수제자가 되었다는 사실이었다.

그뿐 아니라, 룬트란 왕국의 다음 왕좌에 앉을 세자가 노바디의 사제가 되었다는 것도…… 경악할 만한 소식이었다.

얼마 전에는 노바디가 빛의 도시 엘루마의 골칫거리였던 망량 봉쇄 구역을 장악했다는 보고를 받았다. 정말이지 믿기지 않는 소식이었다.

그 이름이 저 이방인의 입에서 나올 줄이야.

"노바디의 진짜 이름은 김현. 그 녀석은 지금 베크렘을 통과하여 데알렘으로 내려가는 중이다."

"……뭐?"

타릴은 깜짝 놀랐다.

"그 늙은이가 서왕군을 잔뜩 괴롭히는 동안, 은밀히 베크렘을 빠져나간 거지. 목표는 당신도 아주 잘 아는 마그나타. 그 마법진을 파괴하기 위해 잠입한 거다."

그 설명은 매우 합리적이었다.

그 정도 힘을 가졌다면 좀 더 큰 피해를 입힐 수도 있는데, 그 노인은 다가오는 적을 상대했을 뿐이다. 이목을 집중시켜 또 다른 이방인이 도시를 통과하도록 만든 것이다.

"……그 노인은 누군가?"

"김현의 사부. 역시 이방인이야, 이번에 넘어온."

타릴은 뒤통수를 제대로 맞은 기분이었다. 온몸에서 뼈가 부딪치는 소리가 우두둑우두둑 들렸다. 눈에 띄는 모든 것들…… 호위대와 주술사 모두를 죽일 뻔했다.

"아, 한 가지 더. 마그나타를 덮쳤던 홍수 말이야. 그 공격을 했던 물의 정령왕 역시 김현이 소환한 거야. 아주 오랫동안 마법진을 만들어서 말이야."

타릴은 하도 어이가 없어서 웃음을 터트렸다. 그런 일이 벌어지도록 전혀 눈치를 채지 못하다니.

타릴은 길게 숨을 내쉬었다.

이제 답답한 점은 모두 풀렸다. 일이 어떻게 진행되는지 알 것 같았다.

"그대는 무엇을 원하나?"

"힘 그리고 혼란."

명확한 대답이었고, 아주 마음에 드는 대답이기도 했다.

타릴은 청소병의 몸을 빌린 저 이방인의 성향을 알아차렸다. 이방인이되…… 여기 크립테아에 어울리는 녀석이었다. 나약할 뿐 아니라 그 나약함을 숨기려고 친구니 가족이니 동료니 따위로 위장하는 놈들과는 차원이 달랐다.

"그대가 원하는 걸 주겠다."

"일단, 저 사람을 갖고 싶다."

이방인은 신임 책사를 손가락으로 가리켰다.

싱크

타릴이 고개를 끄덕이자, 청소병은 뒷걸음치는 신임 책사에게 달려가더니 덮쳤다.

청소병의 몸에서 빠져나온 뿌리 같은 것이 책사의 몸으로 파고들었다.

타릴은 흥미롭게 그 과정을 지켜보았다.

잠시 후, 책사의 눈빛이 또렷해졌다.

"그대는 나의 책사가 되어라. 나 역시 힘과 혼란을 원하니까."

이방인에게 먹힌 책사는 잠시 고민하더니, 이내 빙긋 웃음을 보였다.

"잠깐 신세를 지겠습니다."

"이름이 무엇인가?"

"진세진입니다."

책사는 고개를 살짝 숙였다.

타릴은 그 오만한 태도가 마음에 들었다.

프리온을 죽이지 않았다면 이런 일은 벌어지지 않았을 것이다. 역시 마음에 들지 않으면 죽여야 한다.

타릴은 책사를 쳐다봤다.

"노바디, 아니 김현이라는 이방인은 어떻게 베크렘을 통과했는가?"

"전투가 벌어지는 동안, 도시의 암벽으로 잠입했을 겁니다."

그 말에 타릴은 직접 암벽으로 향했다. 벽을 샅샅이 훑었더니, 과연 책사의 말이 옳았다. 다가가면 터지는 에룸 일부가 폭발한 흔적이 남아 있었다. 그 소리가 컸을 텐데, 비마대는 왜 알아차리지 못했을까?

타릴은 비마대 지휘관의 목을 잘랐다.

"이제는 무엇을 하는 게 좋겠나?"

"당연히 쥐새끼를 잡으러 가야지요."

책사가 말했다.

진실을 들을 자격

쿠라프는 늙은이를 노려보았다.

코 고는 소리, 거친 호흡, 간헐적인 잠꼬대.

침대에 누워 잠든 저 태연한 모습에 더 이상 속지 않는다. 몇 번이나 노인을 기습했다가…… 죽는다는 게 어떤 과정인지 아주 생생하게, 처절하게 맛보았다.

달아날 방법도 없다.

반경 10미터, 때로는 20미터의 범위를 벗어나면…… 지옥이 시작된다.

고통의 원인도 찾기 어려웠다. 오늘은 팔다리가 뜯겨 나가는 듯 아프다면 내일은 심장이 찢어지는 것 같고, 그다음 날은 사정없이 몽둥이로 뒤통수를 얻어맞는 듯한 고통이 덮치는 등 예측이 불가능했다.

쿠라프는 오랫동안 고통을 아주 잘 안다고 생각해 왔다. 마탑 칼리고크의 마법사로서 고통은 친숙한 상태였고, 필요하다면 언제든 고문이라는 도구를 이용해 상대를 무너뜨릴 만큼 고통의 전문가였다.

현기명이라는 이름을 가진 저 노인을 통해 쿠라프는 고통의 신세계를 경험했다.

진정한 고통은…… 과거라는 기억까지 태워 버린다. 자신이 누군지조차 모르는 한계 상태까지 밀어붙인다. 그 극한 지점에서 한 가지 사실만 깊이 각인된다.

저 사람 옆에 있어야 고통에서 벗어날 수 있다.

저 사람만이 고통을 제거할 수 있다.

낮인지 밤인지 구분도 안 되고, 자신이 누구인지 생각나지도 않으며, 왜 이런 고통에 허덕이는지 떠오르지 않는 상황에서, 노인의 목소리가 가끔 귀로 스며들었다.

"너는 그런 놈이 아니야."

처음엔 짜증이 솟구쳤다. 악을 쓰기도 했고, 괴물 같은 늙은이에게 달려들기도 했다. '차라리 나를 죽여!'라고 고함을 치기도 했다.

압도적인 고통에 결국 마음은 무너졌다.

폐허가 된 마음은…… 노인이 들려주는 말에 귀 기울였다. 신기한 일이 벌어졌다. 조금씩 그 이야기에 가슴이 시원해지

싱크

는 느낌을 받기 시작한 것이다.

쿠라프는 살기 위해서 죽을힘을 다해 노인을 따라다녔다. 그 때문에 고통은 조금씩 줄어들었고, 차분히 생각이란 걸 할 수 있게 되었다.

노인은 무시무시할 정도로 강했다. 오죽하면 드래곤조차도 노인을 인정한다.

비디타스가 인정하는 존재는…… 저 노인과 김현뿐이었다.

옛날 기억이 떠올랐다.

비디타스 앞에서 조아리던 칼리고크의 타워 마스터 블라크. 다른 타워 마스터도 마찬가지였다. 그들은 마탑의 꼭대기에 서 있는 최강의 마법사였지만, 드래곤 앞에서는 벌벌 떠는 약자에 불과했다.

제자는 스승이 도달한 경지까지 올라갈 수 있다.

탁월한 스승 밑에 탁월한 제자가 있는 법이다.

저 노인의 제자가 될 수 있다면? 노인의 힘을 모조리 자신의 것으로 만들 수 있다면? 드래곤에게 인정받을 만큼 강해질 수만 있다면?

그렇게만 된다면…… 이전의 삶을 버릴 수 있을 것이다.

머릿속 안개가 걷혔다.

한숨을 내쉰 쿠라프는 침대 앞에서 무릎을 꿇었다.

무슨 수를 쓰든 간에 저 노인의 제자가 되어야 한다. 얼핏 듣기로 네 명의 제자가 있다고 하니, 자신은 다섯 번째 제자가 될 것이다.

주름진 눈꺼풀이 슬며시 올라갔다. 가늘게 뜬 눈으로 쿠라프를 쳐다보는 노인.

"뭐냐?"

"저를 제자로 받아 주십시오."

쿠라프는 노인을 향해 엎드렸다.

노인이 몸을 일으켰다. 꼼꼼히 살피는, 마음까지 꿰뚫는 듯한 시선이 느껴졌다.

쿠라프는 가만히 있었다.

"따라오너라."

노인이 복도로 나갔고, 쿠라프는 즉시 뒤따랐다. 어디로 가는지는 묻지 않았다.

새벽의 안개를 헤치고 도착한 곳은 수왕진 근처였다.

검을 든 뱀파이어가 무공 수련에 푹 빠져 있었다. 붕붕 검을 휘두르며 땀을 흘리는데, 노인은 한참이나 지켜볼 뿐이었다. 쿠라프는 답답해서 나설 뻔했다.

"아! 사조님!"

추광대주 트로얀이 검을 거두고 다가왔다.

"검이 제법이구나."

"……아직 멀었습니다."

트로얀이 노인 곁에 서 있는 쿠라프를 발견했다.

"서열 정리는 끝났고?"

"네, 사조님."

"넷째가 여기 없으니 네가 고생을 하는구나."

"아닙니다."

"이 녀석은 막내다. 대사형으로서 잘 돌봐 주거라."

손가락으로 쿠라프를 가리키는 노인의 말에 뱀파이어는 얼어 버렸다.

쿠라프는 귀를 의심했다.

자신이 원한 건, 노관장의 다섯 번째 제자 자리였다. 노바다라 알려진 이방인이 사형이라는 점은 마음에 들지 않지만, 그래도 저 늙은이에게 직접 무공을 배울 수 있으니 참을 만했다.

그런데 저 뱀파이어의 사제라니!

그것도 막내라니!

그때, 무시무시한 눈빛이 느껴졌다.

따지려는 마음이 쏙 들어갔다. 자신을 응시하는 노인의 두 눈을 본 순간, 쿠라프는 깨달았다.

앞으로도 계속 고통에 시달리거나…… 저 뱀파이어를 대사형으로 받아들이거나. 자신에겐 선택의 여지가 없었다.

일단은 살아남아야 한다.

쿠라프는 트로얀을 향해 고개를 숙였다.

"대, 대사형을 뵙습니다."

"아, 그, 그래."

"수고해라. 저 녀석이 뻗대면 언제든 찾아오고."

그렇게 말한 노인이 쿠라프의 어깨와 가슴, 옆구리를 손가락으로 찔렀다. 상쾌한 기운이 몸 전체로 퍼져 나갔다. 드디어 고통의 감옥에서 풀려난 것이다. 저 늙은이를 따라다니지 않아도 된다는 뜻이다.

쿠라프를 힐끔 쳐다본 노인은 뒷짐을 지고 안개 너머로 사라졌다.

쿠라프와 뱀파이어 둘만 남았다.

쿠라프는 한숨을 내쉬었다. 혈문이라는 거대한 조직에서 추광대는 저 아래쪽 끝자락에 있는 나뭇가지에 불과했다. 그에 비한다면 쿠라프는 타워 마스터 블라크의 세 번째 제자가 아닌가.

어쩌다가 일이 이 지경에 이르렀을까?

"야, 너 따위가 감히……."

쿠라프는 트로얀을 향해 눈을 부라렸다.

뒤쪽을 보며 고개를 숙이는 뱀파이어의 행동에 화들짝 놀란 쿠라프는 즉시 몸을 돌렸다.

거기엔 아무도 없었다.

그제야 쿠라프는 속았다는 사실을 깨닫고 휙 고개를 돌렸다.

"과거는 과거야. 아직도 당신이 칼리고크 타워 마스터 블라크의 제자라고 생각해? 여전히 그런 마음이라면 붙잡지 않겠어. 자유롭게 떠나도 돼. 다만, 크립테아는 더 이상 당신을 환영하지 않을 거라는 점은 알아 둬."

트로얀이 말했다.

쿠라프는 그 뜻을 금세 이해했다.

정찰을 떠난 자신이 뒤늦게 나타난다면 서왕 타릴은 어떤 반응을 보일까?

쿠라프는 여전히 그 늙은이가 단신으로 서왕군 소속 제7만인대를 박살 냈다는 이야기는 믿지 않지만, 호지센의 회주 스노빈의 목에 걸린 목걸이는…… 무시할 수 없는 증거였다. 형태가 달라졌지만 분명히 서왕의 책사 프리온의 목걸이였다.

힘겹게 얻어 낸 서왕과의 친분은…… 이미 날아갔다. 아니, 그 이상이다. 이제 와서 시간 장벽을 넘어간다면 타릴은 자신을 첩자 취급할 테고, 공개적으로 분노를 쏟을 것이다.

거기서 죽을지도 모른다.

운 좋게 살아서 탈출한다고 해도 크립테아와의 관계를 망친 자신을 타워 마스터 블라크가 죽이려 들 것이다. 아니, 블라크가 직접 움직일 필요도 없다. 건방진 셋째를 눈엣가시처럼 여기는 사형들이 가만히 내버려 두지 않을 테니까.

퇴로는 사라졌다.

싫든 좋든 노관장의 말을 현실로 받아들여야 한다.

"사부님은 공평하신 분이야. 만약 칠사제가 제대로 능력을 발휘한다면 거기에 맞게 대우해 주실 거야. 그러니까, 너무 실망하지는 마."

"……칠사제?"

쿠라프 자신과 저 뱀파이어 사이에 다섯 명이나 더 있다는 뜻이었다.

"따라와."

쿠라프를 별장으로 데려간 트로얀은 다른 사람들에게 소개했다.

쿠라프에게는…… 여섯 명의 사형, 사저가 생겼다.

대사형 트로얀.

이사저 구선희는 이방인이었다.

삼사형 타프는…… 뿔이 잘린 악마였는데, 대단히 과묵했다.

사사저 세르프는 엘프 정령술사였고, 오사형 테룽은…… 무식한 드워프였으며, 육사형 레반은 허약한 인간 마법사였다.

누구보다도 육사형이 뛸 듯이 좋아했다. 그 이유는 금세 밝혀졌다.

"칠사제, 목마르니까 물 좀 가져와 봐."

레반이 말했다.

쿠라프는 이를 갈면서도 움직일 수밖에 없었다. 이 수치와 모욕, 언젠가는 모조리 갚아 주고 말 것이다.

"사부님!"

노관장 현기명은 무릎을 꿇고 수염이 허연 노인을 올려다보았다.

"잘 있었느냐?"

눈물이 왈칵 쏟아질 뻔했다. 수십 년 전에 돌아가신 사부님을 다시 만나게 될 줄은 상상도 못 했다.

그 순간, 현실이 아님을…… 꿈이라는 사실을 깨달았다.

루시드 드림, 즉 자각몽이었다.

"맞다. 꿈이니라."

사부님이 손을 휘젓자 주위가 달라졌다. 흑백의 천무관이 나타났다. 전면적인 개축이 진행되기 전, 사부님이 살아 있을 때의 천무관이었다.

현기명에게 사부님은 아버지와 같은 분이었다. 천애 고아였던 그를 데려다가 밥도 먹이고 공부도 시키면서 사람 만든 게 바로 사부님이었다.

게다가 천무관으로 받아들였고, 급기야 계승자로 지목하여 관장에 오르도록 이끌었다.

결국 눈물이 흘러내렸다.

이토록 생생하게 사부님을 만나게 된 감격은…… 오랫동안 쌓아 올린 평정마저 쉽게 무너뜨렸다.

사부님은 제자를 물끄러미 쳐다보고 있었다. 마치 현기명이 무언가를 기억해 내기를 기다리는 것만 같았다.

　　무언가 있음을 그도 직감했다. 사부님이 원하는 것을 떠올리고 싶지만, 기억해 내기 싫다는 감정도 동시에 솟아났다.

　　이유는 현기명 자신도 몰랐다.

　　"때가 되었다."

　　사부님의 말을 듣는 순간, 기억의 문이 활짝 열렸다. 현기명이 계승자 후보 중 하나에 불과했을 때, 사부님과 나누었던 대화가 먼저 생각났다.

　　당시 젊었던 현기명은 꽤나 도발적이었다.

　　"사부님, 까다로운 질문인데 해도 될까요?"

　　"해 봐라."

　　그런 현기명을 사부님은 막내아들의 투정처럼 넉넉하게 받아 주셨다.

　　"천무도의 계승이 한 번도 끊긴 적이 없다고 하셨는데, 아니죠? 그거 거짓말이죠? 어떻게 그 오랜 세월 동안 일인전승이 안 끊길 수 있어요? 전 도저히 못 믿겠어요. 아니, 통계적으로 봐도 그건 불가능해요. 사람이 살다 보면 급사할 수도 있고, 천재지변으로 맥이 끊기기도 하고, 때로는 사람들 사이에 분쟁이 일어나 풍비박산이 나기도 하잖아요. 전 들을 준비가 됐어요. 진실을 말씀해 주셔도 전혀 충격을 받지 않는다는 뜻이에요. 뭐, 외부 사람들이야 그동안 천무관이 거

짓말을 해 왔다는 사실에 꽤 놀랄 테고…… 그 때문에 천무
관의 제자가 좀 많이 줄어들겠지만요."

"후후."

사부님은 그 어느 때보다 활짝 웃었다.

당시 현기명은 그 미소가 어정쩡한 대답이라고 착각했다.
자신이 정곡을 찔렀기 때문에 웃음 외에는 아무 말도 못 한
거라고 오판한 것이다.

20여 년 후에 사부님이 먼저 그 이야기를 꺼냈다.

"나도 너와 같은 질문을 했었지. 너처럼 천무관이 자랑하
는 일인전승을 의심했으니까. 사실, 난 너보다 더 맹랑했다.
천무관의 역사는 기껏해야 100년이고, 그 이전은 날조가 분
명하다고 확신했거든. 그때 날 계승자로 지목하셨던 사부님
은 빙긋 웃으셨고, 나중에 알게 될 거라고 말씀하셨지. 난 내
가 옳다고, 사부님은 진실을 숨긴다고 생각했는데, 나중에야
무엇이 진실인지 알게 됐단다."

"그 진실이 무엇입니까?"

청춘이 지났기에, 현기명은 과거처럼 날뛰지는 않았다. 차
분하게 사부님의 대답을 기다릴 만큼은 인내심이 길러진 상
태였다.

"천무도, 즉 천무관의 무술은…… 그 기초가 천부선공이
다. 천부선공은 익힐수록 그 깊이에 탄복하는데, 단순히 무
술, 즉 단련으로 몸이 강해지는 것만을 의미하진 않는단다.

천부선공에 푹 빠질수록 분수를 알게 되지. 내가 얼마나 미약한지, 이 세계가 얼마나 거대한지 알게 되면, 시야가 넓어진단다. 가끔은 볼 수 없는 곳까지 보게 돼."

"볼 수 없는 곳요?"

"앞으로 한 달 후에 난 죽을 것이다."

"······사부님?"

현기명은 깜짝 놀랐다. 평소와 달리 농담처럼 들리지 않았던 것이다.

"한 달 안에 내가 가진 모든 것을 네게 넘겨줄 테니, 각오 단단히 해라."

"······농이시죠?"

"죽을 때를 미리 아는 것, 그게 바로 일인전승이 깨지지 않은 비밀이란다."

사부님은 의미심장한 미소를 지었다.

옛 기억이 순식간에 현기명을 사로잡고 흔들어 댔다. 그는 오래전에 돌아가신 사부님을 바라보았다. 그리고 중요한 사실을 깨달았다.

자신의 삶도 얼마 남지 않았다.

사부님이 이토록 생생하게 나타난 이유는······ 그 사실을 알려 주기 위해서였다. 사부님이 자신에게 천무도를 전수했던 것처럼, 현기명 역시 계승자를 준비시켜야 한다는 뜻이었다.

"얼마나 남았습니까?"

"길어야 한 달."

"짧군요."

삶이 곧 끝난다는 뜻인데도, 현기명은 별로 섭섭하진 않았다. 충분히 만족스러운 삶을 살았다.

"그 녀석의 그릇은 단단하니, 쏟아부어도 깨지진 않을 게다."

그 녀석은…… 바로 황철호였다.

현기명은 고개를 끄덕였다. 천재성이 빛났던 강영준과 달리 황철호는 우직하게 수련으로 그릇을 완성시킨 놈이었다.

갑자기 질문 하나가 생각났다. 오랫동안 고민했으나 스스로는 해결 못 한 의문이었다.

"다른 세계, 차원 너머의 세계에…… 천부선공과 매우 유사한, 아니 거의 같은 무공이 존재합니다. 알고 계셨습니까, 사부님?"

김현은 셀레스카르라는 하이엘프에게 무극심법을 배웠다. 무극심법은 천부선공과는 일란성쌍둥이처럼 수련법, 구체적인 기술이 판박이였다.

"귀가 뾰족한 녀석이지? 꿈에서 봤는데, 그게 다른 세계 일이었구나. 그러고 보니 네 사조님도 그런 꿈을 꾸셨다. 심지어 꿈속에서 대련도 하고, 모르는 건 배웠고, 상대에게 가르치기도 하셨지. 아, 그래. 그분은 그 녀석을 몽무라고 부르셨다."

의문은 완전히 해소되진 않았지만, 어떤 일이 벌어졌는
지…… 왜 무극심법과 천부선공이 유사한지는 알 것 같았다.

현기명은 사부님께 큰절을 올렸다.

"곧 뵙겠습니다."

"내가 살아 있을 때, 마지막 한 달이 가장 행복했었다. 너
도 알게 될 것이야."

사부님은 흐릿해졌고, 금세 사라졌다.

현기명은 꿈에서 깨어났다.

"네? 계승례는 서울로 돌아가서 열겠다고 말씀하시지 않
았습니까?"

"계승례는 형식에 불과하다. 지금부터 하는 건, 진짜 계승
이야. 마음 독하게 먹어라."

현기명은 앞으로 며칠 안에 천부선공을 모조리 전수할 생
각이었다.

아무리 자세히 설명해도 천재와는 거리가 먼 황철호는 열
에 여덟아홉은 이해 못 할 것이다. 하지만 머릿속에 깊이 새
겨지면 언젠가 그 이치를 깨닫고 노관장이 이른 경지까지 성
실하게 올라올 것이다.

그리고 때가 되면 지금의 현기명처럼 계승자에게 천무도를 전수하게 될 것이다.

천부선공 제1단계 축현은 차고 넘칠 정도로 능숙했다. 이 곰처럼 우직한 녀석은 한번 시작하면 멈출 생각을 하지 않았으니까.

제2단계 쌍각도 만족스러웠다.

문제는 제3단계 파위였다.

파위는 수련만으로는 돌파할 수 없다. 특별한 깨달음이 필요한데, 그건 말로는 설명이 불가능했다. 혼자 힘으로 파위를 뚫었을 뿐 아니라 천맥과 오행, 심지어 음양과 태극까지 맛본 김현이 아주 희귀한 케이스였다.

현기명은 황철호를 몰아붙였다. 한 글자라도 틀리게 외우면 처음 제자로 들였을 때처럼 혹독한 고통으로 내몰았다. 예나 지금이나 고통은 망각의 천적이었다.

천부선공 외에도 투라, 운중, 사륜, 표슬, 용보, 중타추, 삼결고, 막천무, 호연공, 청지풍 등 천무도에 속한 무공을 기초부터 최고의 경지까지 빼놓지 않고 가르쳤다.

그 때문에, 황철호는 고시생처럼 밤을 새우며 공부해야 했다. 현기명은 아침마다 구두시험을 봤는데, 조금이라도 마음에 안 들면 다 큰 제자의 입에서 비명이 나오도록 혼신의 힘을 다했다.

오후에는 주로 내공을 전수했다.

현기명이 사부님, 사조님, 그 윗대의 전승자로부터 받았던 것을 황철호에게 조금씩 전달했는데, 하루하루 약해지는 자신과…… 눈에 띄게 강해지는 제자를 볼 수 있었다.

일단 나이에 비해 탱탱했던 피부가 탄력을 잃었고, 축 늘어지기도 했다.

황철호는 염려하며 계승을 미루기를 요청했으나 현기명은 단호하게 거절했다. 남은 시간을 최대한 요긴하게, 가치 있게 쓰고 싶었다.

제자가 극한의 정신력을 발휘하여 밤을 새울 때, 현기명은 조금씩 눈을 붙였다. 신기한 일이 벌어졌다. 생생한 꿈속에서 귀가 뾰족한 남자를 만난 것이다. 보는 순간, 셀레스카르라는 사실을 알아차렸다.

둘은 격렬하게 싸웠다.

주먹이 공기를 획획 갈랐고 타각으로 땅이 진동했지만, 증오는 조금도 느껴지지 않는 담백한 결투였다.

평생 만나지 못한 라이벌을 뒤늦게 꿈에서 보게 되어 현기명은 너무나 기뻤다. 셀레스카르 역시 꿈이라는 사실을 알면서도 좋아하는 듯했다.

그 꿈보다도 더 기이한 현상이 일어났다.

이치로만 따지면, 내공을 전수할수록 더 약해져야 정상이다. 실제로도 내공은 줄어들었고, 그 때문에 활력이 예전만 못했다. 하지만 상대를 굴복시키는 능력은…… 오히려 강해

싱크

졌다. 그것도 압도적으로.

황철호는 현기명이 준 내공과 기술로 사부를 공격했다. 얼마나 이해했는지 알기 위해 시작한 대련이었다.

현기명은 너무나 선명하게 제자의 의도, 공격 방법과 그 순서, 심지어 어떻게 자신이 이길지도 꿰뚫어 볼 수 있었다.

"사부님, 어떻게 하신 겁니까?"

제자는 황당한 눈으로 사부를 쳐다봤다.

현기명은 과거 사부님이 그에게 보여 줬던…… 그 미소를 지을 수밖에 없었다.

공간의 결이 느껴졌다.

시간의 결도 이용할 수 있게 되었다.

손짓만으로 공간에 균열을 일으키고, 한 걸음 내딛는 것만으로 상대의 타이밍을 빼앗을 수 있었다. 이건 말로는 설명할 수 없는 경지였다.

가장 먼저 이 변화를 눈치챈 건 드래곤 비디타스였다.

비디타스는 계속 얼굴을 구긴 채 현기명을 귀찮게 했다. 자신도 모르게 올라와 버린 이 경지에 대한 설명을 요구했는데, 현기명으로서는 해 줄 말이 없었다.

그냥 알게 됐다는 것 외에는.

생의 마지막 즈음에 비디타스 같은 녀석을 만나게 된 건 더없는 행운이었다. 말하지 않아도 자신의 의도를 알아차리는 사람이 있을 줄은 상상도 못 했다. 현기명 역시 비디타스가 무슨 생각을 하는지 조금은 느낄 수 있었다.

조금 더 빨리 만났다면 얼마나 좋았을까.

현기명은 김현을 떠올렸다. 지금 한창 데알렘으로 내려가고 있을 것이다.

그 아이의 어깨 위에 너무 무거운 짐이 올려져 있었다.

알면서도 덜어 줄 수는 없었다. 녀석의 몫이기 때문에.

죽음을 얼마 남겨 놓지 않은 지금, 현기명은 김현에게로 모여드는 세계의 흐름을 느낄 수 있었다.

김현이 도달한 경지는 그 누구도 자기 의지로 이룰 수 있는 경지가 아니었다. 그 자신의 노력뿐 아니라 세계 전체가 도와야 가능한 경지였다.

어디까지 올라갈까?

누구도 발견 못 한 곳까지 올라설 수 있을까?

그때까지 살고 싶은 마음이 아주 조금 생겼다. 하지만 욕망에 사로잡혀 때를 놓치고 싶지 않은 마음이 훨씬 컸다.

"어?"

분명히 눈을 뜨고 있는데도, 수왕진이 건설된 광활한 땅을 보고 있는데도 마치 그 위로 겹치듯 다른 장면이 보였다.

김현과 안진후, 만스크 그리고 벨레스카르가 꽤 넓은 통로를 달리고 있었다.

갑자기 앞이 탁 트였다.

거대한 도시가 저 아래로 펼쳐졌다.

그 순간, 현기명은 김현 일행이 크립테아의 중심 도시 데 알렘에 도착했음을 깨달았다.

어떻게 이런 장면을 볼 수 있는지는 중요하지 않았다. 무사히 베크렘과 관문을 통과하여 목적지에 도착했다는 사실에 기쁠 뿐이었다.

김현은 자기 몫을 제대로 해내고 있었다.

'나도 제대로 해내야겠지.'

현기명은 빙긋 웃었다.

드디어 데알렘에 도착했다.

벨레스카르는 마음이 복잡했다. 자신이 이곳으로 잠입하려고 시도했을 때는 몇 달이 걸렸건만.

정교한 계획을 세우고, 조금씩 실행하며 몇 차례 위기도 겨우 극복하고 들어섰던 그 도시를…… 이 녀석들은 하루도 못 되어 잠입하는 데 성공했다.

그 과정에서 벨레스카르의 도움은 필요하지 않았다.

베크렘을 몰래 통과하겠다고 김현이 말했을 때, 벨레스카르는 속으로 헛소리라고 생각했다. 드래곤이 가세했고 드래곤이 인정할 만큼 강한 노인이 돕고 있으니 운이 좋다면 서왕군을 돌파할 수는 있을지도 모르지만, 은밀한 잠입은 불가능하다고 확신해 마지않았다.

그 판단은 보기 좋게 틀렸다.

김현과 안진후…… 이 두 이방인 새끼들은 실력으로 그 일을 해냈다.

베크렘을 벗어났을 때, 벨레스카르는 관문 통과는 어렵다고 또 한 번 비관적인 판정을 내렸다.

이번엔 만스크가 계획에 씨앗을 뿌렸고, 안진후가 뼈대를 세웠으며, 김현이 완벽하게 마무리했다. 벨레스카르는 보급 부대를 이용할 줄은 상상도 못 했다.

관문과 데알렘 사이에 설치되어 있는 몇 개의 초소는 아무런 문제도 되지 않았다.

다시 내려온 데알렘…… 별로 반갑지 않았다. 그 이유는 벨레스카르 스스로 더 잘 알았다.

온갖 고생을 다 하며 천도로 올라가는 방법을 찾아낸 것도, 목숨을 잃을 뻔하며 실제로 천도에 올라가 신족을 만난 것도…… 모두 한 가지 목적을 위해서였다.

빌어먹을 셀레스카르를 이기는 것!

그게 자신이 살아가는 이유였다.

천도의 지배자 도주의 부탁으로 이 지옥 같은 크립테아로 내려온 이유 역시 셀레스카르를 능가할 수 있는, 그런 아이템을 얻을 기회 때문이었다.

사실, 이번 일만 해치우면…… 제대로 끝을 내면…… 과거에 자신이 겪었던 그 비릿한 감정…… 패배감…… 바닥이 꺼지는 느낌을 셀레스카르에게 돌려줄 수 있으리라 확신했다.

그런데 갑자기 셀레스카르의 수제자라는 이방인 새끼가 튀어나왔다.

김현에겐 드래곤이라는 든든한 우군이 있을 뿐 아니라, 사부와 사형 그리고 친구까지 이계에서 찾아와 그를 돕기 시작했다.

운발 하나는 기가 막힌 놈이었다.

벨레스카르에겐 사부도…… 사형도…… 친구도…… 심지어 가족도 없었다.

김현을 보고 있으면, 셀레스카르를 찾아가 자신이 얼마나 강해졌는지, 얼마나 달라졌는지 알리는 게 전혀 의미가 없다는 사실이 분명해졌다.

벨레스카르는 생각했다.

'내가 셀레스카르가 아니라, 저 이방인 새끼와 싸우면 이길 수 있을까?'

솔직히 자신이 없었다.

김현의 사부와 사형, 친구가 보여 주는 능력도 대단했지만, 김현이 그 무시무시한 드래곤과 당당하게 지내는 모습만으로도…… 벨레스카르는 기가 죽었다.

수제자를 감당하지도 못하는데 그 스승을 어떻게 상대할까?

"마그나타가 있는 지하로는 하루에 한 번 내려갈 수 있습니다. 오늘은 늦었으니 내일까지 기다려야 합니다."

만스크가 김현에게 말했다.

벨레스카르는 이번에도 고개만 끄덕였다. 마그나타에 대해 자세히 조사했지만, 굳이 자신이 나서지 않아도 만스크가 알아서 잘하고 있었다.

만스크는 은밀히 지낼 수 있는 곳으로 모두를 안내했다. 데알렘도 사람이 사는 곳이라서 암시장이 열렸는데, 그곳의 불문율이 먼저 말하지 않으면 묻지 않는 것이었다. 숨어 있기 딱 좋은 장소였다.

붐비는 암시장 한쪽 끝자락에 자리를 잡은 그들은 마른고기를 뜯기 시작했다.

김현이 갑자기 생각난 듯 만스크를 쳐다봤다.

"어떻게 됐어?"

만스크의 눈이 커졌다. 무슨 질문인지 되묻는 시선이었다.

"칼리고크. 내부 경쟁에 휘말렸잖아. 웬만하면 잘 참는데, 너무 궁금해서 말이야."

김현은 어려운 이야기도 쉽게 푸는 재주가 있었다. 꼬치꼬치 캐묻는 느낌도 아니고, 마스터로서 부하에게 명령을 내리는 것도 아니었다. 진짜 알고 싶어서 묻는 동료 같았다.

머리를 긁던 만스크가 어색한 표정으로 입을 열었다.

"운이 좋았다면 스승님이 칼리고크의 타워 마스터가 됐을

지도 모릅니다. 하지만……."

내부 경쟁에서 밀린 마법사들이 외부 세력을 끌어들이는 바람에 만스크의 스승은 반역자로 몰렸고, 고통스럽게 처형되고 말았다.

만스크 역시 처형될 뻔했는데, 마탑의 지하에서 키우는 몬스터에게 먹이로 던져지기 직전…… 구사일생으로 살아남았다. 바로 크립테아의 서왕 아크라가 만스크를 구한 것이다.

"아크라? 타릴이 아니고?"

안진후가 물었다.

"타릴은 비무에서 아크라를 이겨서 서왕 자리에 올랐습니다."

"정식으로 싸울 기회가 있다는 뜻이야?"

"정기적으로 열리는 비무에서 상대를 지목하여 싸울 수 있습니다. 거기서 이기면, 그 상대의 자리를 차지할 수 있게 됩니다. 하지만 패하면…… 흡수됩니다."

"우와, 겁나네."

말과 달리 안진후는 눈을 반짝이며 만스크를 쳐다보고 있었다. 기회만 생긴다면 그 비무를 직접 보고 싶어 하는 눈치였다.

벨레스카르는 눈살을 찌푸렸다.

저런 태도, 애송이 특유의 만용이다. 삶과 죽음이 엇갈리는 그 거대한 함성을 직접 들어 본다면 저런 표정은 절대 지을 수 없다.

아직도 눈만 감으면 그 소리가 들리는 것 같았다.

비무가 열린 크립테아의 데알렘.

수십만 명이 광활한 공간에 모여서 함성을 지르면 심장이 쿵쿵 뛰고 피가 끓어오른다. 곳곳에서 벌어지는 비무로 피가 튀고 누군가가 죽으면 분위기는 더욱 달아오른다. 평소 얌전한 사람도 비무가 시작되면 미쳐서 날뛰기 마련이다.

지난번 비무에서는 대략 2만 명이 죽었다. 그 수는 비교적 적은 편이었다. 언젠가는 무려 7만 명이나 목숨을 잃어서 한동안 비무가 열리지 않기도 했다.

그때, 김현이 물었다.

"투리우스에게 도전한 사람은 없어?"

흠칫 놀라는 만스크.

벨레스카르 역시 그 질문에 화들짝 놀랐다. 크립테아에서는 누구도 그런 의문 자체를 품지 않는다.

황제 투리우스는 범접조차 어려운 극강의 존재라서, 그 누구도…… 심지어 사왕조차도…… 한 번도 황제에게 비무를 청한 적이 없었다.

"없습니다."

만스크가 대답했다.

"단 한 번도?"

"네, 단 한 번도."

만스크는 힘주어 말했다.

벨레스카르는 리치의 의도를 알아차렸다. 누구도 투리우스를 상대할 수 없음을 강조하고 싶었을 테지만, 슬쩍 웃는 김현을 보니 오히려 투지에 불을 지른 느낌이었다.

김현은 만계에서 수백 년 동안 지냈지만 생각과 행동은 여전히 애송이였다. 저래서 어떻게 길드 마스터 역할을 제대로 해낼 수 있을까?

"그래서, 어떻게 됐어?"

안진후였다.

만스크는 서왕 아크라에게 잡혀서 크립테아로 내려왔고, 바로 여기서 리치가 되었으며, 힘을 기른 후 교활한 칼리고크의 마법사에게 복수한 이야기를 담담한 말투로 설명했다.

"복수하고 나니까 어땠어?"

김현이 물었다.

"……그게, 시원할 줄 알았는데 아니었습니다. 가슴에 구멍이 뚫린 느낌입니다."

벨레스카르는 만스크를 힐끔 쳐다봤다.

저 더러운 리치와 공통점이 있을 줄은 상상도 못 했다. 복수를 끝내더라도…… 만스크의 말처럼 전혀 시원해지지 않을까? 이 답답한 속이 개운해지지 않을까?

잠시 후, 김현이 입을 열었다.

"난 눈앞에서 친구가 죽은 후로 몇 년 동안 방에 처박혀서 나가지 않았어. 그러다가 아들을 아끼는 끈질긴 엄마 덕분에 페플이라는 세계로 올 수 있게 됐고, 거기서 대사형 겔란드를 만나게 됐어. 그리고 이 녀석도 알게 됐고."

안진후를 쳐다본 김현은 담담하게 그동안 있었던 일을 들려주었다.

셀레스카르의 수제자가 된 과정.

룬트란 왕국의 왕세자를 구하기 위해 데스나이트와 싸운 일.

도끼를 고치려고 드워프의 도시로 내려갔다가 휘말린 일.

자신 때문에 죽은 사람들을 되살리기 위해 우과를 찾아 헤맨 과정.

엘루마에서 롭시스 국수를 먹었던 일.

대현자에게 받은 우과로 사람들을 살렸던 순간.

드래곤 때문에 만계로 내려와서 겪은 대지진 등.

김현의 입에서 흘러나오는 이야기는 너무나 흥미진진해서 벨레스카르는 마치 자신이 거기 있었던 것처럼 느껴졌다.

이해하기 힘든 용어, 내용도 꽤 많았지만 별로 문제가 되지 않았다.

벨레스카르는 매 순간 최선을 다하는 김현의 진심을 느낄 수 있었다. 과거의 실수를 반복하지 않으려는 그 의지가 김현을 여기까지 이끈 것이다.

김현은 평소 말수가 적은 사람이었다. 이렇게 오랫동안 말을 하다니. 그것도 자신에 대해서.

적대적인 환경, 들키는 순간 목숨을 부지하기 어려운 곳이라서 속에 담아 둔 이야기가 술술 흘러나왔을까? 보통 사람이었다면 그럴 가능성이 충분히 있지만, 그 엄청난 굴곡을 통과한 김현은 결코 평범한 인물이 아니다.

이야기를 끝낸 김현이 벨레스카르를 쳐다봤다.

다음 차례는 당신이라는 뜻.

그 순간에야, 벨레스카르는 김현의 의도를 알아차렸다.

왜 만스크에게 질문을 던져 자연스럽게 과거 이야기를 꺼내게 했는지, 왜 묻지도 않았는데 나서서 자신의 삶을 고스란히 내보였는지…… 그 이유를 깨달았다.

바로 벨레스카르의 이야기를 듣기 위해서였다.

그냥 쉽게 물어봤다면 쉽게 거절했을 것이다. 묵직한 진심은…… 거절하기 어렵다.

김현을 흘긴 벨레스카르는 잊으려 애를 써 온 기억 일부를 끄집어냈다.

"내가 다르다는 걸 느낀 건 일고여덟 살쯤이었을 거야. 외모는 인간이었지만 내 손에 닿은 풀이나 꽃이 놀랄 만큼 빠르게 자랐거든. 나는 엄마를 위해 그 능력을 사용했고, 그 때문에 수확량이 몇 배는 많아졌지. 난 웃는 엄마 얼굴을 보고 싶었거든. 그 일이 소문이 나자 꽤 많은 마법사들이 찾아왔어. 나는 그 사람들 속내도 모르고 신이 나서 내가 가진 능력을 보여 줬지. 그 결과가 어떻게 됐을까? 마법사들은 마을을 불태우고…… 어머니를 죽였어. 나를 데려가기 위해서. 만약 그때 이복형이 나타나 도와주지 않았다면 나 역시 저 친구처럼 마탑에 끌려가 실험체로 사용됐을 거야."

다들 이복형이 누군지 알고 있었다.

단숨에 마법사들을 제압한 셀레스카르는 어린 벨레스카르를 데리고 숲으로 돌아갔다.

벨레스카르는 그때부터 숲에서…… 엘프와 함께 살게 되었다.

엄마를 잃은 고통에서 차츰차츰 벗어날 무렵, 또 다른 고통이 시작되었다.

바로 외모 때문이었다. 엘프 특유의 뾰족한 귀가 벨레스카르에겐 없었다. 엘프처럼 잘생기지도 않았다.

다들 벨레스카르를 이상한 듯 쳐다봤다.

아무리 이상해도 1년 정도가 지나면 그러려니 할 텐데, 엘프는 좀처럼 잊는 법이 없었다. 10년 동안 함께 지냈는데도 만날 때마다 뭉툭한 벨레스카르의 귀를 쳐다보곤 했다.

심지어 중요한 물건이 없어지자 범인으로 지목까지 당했다. 나중에 실수라는 사실이 밝혀졌지만, 누구도 벨레스카르에게 사과하지 않았다. 앞으로 비슷한 일이 생기면 또다시 그를 의심할 분위기였다.

인간은 쉽게 잊는다. 그래서 서로가 달라도, 부족한 부분이 많아도 마을을 이루고 투덕투덕 싸우면서도 살아간다.

엘프는 달랐다.

스스로 완벽하다고 확신하는 그 빌어먹을 존재들은……
기준 이하의 상태를 참지 못했다.

그렇다고 버럭버럭 화를 내거나 비웃지는 않는다. 그저 이
상한 듯 쳐다본다.

잘못이 생기면 자연스럽게 벨레스카르를 의심한다.

"그래서 복수했지. 그 은색눈썹 엘프 일족에게. 전령으로
서 마땅히 해야 할 일을 하지 않았네. 그 때문에 은색눈썹 일
족은 크립테아의 몬스터 군대에 포위되어서 전멸당했고."

침묵이 흘렀다.

만스크는 벨레스카르를 측은하게 쳐다보고 있었다.

안진후는 복잡한 표정을 지었다. 그럴 만도 했다. 아무리
차별을 받아도 일족 전체를 죽음으로 몰아넣을 만큼이었
나 의문을 가질 수 있다.

벨레스카르는 김현을 쳐다봤다.

이 녀석은 동정심을 느끼는 쪽도, 의문을 제기하는 쪽도
아니었다. 호기심 어린 눈으로 하프엘프를 보고 있었다.

벨레스카르는 눈살을 찌푸렸다.

설마, 진실을 알고 있는 건가?

어떻게? 누구에게도 말한 적이 없는데?

"아까 빠뜨린 이야기가 있습니다. 눈앞에서 친구가 죽었

다고 했죠? 내가 거기 있었다는 이유로 선생님도, 친구들도
내가 죽였다고…… 눈빛으로, 표정으로, 행동으로…… 나중
에는 말로 떠들기 시작했습니다. 나는 무슨 일이 벌어졌는
지, 왜 친구가 죽었는지 말하지 않았습니다. 그때는 몰랐는
데, 지금은 조금 알 것 같습니다. 제멋대로 판단하는 그 사람
들에겐 진실을 들을 자격이 없으니까요."

벨레스카르는 할 말을 잃었다.

저 녀석은…… 알고 있다.

자신이 은색눈썹 일족의 전멸과 상관이 없음을.

왜 그 사실을 밝히지 않는지도 정확히 안다. 자신을 추궁
했던 사람들 역시 진실을 들을 자격이 없었다!

안진후와 만스크가 김현과 벨레스카르를 번갈아 쳐다봤
다. 두 사람은 김현이 들려준 이야기와 벨레스카르가 관련
있음을 알아차린 것이다.

"어떻게 알았나?"

"이러이러해서 알게 됐다는 말은 못 합니다. 그냥 느껴졌
으니까요."

"느껴졌다?"

"꽤 많은 사람들이 같이 있었는데도, 유독 당신만 혼자 있
는 것처럼…… 마치 넓은 방에 혼자 갇힌 것처럼 보였습니
다. 제가 그런 면에서는 전문가라서 금세 알아봤죠. 아, 이
사람도 어딘가에 갇혀 있구나. 그래서 대학사 요프람, 천야

장, 비디타스에게 이것저것 물어봤는데, 자연스럽게 알게 됐어요. 당신이 스스로를 가둔 이유 말이에요."

"놀랍군."

"이제 그만 나오세요."

김현은 벨레스카르를 정면으로 바라보았다.

"자네는…… 복수하고 싶지 않나? 자네를 무시했던, 그 친구의 죽음에 관련이 있는 사람들에게 말이야."

"할 겁니다. 기회가 오면. 하지만 그건 제가 할 수 있는 수많은 일 중 하나에 불과하죠. 삶 전체를 걸 필요는 없는 아주 사소한 일이니까요."

"……사소해?"

벨레스카르는 깜짝 놀랐다. 어떻게 그런 일을 겪었는데도 사소하다는 말을 할 수 있을까?

"거기 그대로 멈춰 있었다면 아직도 방에 갇혀 있었겠죠. 그러면 이 멋진 세계도 몰랐을 테고, 진후도 만나지 못했을 테고, 비디타스 같은 고집불통도 몰랐을 테고…… 지금 여기서 이런 이야기도 할 수 없었겠죠."

셀레스카르가 이런 이야기를 늘어놓았다면, 벨레스카르는 벌컥 화를 냈을 것이다. 아무것도 모르면서 지껄이지 말라고.

인정하지 않을 수 없었다. 이 녀석은 '사소한 일'이라고 말할 자격이 있다.

김현이 빙긋 웃었다.

"사실, 이미 반쯤은 나왔어요. 섬바디 길드의 일원이 되었으니까요."

"……뭐? 난 그 길드에 들어가겠다고 말한 적 없는데."

"정말요? 그 이야길 들으면 비디타스가 무척 실망하겠어요. 지금 입고 있는 갑옷과 착용한 갖가지 아이템은 드래곤이 특별히 섬바디 길드 사람들에게 빌려준 거라서요. 당신도 드래곤이 얼마나 탐욕스러운지 알죠? 비디타스가 사실을 알게 되면 꽤 화를 낼 거예요. 행운을 빌어요."

벨레스카르는 고개를 흔들었다. 저 말이 농담임을 아는데도 비디타스를 떠올리자 가슴이 철렁했다.

지금까지 용병처럼 혼자 힘으로만 살아오면서 여러 조직에서 다양한 영입 제안을 받았지만, 이렇게 정교하고 공들인…… 그러면서도 마음까지 움직이는 제안은 처음이었다.

벨레스카르는 길드 마스터를 향해 손을 내밀었다.

김현은 암시장을 벗어나 데알렘으로 올라왔다.

크립테아가 어떤 곳인지 직접 보고 싶었다. 만스크, 벨레스카르의 이야기를 의심해서 아니라, 전투 국가 같은 세계를 경험하고 싶었던 것이다.

들킬지도 모른다는 생각은 금세 사라졌다. 길거리마다 사

람들로 가득 차 있었다. 웬만큼 수상하지 않고서는 정체가
드러나지 않을 것 같았다.

인파에 섞여 한참을 돌아다닌 후에야, 김현은 축제 기간이
라는 사실을 깨달았다.

'라이파'라는 신에게 제물을 바치는 기간이라는데, 그 제
물은 값비싼 성질석일 수도 있고…… 길가에 나뒹구는 조그
만 돌멩이일 수도 있었다.

각자의 사정에 따라 적당한 제물을 챙겨서 데알렘을 관통
하며 흐르는 강에 던져 넣는 것은 매우 중요한 의식이었다.
몇 개의 소용돌이가 있는데, 거기 정확히 던지면 훨씬 강해
진다는 전설이 축제의 시작이었다.

크고 작은 돌멩이들이 강으로 날아가 풍덩풍덩 소리를 냈
다. 때로는 한꺼번에 수백 개가 던져지기도 했다.

김현 역시 근처에서 주운 돌 하나를 슬쩍 던졌다. 의심을
피하기 위한 행동이었지만 꽤 재미있었다.

김현이 던진 돌멩이가 정확히 소용돌이의 중심에 쏙 빠지
자, 옆에 있던 사람이 엄지를 들어 보였다.

'여기도 사람 사는 곳이야.'

오랜만에 느끼는 북적이는 분위기였다.

그러나 이 많은 사람들이 적이라는 생각이 떠오른 순간 들
뜬 기분은 박살이 났다.

지금 흥겹게 떠들며 축제를 즐기는 사람들은 두 번이나 몬

스터대전을 일으켜 무수한 희생자를 낸 장본인이었다. 언제든 시간 장벽이 무너지면 전쟁을 시작할 준비가 된 사람들이기도 했다.

병사들 다수는 사왕군에 소속되어 네 개의 도시에 주둔하고 있었다. 장벽이 붕괴되고…… 명령만 떨어지면…… 그들은 지상으로 올라갈 테고, 급기야 룬트란으로 이동할 것이다.

그러면 제3차 몬스터대전이 시작될 것이다.

즐거워하는 사람들 곁에서, 김현은 오한을 느꼈다. 몸이 덜덜 떨렸다.

이 거대한 충돌, 어떻게 막을 수 있을까?

오랫동안 탐독한 《룬트란 왕국의 역사》에는 수많은 전쟁 관련 내용이 수록되어 있었다.

물고기를 더 많이 잡으려는 어부들의 다툼에서 시작되어 몇 개의 국가가 휘말린 대규모 전쟁으로 발전된 경우도 있고, 조직적인 계획을 세워서 국경을 침입한 전쟁도 있으며, 무인과 마법사의 공명심으로 시작되어 제국 간의 대전쟁으로 규모가 커진 경우도 있었다.

사실, 어떻게 시작되었는지는 별로 중요하지 않았다. 전쟁의 분위기가 무르익은 상태였기 때문에 어떤 일로든 대규모 충돌은 불가피했다.

중명 제국과 레나르카 왕국 사이의 무마 전쟁, 마무 전쟁이라고도 불리는 그 대전쟁은…… 무공과 마법에 대한 인식

차이, 또는 자부심 차이가 만들어 낸 충돌로, 지금까지도 진행 중이었다.

서로에 대해 아는 바가 적을수록, 격차가 클수록, 다른 점이 많을수록 전쟁은 쉽게 터질 뿐 아니라 규모도 커진다.

반대로 교류가 시작되어 서로를 더 알게 될수록, 불균형이 해소될수록 전쟁의 위험은 줄어들고, 설사 무력 충돌이 일어나더라도 금세 잦아든다.

김현은 크립테아를 보다 깊이 이해해야 근본적인 문제점을 해결할 수 있다고 확신했다.

왜 크립테아는 이토록 호전적인 민족이 되었을까?

크립테아를 이해할 수 있다면, 시간 장벽 자체를 없애고…… 교류를 통해 격차를 줄여 나갈 방법을 찾아낼 수 있을지도 모른다.

물론 당장은 마그나타를 파괴해야 한다. 시간 장벽을 회복함으로써 시간을 번 후에야 차근차근 그 방법을 고민할 수 있을 것이다.

그때, 골목길에서 앳된 목소리가 들렸다.

김현은 거기로 들어갔다.

예닐곱 살쯤 되어 보이는 아이들이 싸우고 있었다. 주먹을 내지르고 발로 차는 동작은 어설펐지만 표정만큼은 너무나 진지했다.

김현은 지붕 위로 올라가 아래쪽에서 싸우는 아이들을 지켜보았다.

싸움 방식이 흥미로웠다.

1대1이었다.

각자의 패거리에서 한 명씩 앞으로 나와 상대와 싸우는데, 나머지 아이들은 물러나서 지켜볼 뿐이었다.

얻어맞아서 씩씩거리던 아이 하나가 튀어나와 싸움에 가세했다. 그 때문에 1대1은 깨졌고, 둘이 하나를 공격하는 상황이 되었다.

룰을 깨뜨린 아이는 다른 아이들에게 잡혀 몰매를 맞았다. 뼈가 부러졌는지 팔이 기괴하게 꺾였는데 누구도 그 아이 편이 되어 주지 않았다. 겨우 몸을 일으킨 그 아이는 비틀거리며 골목 밖으로 달아났다.

'룰을 어기면 쫓겨나는 건가?'

그때, 아이들의 몸이 변했다.

김현은 척살대를 떠올렸다. 성인처럼 흉측한 모습으로 바뀌지는 않았지만 아이들 역시 변신 후에는 훨씬 빠르고, 힘도 세졌다.

변신 상태로 1대1 대결을 이어 나가는 아이들.

김현은 곧 싸움의 목적을 알아차렸다. 저 녀석들은 대장을 뽑기 위해 싸우고 있었다.

만스크의 말처럼, 이곳 크립테이아는 강자가 약자를 지배하는 세계였다.

김현은 고개를 들어 데알렘의 중심부에 우뚝 솟아 있는 거대한 궁전을 올려다보았다.

　바로 저기에 황제 투리우스가 살고 있다.

　힘이 있는 자가 위로 올라가는 이 세계 꼭대기에 서 있는 황제 투리우스는 얼마나 강할까?

　싸워 보고 싶었다.

　물론 지금은 아니다.

　김현은 지붕을 넘어 큰길로 나갔다.

　보급 부대가 마그나타가 있는 지하층으로 내려가기 두 시간 전, 김현 일행은 창고로 몰래 숨어들었다.

　창고는 와작와작 씹어 대는 소리로 요란했다. 지하철 객차를 떠올리게 만드는 거대한 수레에는 이미 손님이 타고 있었다.

　김현은 수레 위로 올라갔다.

　조그만 애벌레도 사진을 찍어 크게 확대하면 무시무시한 이목구비에 깜짝 놀란다.

　수레 안에는 확대한 듯한 애벌레가 꿈틀거리고 있었다. 길이 10미터에 높이만 2미터에 달하는 피엔테는 강력한 턱으로 거대한 버섯을 물어뜯고 있었다.

수레 하나에 피엔테 두 마리가 실리는데, 워낙 사나워서 보급병도 접근을 꺼렸다.

안진후, 벨레스카르 그리고 만스크도 수레 위로 올라와 아래를 살폈다.

"크립테아인이 가장 좋아하는 식재료입니다."

만스크가 입맛을 다시며 말했다.

안진후, 벨레스카르가 동시에 얼굴을 찌푸렸다. 둘 다 벌레라면 질색인 듯했다.

김현은 만스크의 반응 때문에라도 한번 정도는 맛보고 싶었다.

사실, 만계에서 혼자 지내면서 멀쩡해 보이는 열매나 물소 같은 가축뿐 아니라 뱀, 벌레 등 조금이라도 식용이 가능해 보이는 건 다 먹어 봤다. 기대 이하의 맛으로 자신을 괴롭힌 것도 있고, 예상을 훌쩍 뛰어넘는 맛 덕분에 자주 찾았던 식재료도 꽤 많았다.

"저기가 가장 좋은 곳이긴 합니다만, 잘못하면 잠입은커녕 피엔테에게 먹힐지도 모릅니다."

만스크가 김현을 쳐다봤다.

"그럴까?"

김현은 수레 안으로 훌쩍 뛰어내렸다.

버섯을 씹던 피엔테 두 마리가 즉시 김현을 향해 다가왔다. 어찌나 빠른지 벽이 그를 짓뭉개는 느낌이었다.

김현은 바로 수레의 바닥에 손을 대고 오행의 묘리로 금속 성분을 끌어 올렸다. 부풀어 오른 바닥이 이글루처럼 그를 덮자, 텅텅 피엔테의 몸이 부딪쳤다.

몇 번 거칠게 공격하던 피엔테는 흥미를 잃고 다시 버섯 쪽으로 이동했다. 워낙 몸이 커서 꼬리 부분은 여전히 이글루 근처에 남아 있었다.

철제 이글루의 천장에 구멍을 만든 김현은 위를 올려다보며 손짓했다.

잠시 후, 안진후가 이그드라실의 뿌리로 벨레스카르를 휘 감아서 옮겼다. 만스크도 같은 방식으로 내려왔다. 안진후가 이글루 안으로 들어오자 김현은 천장을 막았다.

쿵.

피엔테 한 마리가 약이 올랐는지 계속 이글루의 벽을 때렸다. 그러나 곧 잠잠해졌다.

"그 뿌리, 아주 편리할 것 같다. 씨앗 남은 거, 없냐?"

김현이 물었다.

"있는 놈이 더한다더니."

친구를 보며 눈을 흘긴 안진후는 손으로 철제 이글루를 어루만졌다. 어떻게 수레의 바닥을 변형시켜 이런 형태로 만들었는지 알아내기 위해서였다.

김현은 구석으로 가서 등을 기대고 앉았다.

피엔테를 실은 수레가 마그나타가 건설된 지하층에 도착

하면, 더 이상 휴식을 취할 시간은 없다.

다른 사람들도 각자 자리를 잡았다.

창고 문 열리는 소리가 들렸다.

즉시 눈을 뜬 김현은 철제 이글루의 벽에 귀를 댔다. 다른 사람들도 바깥에서 들리는 소리에 귀를 기울였다.

이야기를 나누며 다가오는 보급 병사들.

그리고 좀 더 묵직한 소리를 내는…… 두더지들.

병사들은 수레와 두더지를 연결시키는 작업을 시작했지만, 누구도 피엔테가 실린 수레 내부를 살피지는 않았다.

살펴본다고 해도 들킬 위험은 적었다. 피엔테가 이글루를 아예 덮어 버려 거대한 애벌레를 꺼내지 않는 이상 발견하기는 거의 불가능했다.

"그 새끼들은 하는 일도 없는데 왜 이렇게 많이 먹어 치우는지 모르겠어."

"하는 일이 없으니까 그런 거잖아."

"그거 말 되네."

병사들이 웃음을 터트렸다.

"아무튼 놈들 때문에 우리만 바빠졌어."

"얼른 가자. 지랄 지랄 하기 전에."

수레가 덜컹 소리를 내며 움직이기 시작했다.

김현은 안진후, 벨레스카르, 만스크를 보며 활짝 웃었다. 일단 출발은 아주 좋았다.

두 개의 초소 앞에 보급 부대가 멈췄지만, 누구도 수레 바닥을 확인하지는 않았다.

수레는 구불구불한 통로를 거쳐 거의 세 시간 만에 마그나타가 설치된 지하층에 도착했다.

보급 병사들이 긴장 상태로 돌입했다. 최대한 신선한 상태로 피엔테를 싣고 왔기 때문에 수레에서 내릴 때 사고가 발생할 가능성이 매우 높았다.

김현은 수레 아래쪽에 구멍을 뚫었다. 오행의 묘리 덕분에 충분한 시간만 주어지면 가능한 일이었다. 안진후, 벨레스카르, 만스크를 내려보낸 뒤, 김현은 이글루를 축소시키며 아래로 빠져나갔다.

김현은 수레 아래에 엎드린 자세로 천리적경을 꺼냈다. 내공이 주입되자 동그란 유리는 붉은색으로 변했다. 김현은 꽤 멀리 있는 대형 마법진과 그 주변에 자리 잡은 천막 등을 자세히 살필 수 있었다.

서로 다른 색깔의 깃발이 눈에 띄었다.

'규모는 크지 않지만 사왕군이 모여 있어. 물의 정령왕이 일으킨 홍수 공격 때문일까?'

예상 못 한 변수였다.

김현은 그 사실을 일행에게 알렸다.

"저 병사들, 수를 좀 줄이자."

안진후가 말했다.

"어떻게?"

"현재 데알렘에는 군대가 없잖아. 베크렘, 보아렘, 올리엠, 메멤 등으로 사왕군 대부분이 이동한 상태니까 말이야. 만약 누군가 데알렘에서 소동을 벌인다면…… 가장 가까운 군대가 출동하지 않을까?"

"좋은 생각이군. 내가 그 일을 맡겠네."

벨레스카르가 나섰다.

"아니, 그럴 필요 없어요."

안진후가 씩 웃으며 말했다.

"누군가는 해야 하는 일이라네."

벨레스카르의 말에 안진후는 김현을 쳐다봤다.

김현은 그 뜻을 알아차렸다.

"좋아."

즉시 분신을 만들어 냈다.

김현은 자신과 똑같은 천현과 검현에게 해야 할 일을 알렸다. 고개를 끄덕인 둘은 수레 아래쪽에 몸을 숨겼다.

김현 일행은 보급 부대를 벗어나 마그나타 쪽으로 이동했다. 마그나타 주위에는 꽤 많은 병사들이 지키고 서 있었다. 그들은 보급 부대 소속이 아니라, 방어군이었다.

김현은 땅바닥에 손을 댔다. 오행의 힘으로 땅 아래쪽에 공간을 만드는 건 그리 어렵지 않았다. 시간이 꽤 걸렸지만, 보급 부대는 피엔테를 내리느라 주변에 신경 쓸 여유 자체가 없었다.

오래지 않아 네댓 명이 숨을 수 있는 공간이 만들어졌다.

일행은 거기로 숨었다.

분신의 기습으로 군대가 출동할 때까지는 거기서 기다려야 했다.

저 멀리 길을 완전히 막고 서 있는 관문은 멀쩡했다.

막강한 공격에 일부가 무너진 흔적도 없고, 기습으로 뚫린 분위기도 아니었다. 관문 꼭대기에 서 있던 병사들 중 일부는 하품을 하거나 기지개를 켜는 등 긴장감과는 거리가 멀었다.

서왕 타릴은 책사를 쳐다봤다.

"정말 놈들이 관문을 지나갔다고 생각하는가?"

"분명합니다."

이방인 책사가 답했다.

"관문을 지키는 부대는 선봉에 서는 전투부대는 아니지만 그렇다고 쥐새끼가 통과했는데도 모르고 있을 만큼 무능한 부대도 아니야."

"저 관문을 통과하는 게 쉽습니까, 서왕군이 진을 친 베크 렘을 통과하는 게 쉽습니까?"

타릴은 입을 다물었다.

건방진 이방인 새끼.

김현 일행이 베크렘을 빠져나간 건 분명한 사실이었다. 따라서 자존심 때문에라도 관문 통과를 인정할 수밖에 없었다. 베크렘의 서왕군이 관문 부대만 못하다고 말할 수는 없다.

"자신만만하군. 자네 실력이라면 그놈들이 어떻게 관문을 통과했는지도 잘 알고 있겠군."

"……지금 생각 중입니다."

"빨리 생각해 내는 게 좋을 거야."

뒤로 물러난 타릴은 서왕호위대의 정예병 옆으로 걸어갔다.

그들은 이방인 책사를 못마땅한 눈으로 노려보고 있었다. 저런 책사 따위는 없어도 된다고 말할 기세였지만, 누구도 앞으로 나와서 입으로 내뱉지는 않았다.

달콤한 피엔테의 체액을 한 모금 마신 후, 타릴은 바위에 걸터앉았다.

분노는 여기 관문까지 오는 동안에 가라앉았다. 대신 호기

싱크

심이 고개를 쳐들었다.

노바디라고 알려진 이방인 김현에 대한 정보를 샅샅이 훑었다. 룬트란 왕국의 조그만 도시 라마간에서 갑자기 나타난 녀석은…… 셀레스카르의 수제자가 되면서 널리 알려졌다.

타릴은 그동안 외부 세력에는 별 관심을 가지지 않았다. 이유는 간단했다. 죽음의 마탑 칼리고크나 태천문을 통해 입수되는 정보에 의하면, 소위 10대마법사나 10대무인의 힘은…… 너무나 미약했다.

크립테아가 시간 장벽이라는 감옥에서 벗어나기만 한다면, 그런 놈들은 몰려오는 공포의 군대에 깜짝 놀라 앞을 다퉈 달아나거나 부질없이 저항하다가 죽고 말 것이다.

그들 개인은 강할지 모르나, 그래 봐야 크립테아의 대군을 막기엔 역부족이었다.

그 때문에 8대마탑, 7대무문 따위보다는 동왕군의 형세에 촉각을 곤두세웠다. 북왕군과 남왕군의 동태 파악을 위해 더 애를 썼다.

서왕의 자리에 도전할지 모르는 크립테아 사람에게 더 큰 관심을 쏟았다.

물론 혼자서도 군대와 능히 대적할 수 있는 드래곤이나 천도의 신족에 대해서는 조사를 게을리하지 않았다.

하지만 이방인은…… 아예 무시했다.

왜?

이 세상에 속하지 않았기 때문이다.

이방인의 행태는…… 너무나 한심해서 관심을 받을 자격 자체가 없었다. 그들은 잠시 놀러 왔다가 흥미가 사라지면 돌아가는 귀족가의 애송이 같아서, 이 세계의 운명에는 영향을 줄 수 없다고 생각했던 것이다.

서왕군 주둔지를 떠나 이곳으로 오기 전, 타릴은 몇 가지 명령을 내렸다. 그중 하나가 이방인에 대한 자세한 조사였다.

현기명이나 김현 같은 이방인이 얼마나 되는지, 이계가 어떤 곳인지, 거기로 어떻게 넘어갈 수 있는지 따위를 알아내기 위해서였다.

크립테아의 현재 목표는…… 룬트란 왕국, 중명 제국, 레나르카 왕국 등이 포함된 마룬타 대륙이었다. 이 세상을 완전히 집어삼킨다면…… 그다음 목표는 이계가 될 것이다.

투리우스 황제 폐하는 이 세계의 주인이 될 것이다.

그러면 이계의 주인은 누가 될까?

타릴은 빙긋 웃었다.

이방인 책사가 다가왔다.

"방법, 찾았습니다."

"말해 봐."

"보급 부대를 이용하는 겁니다. 아마, 김현 일행도 보급 부대에 숨어서 관문을 통과했을 겁니다."

"숨어서?"

타릴의 눈에 힘이 들어갔다. 서왕 타릴이 수레에 숨었다는 이야기가 알려지면 권위는 땅에 떨어진다.

"당당하게 관문을 통과할 수도 있습니다. 다만, 다들 왜 전하께서 데알렘으로 가는지 궁금해할 겁니다."

'다들'에는 동왕 앙즈, 북왕 테투도, 남왕 파포르가 포함되어 있었다.

"계획, 자세히 설명해."

타릴은 책사를 노려봤다.

타릴은 정예 호위대가 보급 부대를 몰살시키는 광경을 무덤덤하게 지켜보았다.

강자존!

약자의 운명엔 관심 없다.

잠시 후, 서왕호위대는 옷을 갈아입어 보급 부대로 변신했다. 호위대장이 보급 부대 지휘관이 되었으며, 타릴은 더러운 보급 병사 복장으로 뒤쪽에 물러서 있었다. 그 옷에 밴 악취 때문에 어질어질했다.

"조금만 참으십시오."

타릴을 보고 속삭이는 이방인 책사의 입가에 미소가 걸렸다.

마음 같아서는 저 얼굴을 확 찢어 놓고 싶었지만, 타릴은 꾹 참을 수밖에 없었다. 어떻게든 관문을 통과해 데알렘으로 가야 자신과 서왕군에게 치욕을 선사한 김현 그 이방인 새끼를 잡을 수 있기 때문이다.

보급 부대 병사들은 길 너머 절벽 아래로 던져졌다. 시간을 들여 흡수할 만큼 강한 놈은 하나도 없었다.

호위대장이 서왕을 쳐다봤다.

타릴은 고개를 끄덕였다.

보급 부대는 움직이기 시작했다.

몇 개의 모퉁이를 돌아가자 관문이 모습을 드러냈다. 보급 부대는 천천히 관문을 향해 다가갔다.

"멈춰라!"

관문 지휘관이 소리쳤다.

타릴은 울컥 화가 났다. 누구도 자신에게 저런 식으로 명령을 내릴 수 없다.

잠입이라는 게 얼마나 힘든 것인지 깨달았다. 고귀한 위치에 있는 사람에겐 더없이 고통스러운 일이었다.

차라리 신분을 밝히고 당당하게 통과해 버릴까 생각하다가도, 동왕 앙즈가 눈치채고 데알렘으로 올지도 모른다는 가능성 때문에 꾹 참고 또 참았다.

"너, 당신…… 처음 보는데."

관문 지휘관이 보급 부대 지휘관, 즉 호위대장을 뜯어보며 말했다.

머뭇거리는 호위대장 대신 이방인 책사가 나섰다.

"베크렘에서 교체되었습니다. 서왕 전하께서 보급 부대에 따로 명령을 내리셨기 때문입니다. 만약 의문이 생긴다면 베크렘으로 전령을 보내어 확인해 보십시오. 다만, 그때까지 보급 부대가 지체된 이유에 대한 해명과 그 책임은 당신 몫입니다."

타릴은 감탄했다.

책임이라는 단어의 위력을 저 이방인 책사는 너무나 잘 알고 있었다.

관문 지휘관은 눈살을 찌푸렸지만, 감히 베크렘에 전령을 보낼 만큼 배짱 있는 놈은 아니었다. 보급 부대를 샅샅이 확인한 뒤 통과 명령을 내렸다.

보급 부대는 천천히 관문을 빠져나갔다.

그 좁은 통로를 벗어나자 타릴은 짜릿한 쾌감을 느꼈다. 신분을 밝혔다면 절대 느끼지 못했을 감정이었다.

'음, 앞으로는 이런 식으로 자주 다녀야겠어.'

잠시 후, 호위대는 수레와 두더지까지 절벽 아래로 던졌다. 옷까지 갈아입은 타릴 일행은 데알렘을 향해 달리기 시작했다.

장벽 소멸

크립테아의 수도 데알렘은 기대 이하였다.

"이곳이 바로 크립테아의 심장일세."

타릴은 황갈색 건축물이 빼곡히 들어서 있는 지하 도시를 자랑스럽게 소개했지만, 책사 진세진은 그 앞에서 얼굴이 구겨지지 않도록 애를 써야 했다.

그의 눈에 데알렘은 흙과 모래에 묻혔다가 운 좋게 발굴에 성공한 고대 유적처럼 보였다. 황제 투리우스가 산다는 궁전만큼은 그런대로 봐 줄 만했다.

타릴이 만약 남산에서 인구 천만의 대도시를 내려다본다면 어떤 표정을 지을까?

요즘엔 시골에서 막 상경한 사람도 텔레비전으로 서울을 어느 정도 알고 있기 때문에 입을 쩍 벌리고 놀라지는 않는다.

서왕이라며 으스대는 저 녀석은 결국 우물 안 개구리에 불과했다.

데알렘으로 내려오면서 타릴과 이런저런 이야기를 주고받았다. 타릴은 책사를 통해 이계, 즉 지구에 대해 알기를 원했고 진세진은 크립테아에 대한 정보를 원했기 때문에 대화 자체는 매끄럽게 진행되었다.

타릴 덕에 크립테아가 어떤 곳인지 조금은 알게 되었다.

데알렘이 수도이자 가장 큰 도시였고, 그에 버금가는 도시 네댓 개가 지하에 흩어져 있고 크고 작은 마을이 거미줄처럼 얽혀 있었다.

인구는 어림잡아 5백만 명 정도였다.

5백만 명 중에 실전에 투입 가능한 병사의 수는 무려 60만 명에 달했다. 비율로만 따지면 크립테아는 전투 국가라고 해도 과언이 아니었다.

진세진은 5백만밖에 안 되는 크립테아가 두 번이나 몬스터대전을 일으켜 마룬타 대륙을 전멸 직전으로 몰아넣었다는 사실이 이해가 되지 않았다.

중명 제국만 해도 인구가 1억 명을 훌쩍 넘긴다. 룬트란 왕국, 레나르카 왕국과 인근 지역의 국가를 포함하면 수억에 달할 텐데…… 겨우 5백만에 불과한 크립테아가 어떻게 그들을 제압할 수 있었을까?

몬스터를 조종한다고 해도, 60만에 불과한 군대로 그 넓은 대륙을 모조리 휩쓸기는 불가능에 가깝다.

두 번의 전쟁에서 크립테아가 패한 이유는 바로 드래곤 때문이었다.

드래곤이 본격적으로 나섰기 때문에 크립테아는 오히려 후퇴했고, 지하에 갇힌 것이다.

하지만 드래곤조차도 크립테아를 없애진 못했다. 시간 장벽을 세워 가두는 게 최선이었다.

한때 유니온은 드래곤의 능력을 분석한 적이 있었다.

마법 종족이라 불리는 드래곤이 작심하고 싸울 때 어느 정도의 전투력을 발휘할지 확인하는 그 프로젝트는 로고스 길드 소속 프랑켄슈타인 박사가 이끌었다.

연구 결과, 드래곤 하나가 웬만한 국가를 없앨 수 있다는 평가가 내려졌다.

진세진을 포함해 많은 사람들이 그 결과를 의심했다. 아무리 드래곤이 강하다고 해도…… 각종 첨단 무기로 무장한 군대를 상대하긴 어렵다고 생각한 것이다.

당시 프랑켄슈타인의 대답은 명쾌했다.

비대칭 전력.

인류가 개발한 최강의 무기 중 하나인 핵폭탄조차 드래곤이 전개하는 방어 마법을 뚫을 수 없지만, 드래곤이 9서클 마법 메테오를 펼치면 웬만한 국가는 항복할 수밖에 없다는 게 프랑켄슈타인의 설명이었다.

물론 드래곤이 힘을 유지한 채 지구로 왔을 경우를 전제로 한 시뮬레이션 결과였다. 다행스럽게도, 드래곤이 차원을 넘어 지구로 오게 될 경우…… 원래 전투력의 30%도 발휘할 수 없다는 것 역시 연구 결과에 포함되어 있었다.

따라서 드래곤에 의해 지구가 멸망할 일은 없다는 게 결론 중 하나였다.

100% 힘을 발휘한 드래곤 일족이 나섰는데도 크립테아를 말살하지 못했다.

대체 크립테아의 힘은 무엇일까?

진세진은 타릴을 쳐다봤다.

얼굴에 기괴한 문신을 한 사내는 원초적인 힘을 마음껏 발산하고 있었다. 왕이라기보다는…… 아마존 깊숙한 곳에 자리 잡은 부족의 추장에 어울리는 사람이었다.

거리에 꽤 많은 사람들이 나와 있었다. 축제 때문이라는데, 즐거워한다기보다는 서로에게 악을 쓰며 트집거리를 찾는 것만 같았다.

벌써 몇 명은 주먹을 휘두르며 싸우고 있었다.

일단 싸움이 시작되면 주위 사람들은 물러나서 구경할 뿐, 누구도 말리지 않았다.

크립테아는 질서와는 거리가 먼…… 혼잡한 곳이었다.

그때, 사람들 사이로 익숙한 얼굴이 보였다.

진세진은 할 말을 잃었다.

바로 김현이었다.

얼굴에 문신이 있었지만, 그 정도야 얼마든지 그릴 수 있다. 저토록 당당하게 얼굴을 드러내고 다닐 줄이야. 근처를 훑었지만 안진후, 만스크, 벨레스카르는 찾을 수 없었다.

진세진은 타릴에게 그 사실을 알렸다.

눈이 휘둥그레진 타릴은 씨익 웃으며 호위대를 이끌고 움직이기 시작했다.

인파를 뚫고 김현이 있던 곳으로 이동하는데, 갑자기 쾅! 꾕음이 들렸다.

건물 벽 바로 앞에 피워 놓은 모닥불이 폭발했고, 그 때문에 벽이 무너졌다.

거칠게 축제를 즐기던 사람들은 즉시 반응했다. 고함을 지르며 달아나는 사람들 때문에 몇 명이 땅바닥에 깔렸다. 팔다리가 부러졌고, 한 사람은 짓밟혀서 죽고 말았다. 순식간에 그 모닥불 근처는 텅 비었다.

진세진은 크립테아인들에게서 짙은 공포를 발견했다. 의외라고 생각했다.

서울 시내에서 이런 폭음이 들리고 건물 벽 일부가 무너졌다면 어떤 반응을 보일까? 직접적으로 피해를 입지 않았으니, 경찰에 신고한 후 핸드폰을 꺼내어 그 장면을 찍기 위해 다가갈 가능성이 높았다.

타릴이 무너진 벽으로 걸어갔다. 벽 일부에 불이 붙어 이글이글 타고 있었다.

"염화석이군."

누군가 불의 성질석을 저 모닥불에 던져 넣었다는 뜻이다.

김현 짓이었다.

그때, 고함 소리가 들렸다.

"아악!"

"······다들 피해!"

타릴이 먼저 달렸고, 호위대와 진세진도 뒤따랐다.

데알렘을 반으로 가르며 흘러가는 강이 갑자기 불어나며 범람했다.

"강에다 수류석을 던졌군."

타릴이 말했다.

물의 성질석을 강에 던져 넣는 바람에 순식간에 물이 불어났다는 이야기였다.

근처 어딘가에서 또 폭음이 들렸다.

"대체 어떤 새끼야?"

"동왕군 짓이야!"

"서왕군이 쳐들어왔어!"

"더러운 북왕군 놈들!"

"남왕군 이 비겁한 새끼들!"

분노가 서린 고함이 이어졌다.

축제는 순식간에 아수라장으로 변했다. 광기에 사로잡힌 사람들은 서로를 노려보다 눈에 띄는 상대와 싸우기 시작했다. 주먹이 오갔다. 발길질로 상대를 짓밟았다.

그 싸움은 도시 전역으로 퍼져 나갔다.

서왕호위대가 타릴과 진세진을 중심에 두고 원을 그리며 에워쌌다. 누구도 호위대를 뚫지는 못했다. 다가오기만 해도 발과 주먹만으로 상대를 쓰러뜨릴 만큼 호위대는 강했다.

그래도 혼돈에서 빠져나가는 데 시간이 꽤 걸렸다.

두두두.

땅이 흔들렸다.

김현이 천장을 올려다보자 저절로 구멍이 생겨났다. 천부선공 오행의 힘이었다.

'몇 번을 봤는데도 익숙해지지 않아.'

안진후는 김현을 쳐다봤다.

마법 자체가 과학의 이해를 뛰어넘는 기술이지만, 경악하는 만스크와 어쩐지 질투의 눈으로 바라보는 벨레스카르를 보면 김현이 자주 사용하는 저 능력은 마법마저도 초월해 버린 영역 같았다.

김현은 커다란 양날도끼를 꺼냈다. 공중에 둥실 떠 있는 도끼 위에 올라타고 구멍 밖으로 고개를 내밀었던 그는 친구를 보며 씨익 웃었다.

"가고 있어."

진동이 잦아들자 김현이 먼저 밖으로 나갔다.

안진후는 이그드라실의 뿌리로 손쉽게 빠져나갔지만, 만스크와 벨레스카르에겐 위로 올라오는 데 사라겐의 비월이 꽤 도움이 되었다.

마그나타를 지키는 병사가 절반가량 줄어들자 침입은 몇 배로 쉬워졌다.

그들은 드래곤이 건넨 반지를 꼈다. 몸은 어느새 카멜레온처럼 땅바닥과 같은 암갈색으로 뒤덮였다. 운이 좋다면 들키지 않고 마법진 내부로 들어갈 수 있을 것이다.

살금살금 천천히 움직였다.

초소 근처에서는 아예 포복으로 이동했다.

기어서 이동하는 게 싫었던 만스크가 병사들 따위 제압하고 들어가는 게 어떠냐고 말했지만 김현은 들은 척도 하지 않았다.

바위와 돌을 쌓아서 만든 초소에서 병사 하나가 나오며 기지개를 켰다.

김현 일행은 바로 엎드렸다. 그 병사와의 거리는 대략 15미터 남짓이었다.

김현이 돌멩이 하나를 움켜쥐었다. 병사가 눈치챈다면 돌멩이를 던져 처리하겠다는 뜻이다. 돌멩이 하나로도 충분했다. 이런 순간엔 실수 따윈 하지 않는다.

"우리가 데알렘으로 올라갔어야 했는데. 지금 한창 축제기간이라서 재미있을 텐데."

한숨을 내쉰 병사가 초소로 들어가자, 돌멩이를 버린 김현이 움직이기 시작했다.

안진후는 그 병사를 힐끔 쳐다봤다. 조금 전 대가리에 '빵꾸' 날 뻔했다는 사실을 알게 된다면 저 병사는 어떤 표정을 지을까?

드디어 마그나타 입구에 도착했다.

마그나타는 겉보기엔 단단한 성벽 같았다.

높이 4미터가량의 외벽으로 둘러싸여 있어서 내부 구조는 보이지 않았다. 윗부분도 막혀 있어서 공중에서도 마법진의 구체적인 형태는 볼 수 없었다. 규모가 클 뿐 구조 자체는 평면적인 수왕진과는 근본적으로 달랐다.

대형 마법진에는 네 개의 출입구가 존재했다. 동서남북 각각 하나의 문이 있는데, 시간에 따라서 딱 한 곳으로만 내부로 들어갈 수 있었다.

마그나타를 잘 아는 만스크 덕분에, 헤매지 않고 정확히 출입 가능한 문 앞에 도착할 수 있었다.

김현이 두 손에 힘을 주고 문을 밀었다.

거대한 문은 소리도 없이 열렸다.

문 너머로 기다란 통로가 보였는데, 모퉁이에서 왼쪽으로 꺾였다.

사람들은 다 같이 마그나타로 들어섰고, 문은 저절로 닫혔다. 쿵 소리는 나지 않았다.

김현이 안진후를 쳐다봤다.

그 눈빛, 안진후는 바로 이해했다. 마그나타까지 무사히 내려왔으니 이제부터는 너의 몫이라는 뜻이다. 낯선 마법진을 분석하여 구조를 이해하고, 그 지식을 활용하여 파괴하는 것이 바로 안진후의 임무였다.

안진후는 벽과 바닥을 살폈다. 어디에서도 마법진 특유의 기본 단위는 찾지 못했다. 이곳은 입구일 뿐, 마그나타의 일부는 아니었다. 좀 더 안으로 들어가야 마그나타의 작동 방식에 대한 단서를 찾을 수 있을 것이다.

조심스럽게 안쪽으로 이동했다.

갈림길이 나왔다.

일단은 오른쪽으로 꺾었다. 바닥과 벽, 천장까지 온통 회백색인 그 통로는 갑자기 끝났다. 앞이 막힌 것이다.

"여기 완전 미로야, 미로."

돌아서서 왔던 길로 나오던 중, 안진후는 멈춰 섰다.

이런!

통로 자체가 달라졌다.

왼쪽으로 꺾여 있어야 하는데 통로는 그냥 뻗어 있었고,

그 너머에서 오른쪽으로 구부러져 있었다.

웃음이 나왔다.

김현이 다가와 옆에 섰다.

"달라진 거 맞지?"

"어."

"때려 부술까?"

"한번 해 봐."

안진후는 스스로 구조까지 바꿀 정도의 마법진이라면 물리적 충격 정도는 쉽게 흡수할 거라고 생각했다. 그래도 시도는 해 봐야 한다.

김현이 발을 쾅 굴렀다. 천부선공의 타각이 만들어 낸 충격파가 바닥을 훑고 벽으로 이동했지만 눈에 띄게 약해지더니 사라져 버렸다.

명검 퀘르로 벽을 단숨에 잘라 버렸다. 하지만 벽은 스멀스멀 금세 붙었고, 잠시 후 흔적조차 남지 않을 만큼 이전 상태로 회복되었다.

김현이 친구를 쳐다봤다.

그때, 벽이 소리도 없이 움직였다. 양쪽의 벽이 다가오자 통로가 좁아졌다.

"이쪽으로!"

안진후가 먼저 뛰었다.

타릴은 건물 지붕 위에 서서 싸우는 사람들을 바라보았다.
광기가 큰길을 가득 메웠을 뿐 아니라, 골목길도 피를 흘리
면서도 주먹을 휘두르는 사람들 때문에 통행이 불가능했다.

"통제가 안 되는군요."

이방인 책사는 더러운 배설물이라도 본 것처럼, 열정적으
로 싸우는 크립테아인들을 내려다보며 말했다.

타릴은 책사를 쳐다봤다.

통제가 안 된다?

축제가 열려 사람들이 몰려들면 흥분하기 마련이고, 그런
분위기가 강해지면 격렬하게 싸울 수도 있는 일이다. 오히려
동료가 싸움을 시작했는데도 나서지 않고 뒤로 내빼는 행위
야말로 비난받아 마땅했다.

이방인의 사고방식은…… 크립테아와는 확실히 달랐다.

책사가 자신을 보자, 타릴은 슬쩍 고개를 돌려 호위대장을
쳐다봤다.

호위대장은 천천히 고개를 흔들었다. 호위대를 풀어서 찾
고 있지만 아직 김현을 발견했다는 보고는 들어오지 않았다.

성질석을 불이나 물에 던져 넣어 폭동이 시작된 경우, 오
늘이 처음은 아니었다. 크립테아에는 올곧은 신념의 소유자
가 굉장히 많기 때문에 귀한 성질석이라고 해도 필요하면 언

제든 사용한다.

'김현을 봤다는 거, 사실일까?'

의심이 고개를 쳐들었다.

사실, 타릴은 처음부터 이방인 책사를 믿지는 않았다. 본체는 저 뒤에 숨고 이상한 씨앗으로 장악해 버린 타인의 몸으로 앞에 서 있는 녀석을 신뢰할 이유는 없다.

그저 녀석이 무엇을 알고 있는지, 녀석이 속한 이계는 어떤 곳인지 알아내고 싶어서 곁에 둔 것뿐이었다.

길거리를 내려다보는 책사의 눈에는 경멸이 짙게 담겨 있었다. 처음 데알렘에 들어온 순간부터 책사는 저런 시선으로 이 멋진 도시를 바라보았다.

숨기려 애를 썼지만, 타릴을 속일 수는 없었다.

타릴은 무척이나 궁금했다.

왜 저 이방인은 데알렘을 깔볼까?

어쩌면 이 도시보다 훨씬 거대한 도시가…… 이계에 존재하는지도 모른다. 데알렘 따위는 조그만 마을처럼 보이게 하는 대규모 도시가 존재한다면, 저 표정은 설명이 된다.

물어보고 싶지는 않다. 자신이 이런 의심을 하고 있음을 타릴은 이방인에게 들키고 싶지 않았다.

그 순간, 이방인이 진정한 적이라는 생각이 머리를 스쳤다.

드래곤과 신족이 이방인과 손을 잡는다면 어떻게 될까? 크립테아를 감옥에 가두는 정도가 아니라, 아예 소멸시킬 수도 있지 않을까? 혹시, 이미 손을 잡은 건 아닐까?

이제까지 이방인은 몬스터나 잡고 자잘한 아이템에 만족하는 특이한 관광객에 지나지 않았다. 그 때문에 크립테아는 이계에 대해서는 별로 관심을 쏟지 않았다.

타릴은 이방인을 노려보며 입맛을 다셨다.

저 녀석을 흡수하면 어떤 일이 벌어질까? 능력뿐 아니라 기억까지 일부 내 것으로 만들 수 있을까? 그렇게만 된다면 상당한 정보를 입수할 수 있을 것이다.

재미있는 상상을 호위대장이 깨뜨렸다.

"북서쪽에서 그 녀석을 발견했습니다."

"후후, 좋아."

타릴은 흡수는 다음으로 미루었다. 골목길 위로 몸을 날려 다른 지붕으로 이동하는데, 호위대장이 앞을 막았다.

"뭐야?"

"그게…… 남쪽에서도 발견했다는 보고가 들어왔습니다."

둘이나?

타릴은 뒤통수를 맞은 기분이었다.

지난번 자신을 암습한 건 바로 이방인 김현이었다. 프리온은 물론 서왕호위대까지 본체가 아니라 분신을 쫓느라 분산된 틈을 노린 것이다.

그렇다면 분신이다!

본체는 어디에 있을까?

그때, 군대가 나타났다. 무장을 갖춘 부대가 다가오자 피를 흘리면서도 맹렬하게 싸우던 사람들이 뒤로 물러났다.

타릴은 군대를 이끄는 지휘관을 알아봤다. 바로 천부장 켄티르였다.

타릴의 얼굴이 구겨졌다.

"……이런."

"왜 그러십니까?"

진세진이 물었다.

"마그나타 방어군 일부가 데알렘의 질서 유지를 위해서 올라왔다. 김현이라는 이방인의 목적은 바로 그거였어. 즉시 마그나타로 내려간다."

타릴이 달리기 시작했다.

다들 불안한 눈으로 주위를 살피면서 마른고기를 뜯고 있었다. 언제 천장이 내려올지 모른다. 언제 바닥이 푹 꺼질지 모른다.

만스크는 몇 번이나 압사당할 위기에서 겨우 벗어났다. 맞은편 벽에서 불덩이가 튀어나와 일행을 덮쳤는데, 김현이 검을 꺼내어 겨우 튕겨 냈다. 바닥이 힘없이 무너지는 바람에 추락한 벨레스카르를 안진후가 이그드라실의 뿌리로 겨우 휘감고 김현과 함께 끌어 올린 일도 있었다.

온갖 종류의 함정이 일행을 괴롭혔다.

안진후는 뒷짐을 지고 회백색 바닥 위를 왔다 갔다 했다.

머릿속에는 마그나타 출입구부터 이곳까지의 경로가 생생하게 떠올랐다. 미로는 계속 변하고 있었다. 그 변화에서 패턴을 찾아내지 않으면 이대로 계속 당할 수밖에 없다.

어마어마한 책임감이 어깨를 짓눌렀다.

안진후는 그 압박감을 즐겼다.

왜?

자신 같은 브레인만이 해결할 수 있는 문제였다. 꽁꽁 숨겨진 답을 향해 조금씩 다가갈 때 느껴지는 설렘과 답을 찾았을 때의 쾌감은 오로지 천재에게만 허락된 기쁨이었다.

마그나타는 이제까지 안진후가 접한 마법진과는 차원이 다른, 기반 구조 자체가 이질적인 마법진이었다.

'마그나타는…… 마치 살아 있는 것 같아. 내부로 침입한 적을 상대하기 위해 구조 자체를 바꾸는 걸 보면 말이야. 어떤 방식으로 대응하는 걸까? 일단은 정교한 소프트웨어가 깔린 컴퓨터 시스템이라고 생각하자.'

통로의 변화는 마그나타의 대응이었다.

그 대응 스타일을 통해 마그나타의 의도를 파악하는 건 그리 어려운 일이 아니었다.

안진후는 갈림길에서의 선택과 마그나타의 대응을 처음부

터 자세히 훑었다.

북쪽으로 이동할 때 통로는 변하지 않았다. 동쪽도 마찬가지였다. 서쪽과 남쪽으로, 좀 더 정확히 말하면 남서쪽으로 방향을 잡을 때 유독 길이 막히거나 치명적인 함정이 발동했다.

그렇다면 남서쪽 어딘가에 마그나타가 숨기려는 무언가가 있다는 뜻이다.

안진후는 김현을 쳐다봤다.

김현이 다가왔다.

"뭔가 알아냈구나, 그렇지?"

"조금."

"뭐든지 말만 해."

"저쪽이야."

안진후는 남서쪽으로 이어진 통로를 가리켰다. 자신의 추측이 옳은지 확인하기 위해서였다.

앞장서서 걸어가는데, 바닥이 10센티미터가량 내려가는 느낌을 받았다.

핑핑핑.

벽에서 튀어나온 화살들.

어느새 옆으로 나타난 김현이 안진후를 잡고 뒤로 물러서자, 화살은 가슴 앞으로 지나가 반대쪽 벽에 난 구멍으로 사라졌다.

김현이 발로 바닥을 굴렀다.

쾅.

충격파가 바닥에 숨겨진 장치를 박살 내자, 벽 안쪽에서 덜컹 소리가 난 후 잠잠해졌다.

"아, 실수. 이쪽이야."

안진후는 북동쪽을 가리켰다.

김현은 말없이 친구를 쳐다보았다.

잠시 후, 놀라운 일이 벌어졌다. 겨우 15분 정도 이동했을 뿐인데 마그나타의 입구에 도착한 것이다. 이리저리 헤맬 필요도 없었다. 갈림길 하나 없어서 그냥 걷기만 했던 것이다.

마그나타의 의도는 명백했다.

밖으로 꺼져라!

남서쪽은 절대 안 된다!

안진후는 이 거대하고 독특한 마법진이 어딘지 모르게 속임수 따위와는 거리가 먼, 순진한 아이처럼 느껴졌다.

김현이 안진후를 응시했다. 질문을 던지지는 않았다. 안진후는 그 눈빛을 보며 감탄했다.

무언가 눈치챘는데도 쉽게 표현하지 않는다. 옛날에도 저 과묵한 지혜에 자주 놀랐는데, 이제는 그 스타일이 훨씬 깊어진 것 같았다.

"마그나타는 파괴가 불가능한 마법진이야. 복구 속도, 봤잖아. 아무리 내부에서 무너뜨리려 해도…… 회복되는 속도가 훨씬 빨라. 누가 만들었는지 몰라도 마그나타는 내가 지금까지 본 마법진 중 최고야."

안진후의 말에 만스크, 벨레스카르는 어안이 벙벙했다. 그렇게 고생해서 겨우 마그나타 내부로 들어왔는데 저런 말을 들었으니 황당할 만했다.

"어떻게 할까?"

김현이 물었다.

"여기 있어 봐야 우리가 할 수 있는 건 없어. 하지만 그냥 나가기도 아쉬워. 마그나타 내부를 좀 둘러보고 싶어. 이 훌륭한 마법진을 살펴보면 얻을 게 많을 것 같은데, 그래도 될까?"

"물론. 그러면 두 사람은 여기 있어. 진후랑 마그나타를 좀 둘러보고 올 테니까."

김현은 만스크, 벨레스카르를 보며 말했다.

안진후는 그 의미를 바로 알아차렸다. 리치와 하프엘프는 당황했을 뿐 아니라, 불만이 터지기 일보 직전이었다. 그렇다고 자세히 설명할 수도 없었다. 마그나타를 속이려면 우리 편부터 속여야 했다.

안진후는 둘을 남겨 놓고 김현과 함께 서쪽으로 움직였다.

"내 생각엔, 드래곤도 이런 마법진은 만들지 못해."

안진후가 말했다.

물끄러미 친구를 쳐다보던 김현도 맞장구를 쳤다.

"동감."

안진후는 일부러 드래곤 비디타스의 능력을 깎아내리며 슬쩍 남쪽으로 방향을 바꾸었다. 그리고 마그나타의 훌륭함을 자세히 추켜세우며 갈림길에서 서쪽 길을 택했다.

마그나타를 조종하는 누군가를 혼란에 빠뜨리기 위해 가끔은 북쪽, 동쪽으로도 움직였지만 조금씩 꾸준히 남서쪽을 향해 접근했다.

"나도 언젠가는 이런 마법진을 만들고 싶어. 지금 내 능력으로는 불가능하지만 말이야."

반쯤은 진심이었다.

살아 있는 마법진, 스스로 판단해서 대응하는 마법진을 꼭 한번 자신의 힘으로 만들고 싶었다.

물론 지금 목표는 이 괴상한 마법진의 파괴였다.

정확히 남서쪽 통로로 접어들자, 이상한 일이 벌어졌다.

좌우의 벽이 다가왔는데, 중간에 멈추더니 뒤로 물러났다. 그러다가 또 두 사람을 짓이길 기세로 다가오다가 정지했다.

그런 식으로 벽이 왔다갔다 움직이고 있었다.

안진후는 웃음을 터트릴 뻔했다.

남서쪽으로 접근하는 침입자는 수단과 방법을 가리지 말고 없애라는 의지와 마그나타를 칭찬하는 존재를 인정하고 싶은 의지가 저런 방식으로 충돌하고 있었다.

안진후가 해야 할 일은 명확했다.

"저기 벽에 있는 거 보여? 물결무늬 같은 마법진 말이야.

저게 바로 액토야. 기본 유닛 중 하난데, 형태가 완벽해. 여기 있는 건…… 모두 완벽해. 난 정말이지 마그나타를 속속들이 알고 싶어."

진심이 담긴 칭찬에 벽은 뒤로 물러났다.

안진후는 김현을 데리고 벽으로 다가가 어떤 방식으로 마법진이 작동하는지 구체적인 부분까지 자세히 설명했다. 그 내용이 고급 수학인 집합론과 행렬론으로 이어졌기 때문에 김현은 대충 고개를 끄덕이며 이해하는 척했다.

남서쪽으로 움직여도 더 이상 방해는 없었다.

지금까지 못 본 형태의 방이 나타났다.

원형이었고, 벽에…… 문이 있었다.

마그나타는 이곳으로 오지 못하게 막으려고 그 '생쇼'를 했던 것이다.

마그나타에 대한 생각을 수정했다. 컴퓨터 시스템과는 거리가 멀었다. 프로그램이 깔리는 시스템이라면 칭찬 따위에 영향을 받을 리는 없다.

"어, 저기 문이 있네?"

평소보다 경박하게, 조금은 흥분한 것처럼 문 앞으로 다가간 안진후는 김현을 쳐다봤다.

"마그나타가 얼마나 대단한지 제대로 느끼려면 저 안으로 들어가야 하는 거 아니야?"

김현이 거들었다.

문은 저절로 열렸다. 문 너머로 계단이 보였다. 아래로 이어지는 계단이었다.

마그나타가 두 사람을 초대한 것이다.

안진후는 바로 들어가진 않았다.

순진한 아이를 속이기는 쉽다. 문제는 그런 아이 특유의 변덕이다. 조금이라도 심기를 건드렸다가는…… 아주 재미있는, 물론 이쪽에는 치명적인 일이 벌어질 것이다.

안진후는 뒤를 돌아봤다.

바닥이 흔들렸다. 화가 나서 몸을 부르르 떠는 아이의 모습이 생각났다.

김현은 씩 웃더니 문으로 들어가 계단을 딛고 내려갔다.

그래, 여기까지 왔는데 돌아설 수는 없다. 안진후는 친구의 등을 보며 앞으로 걸었다.

계단은 꽤 길었다.

마그나타는 깊이 파고들수록 크립테아와 어울리지 않는다는 생각이 강해졌다. 크립테아는 물리적인 힘을 추구한다. 물론 크립테아에도 주술사라는…… 마법을 펼치는 놈들이 존재하지만, 주류는 아니었다.

주술사는 지휘관이 될 수 없었다. 십부장, 백부장, 천부장, 만부장으로 이어지는 성공의 사다리에 주술사나 마법사 같은 이들은 올라갈 자격이 없었다.

주술사가 올라갈 수 있는 최고의 자리는 책사였다. 아무리

지혜롭게 조언해도 지휘관이 받아들이지 않으면 아무런 소용이 없는 책사가 한계였다.

어떻게 보면 만스크가 크립테아를 배신한 이유가 거기 있었다. 아무리 애를 쓴다고 해도 노력을 인정받지 못한다는 현실에 대한 불만이 그로 하여금 첩자를 돕게 만든 것이다.

그런 분위기의 크립테아가 이토록 정교하고 완벽한 마법진을 건설한다?

말이 안 된다.

그렇다면 외부 세력이 개입한 것이다.

마탑 칼리고크가 만들었을까?

김현에게 붙잡혀 노관장에게 시달리는 쿠라프의 말이 옳다면, 칼리고크 역시 마그나타와는 관련이 없다.

드래곤은 시간 장벽을 넘어설 수 없기에…… 능력은 있다고 해도 마그나타를 건설하는 건 불가능하다.

남은 건, 단 하나…… 천도였다.

하늘에 둥실 떠 있는 전설의 도시!

안진후는 이 모든 게 잘 짜인 시나리오 같다고 생각했다.

제5차 메이저 업데이트에 천도 관련 퀘스트가 포함되었다. 천도로 올라가는 길이 열릴 거라는 이야기도 있었다. 천도가 본격적으로 페플 세계의 일부가 된다는 뜻인데, 어쩌면 마그나타가 그 출발점일지도 모른다.

천도의 거주민, 신선 또는 신족이라 불리는 놈들 중 누군가가 마그나타를 건설한 것이다.

도대체 왜?

몬스터대전을 일으킨 크립테아를 드래곤과 신족이 힘을 합쳐 막아 냈는데.

자세한 사정이야 나중에 천도로 올라가서 확인해 보면 알게 될 것이다.

계단은 끝났다.

좁은 통로를 걷다가 갑자기 올림픽 메인 스타디움으로 나온 것처럼, 넓은 공간이 눈앞에 펼쳐졌다.

공간 중앙에…… 자줏빛 물체가 놓여 있었다.

바닥에는 복잡한 문양의 마법진이 그려져 있는데, 시시각각 형태가 바뀌었다.

김현이 그 물체를 향해 걸어갔다.

안진후가 그 뒤를 따랐다.

그 위로 발을 내딛자, 형형색색의 빛깔이 발 옆으로 모였다가 흩어지기를 반복했다.

안진후는 이 광활한 바닥을 가득 채운 다양한 마법진 유닛이…… 마치 반도체 칩의 기본 구조인 트랜지스터와 비슷한 방식으로 작동하며 서로 연결되어 있다는 사실을 깨달았다.

곧 이곳의 의미를 알아차렸다.

이 거대한 방은…… 컴퓨터로 따지면 CPU였다. 다만, 명령만 받아서 처리하는 CPU와 달리, 마법진으로 구성된 이

복잡한 공간은 스스로 생각하고 판단하는…… 인공지능이 탑재된 시스템에 가까웠다.

이곳을 파괴하면 마그나타는 무너진다.

하지만…… 아까웠다. 이 공간은 하나의 완벽한 예술 작품이었다. 누가 만들었는지 몰라도, 곳곳에 스며 있는 예술가의 정신이 강하게 느껴졌다.

김현은 자주색 물체 앞에 섰다.

"……혼마석이야."

혼마석은 성질석 중 하나로 환각 현상을 일으킨다고 알려져 있었다.

그 혼마석은 광개토대왕비만큼이나 컸다. 표면에 정교한 마법진이 새겨져 있는데, 눈으로 따라잡기 힘들 만큼 빠르게 바뀌고 있었다.

안진후는 주위를 돌며 거대한 성질석을 살폈다. 놀랍게도, 하나의 덩어리였다.

대학사 요프람이 보유한 다양한 마법 이론서를 통해 성질석에 대해서도 알게 됐는데, 성질석의 기원과 관련된 학설 중 가장 설득력 있는 건 '진주조개설'이었다.

요프람 역시 그 주장을 신뢰했다.

그 학설의 핵심은 조개가 내부로 침입한 이물질을 격리시키기 위해 진주를 만들어 내듯, 몬스터가 몸을 보호하기 위해 위험한 이물질을 덩어리로 뭉친 게 성질석이라는 주장이었다.

　일반적으로 몬스터가 클수록 품고 있는 성질석도 커진다.

　저렇게 커다란 성질석이라면…… 몬스터는 대체 얼마나 커야 할까?

　지구상에 존재하는 생물 중 가장 몸집이 큰 놈은 흰수염고래다. 몸길이는 30여 미터, 무게는 180톤에 육박하는데…… 남극 새우 크릴로 배를 채운다.

　속단할 수는 없지만, 흰수염고래의 열 배……는 되어야 저런 성질석을 만들어 낼 수 있을 것이다.

　300미터에 1,800톤이나 되는, 어쩌면 그 이상인 괴물이…… 어딘가에 존재한다는 뜻이었다.

　안진후는 너무 강하기 때문에 메이저 업데이트를 통해 사라진 거대 몬스터를 떠올렸다.

　콘티 말룸.

　어쩌면 저 혼마석은 콘티 말룸이 품어서 만들어 낸 진주일지도 모른다.

　이 혼마석을 부숴야 마그나타는 작동을 멈출 것이다. 그러면 시간의 탑에 대한 공격도 정지될 테고, 꽤 오랫동안 크립테아는 감옥에 갇혀 지내야 할 것이다.

　시선이 느껴졌다.

　김현이 그를 쳐다보고 있었다. 안진후에게 마무리를 맡기겠다는 눈빛이었다.

안진후는 한숨을 내쉬었다. 아무리 아깝다고 해도 마그나타를 내버려 두면 시간의 탑이 붕괴될 테고, 크립테아가 감옥에서 벗어나 마음껏 날뛰게 될 것이다. 그런 일이 벌어지도록 방치할 수는 없다.

이그드라실의 뿌리가 혼마석을 휘감았다.

아직 마그나타는 안진후의 의도를 모르는 듯했다. 만약 파괴라는 목적을 알았다면 절대 가만히 있지 않았을 것이다.

그때, 바닥이 흔들렸다.

흐릿한 시간 장벽을 노려보던 비디타스는 고개를 돌려 노관장의 얼굴을 힐끔 살폈다.

'빌어먹을…… 얼굴이 왜 저래?'

인간의 수명에 대해서는 알고 있지만, 단기간에 족히 10년은 늙어 버려 주름살로 뒤덮인 피부는 도저히 믿기지 않았다.

"어떻게 된 거야?"

"말했을 텐데."

노관장은 시간 장벽을 응시하며 말했다.

"그걸 꼭 해야 돼?"

"때가 됐으니까."

노관장은 어딘가 먼 곳을 보는 듯했다.

저런 눈빛을 보면 비디타스는 이유도 없이 속이 답답해졌다. 절대 드래곤이 되지 않겠다면서 고집부리는 김현 때문에 느끼기 시작했던 이 짜증 나는 감정은 점점 강해지고 있었다.

얼마 전부터 노관장은 제자 황철호에게 내공과 스킬을 전수하고 있었다.

노관장이 과거에 받았던 것을 후계자에게 전달한다는데, 솔직히 무한에 가까운 능력과 수명을 가진 비디타스로서는 이해할 수 없는 방식이었다.

다만, 수명이 짧은 인간이 지혜를 후대에 남기기 위해 생각해 낸 방식이라는 점은 분명했다.

노관장이 약해질수록 황철호는 강해졌다.

그 때문에 비디타스는 몇 번이나 황철호를 죽여 버릴까 생각했다. 그 녀석이 사라진다면 계승 의식이 중단될 테고, 노관장도 더 이상 약해지지 않을 것이다.

그 충동을 실행할 만큼 멍청하지는 않았다. 그런 짓을 했다가는 노관장을 잃어버릴 것이다.

드래곤에게 친구는 없다. 동족만 존재한다. 동족이라고 해도 말없이 영역을 침범하면 죽여야 할 대상으로 바뀔 만큼 드래곤은 자존심이 센 종족이었다.

노관장은 친구가 아니다. 이방인이라고 해도 인간 따위가 드래곤의 친구가 될 수는 없다.

그렇다고 평범한 인간처럼 지금 당장 죽어도 상관없는 존재도 아니었다.

노관장과 이야기를 나누다 보면, 오랫동안 자신을 괴롭힌 수수께끼 같은 감정이 조금 더 또렷해졌다. 스스로도 몰랐던 자신의 모습을 조금 더 알게 되는 느낌이랄까.

인간이 만든 예술품으로 자신의 허영을 숨기는 유스타나 같은 멍청한 동족은 아무리 설명해도 이해 못 할 부분이었다.

노관장은 절대자의 고독을 아주 잘 알았고, 꾸미지 않고 핵심을 찌를 줄도 알았다.

―완벽해야 한다는 강박은 완벽하지 않다는 증거지.

―조금은 틈을 줘야 균형이 유지된다는 건, 아주 당연한 이치야. 대자연이 그런 방식으로 짜여 있으니까. 목적 없이 느긋하게 시간을 보내 봐.

―최고로 오만한 존재는 자기 자신을 의식하지 않는 존재라고 생각하는데.

모순이 느껴지면서도…… 거기 깃든 지혜 때문에 즐거워지는 이야기는 비디타스에겐 큰 즐거움이었다.

바로 그 때문에 노관장의 삶이 얼마 남지 않았다는 직감은…… 인정하기 싫은 슬픈 소식이었다.

노관장의 능력이라면 앞으로도 얼마든지 원하는 만큼 살 수 있을 것이다.

비디타스는 도대체 왜 노관장이 생명체라면 당연히 가져야 하는 생존 본능을 억누르고 스스로 죽음을 향해 걸어가는지 이해할 수 없었다.

자신이 보기에 노관장은 이미 인간의 수준을 벗어나 드래곤에게 근접했지만, 그 정신만큼은 여전히 필멸의 존재 언저리에 머물러 있는 게 분명했다.

불멸의 몸에 필멸의 정신이 깃든 셈이다.

그러니 자살을 하려는 것이다.

친구는 아니지만, 친구에 가까운 존재로서 비디타스는 그 불일치를 깨뜨려야 한다고 생각했다. 불멸의 몸에 어울리는 불멸의 정신을 일깨워야 한다.

"이봐."

비디타스가 불렀다.

장벽을 응시하던 노관장이 고개를 돌려 드래곤을 물끄러미 쳐다봤다.

비디타스는 가슴에 손을 찔러 넣었다. 끔찍한 고통이지만 고귀한 목적을 떠올리자 참을 만했다.

펄떡펄떡 뛰는 심장 안쪽에서 빛나는 구슬을 꺼내어 노관장에게 내밀었다. 그 구슬은 비디타스가 가진 드래곤 하트의 절반이었다.

노관장의 눈이 휘둥그레 커졌다.

"이걸 흡수하면 더 이상 인간처럼 살지 않아도 돼."

비디타스는 이 행동이 드래곤의 율법에 위배된다는 사실을 알고 있었다. 자칫 잘못하면 동족에 의해 처벌을 받게 될 테고, 운이 나쁘면 소멸될 수도 있다.

그런데도 결심은 변하지 않았다.

감정적인 결정은 아니었다.

어쩌면 자신 역시 유스타나처럼 허영으로 가득한 드래곤일지도 모른다. 유스타나가 최고의 조각가 부려옥의 작품을 게걸스럽게 수집하는 것처럼, 비디타스도 노관장을 소유하고 싶어서 이런 짓을 하는지도 모른다.

"도박, 해 본 적 없지?"

노관장이 물었다.

비디타스는 짜증을 억눌렀다.

도박이 무엇인지는 안다. 희박한 확률에 돈을 거는 인간 특유의 어리석은 행동이 바로 도박이다.

생뚱맞게 지금 왜 저런 질문을 할까?

비디타스는 가만히 노관장을 쳐다봤다. 대답하기 전, 질문을 좀 더 알고 싶었다.

"사람은, 그러니까 인간은 태어난 순간부터 도박의 연속이야. 어떤 부모의 자식으로 태어나는지부터가 도박이니까. 그래서 고민이 많아. 불확실한 미래 때문에 땀나도록 대가리를 굴려야 하거든."

비디타스는 웃음을 터트렸다.

"그래서?"

"자라면서 인간은 강해지기 원해. 지긋지긋한 도박에서 벗어나기 위해서. 돈을 버는 것도, 다른 사람들과 힘을 합치는 것도 그 때문이야. 운이 좋으면 조금씩 자기 뜻을 이룰 수 있어. 난 아주 운이 좋았어. 계승자가 되어 천무관의 꼭대기에 앉게 됐으니까."

노관장은 또 먼 곳을 쳐다봤다.

비디타스는 끈질기게 기다렸다. 그 어떤 드래곤도 자신처럼 인내심이 강하진 않을 것이다. 김현과 이 늙은이 때문에 비디타스는 아주 특이한 드래곤이 되어 가는 중이었다.

"한동안 늙어 간다는 게 두려웠어. 사람들 눈을 피해서 좀 더 오래 살 수 있는 방법을 찾기도 했지. 그런데 말이야, 나이가 들어 조금씩 힘을 잃기 시작할 무렵…… 늙어서 죽는다는 사실을 어쩔 수 없이 인정한 순간…… 나는 이전과는 비교도 할 수 없이 강해졌어."

비디타스는 농담이라고 생각했다. 죽음을 인정함으로써 더 강해졌다? 궤변이었다!

"드래곤은 운명을 믿지 않겠지?"

비디타스는 웃음을 터트렸다. 인간이 불행한 현실을 설명하기 위해서 만든 개념이 바로 운명이 아닌가.

운명은 너무나 인간적인 단어여서 드래곤과는 어울리지 않았다.

"물론."

"그 운명이라는 설명 못 할 힘을 알기 위해서는…… 약해져야 돼. 어쩌지 못할 거대한 흐름에 맡겨야 돼. 그런 후에야 어디로 흘러갈지 조금은 알게 돼."

노관장의 주름진 얼굴에서 빛이 흘러나오는 느낌이었다.

비디타스는 하마터면 '개소리 집어치워!'라고 소리칠 뻔했다. 개소리가 어떤 의미인지는 김현 덕분에 알고 있었다.

한숨을 내쉰 비디타스는 드래곤 하트를 다시 가슴 안으로 집어넣었다. 두 번 다시 이런 제안 하지 않으리라 다짐했지만, 그 마음을 지킬 수 있을지는 자신할 수 없었다.

그때, 땅이 흔들렸다.

그리고…… 시간 장벽이 사라졌다.

장벽에 의해 가려졌던 서왕군이 한눈에 들어왔다. 높이 10미터의 탑에서 이쪽을 경계하던 병사들도 비디타스만큼이나 놀란 얼굴이었다.

먼저 움직인 건 노관장이었다. 옷을 털며 몸을 일으킨 그는 마치 이 순간을 미리 알았던 것처럼 소매를 걷어 올렸다.

그 순간, 비디타스는 노관장이 이 사태를 예견했음을 깨달았다.

이곳에는 그와 노관장 둘뿐이었다. 황철호 등을 일부러 지상으로 보내어 다른 사람들을 보호하게끔 조치를 취했던 것이다.

뿔 나팔 소리가 울려 퍼졌다.

서왕군 전체가 깨어났다.

시간 장벽의 소멸은 김현 일행이 마그나타를 부수는 것보다 크립테아가 마지막 시간 탑을 무너뜨리는 게 빨랐다는 뜻이다.

장벽은 사라졌다.

협정의 효력도 함께 증발했다.

노관장이 비디타스를 쳐다보며 손을 들어 위에서 아래로 선을 그었다. 서왕군을 절반으로 나눈 것이다.

"이쪽은 내 거야. 넘어오지 마."

"미친 늙은이."

빙긋 웃은 비디타스는 양손을 앞으로 뻗으며 마력을 쏟아 부었다. 광역 마법 파이어스톰이 서왕군을 덮쳤다.

노관장이 앞으로 달렸다.

하늘이 까맣게 변했다.

일식은 아니었다. 해는 검은 하늘 중앙에 파랗게 빛나고 있었다. 다만 어둠이 빛보다 훨씬 강렬했을 뿐이다.

그 기괴한 하늘 가득 형광색 오로라가 나타나 부드러운 커튼처럼 너울거리고 있었다. 공중 저 높이 드리운 시간 장벽 같았다.

천부선공 제4단계 천맥을 수련하던 황철호는 고개를 들어 하늘을 올려다보았다.

윤태희와 구선희, 오유선 등 차원을 넘어 이곳으로 온 사람들뿐 아니라, 여기 김현과 함께 있던 사람들까지 기현상에서 눈을 떼지 못했다.

돌멩이가 둥실 공중으로 떠올랐다. 황철호의 몸도 마찬가지였고, 다른 사람들 역시 거의 1미터가량 허공으로 솟아올랐다. 중력이 사라진 느낌이었다.

허공에서 허우적거리던 사람들은 서로를 바라보았다. 설명 불가능한 현상에 모두 불안한 표정이었다.

다시 몸무게가 느껴졌다.

가볍게 착지한 황철호는 며칠 전 일을 기억해 냈다.

-이상한 현상이 일어나거든 뜯어보거라.

천맥의 난해한 지점을 자세히 설명해 주던 사부님이 봉인된 편지를 내밀며 당부했었다.

그 편지는 침대 옆 서랍에 넣어 두었다.

황철호는 즉시 방으로 가서 편지를 찾아냈고, 봉인을 뜯었다.

둘째, 보아라.

이 편지를 뜯는 일이 없기를 바라지만, 아무래도 그럴 가능성은 적을 듯싶다. 이 글을 읽는 지금쯤 베크렘의 시간 장벽은 사라졌을 게다. 아마도 나와 비디타스는 서왕군을 상대로 한바탕 신나게 싸우고 있겠지.

곧 동왕군, 북왕군, 남왕군이 지상으로 올라올 테니, 너는 사람들을 안전한 곳으로 이끌어라. 그들을 보호해라. 그게 네 몫이다.

너무 염려 마라. 일은 다 잘될 게다.

만계라 불리는 곳, 다섯 개의 달이 뜨는 세계로 넘어오지 않았다면, 사부님이 여기서 얼마나 달라졌는지 직접 보지 못했다면, 이런 편지를 진지하게 받아들이지 않았을 것이다. 그저 사부님의 장난기가 발동했겠거니 넘겼을 것이다.

사부님은 달라졌다.

뒷짐 지고 산책할 뿐인데, 벌이며 나비며 작은 새가 몰려와 따라다녔다. 심지어 포악한 본능이 살아 있는 일부 몬스터도 사부님 앞에서는 순한 양이 되곤 했다.

대련을 시작하면 어떻게 끝났는지 기억이 나지 않을 만큼 순식간에 패했다. 그 과정을 이해할 수는 있지만 재현은 불가능했다.

무엇보다, 슬쩍슬쩍 던지는 한두 마디의 말에 다들 깜짝 놀랐다. 그 짧은 말은 각자가 품고 있는 깊은 고민에 대한 답, 혹은 그 실마리였다.

무공에 대한 가르침이라면 충분히 이해가 된다. 사부님의 경지라면 어떤 무공도 꿰뚫어 보고 틈을 찾아낼 수 있을 테니까.

하지만 사부님의 조언은 무공을 넘어 마법 이론, 정령술, 마법진, 심지어 주술진이라는 낯선 영역까지 포함했다. 평범한 말에 담긴 비범한 지혜에 모두가 영향을 받았다.

어떻게 사부님이 마법이나 주술까지 알고 있는지 황철호로서는 상상조차 할 수 없었다.

그런 사부님이 남긴 편지였기에, 황철호는 매우 진지하게 받아들였다.

바로 대학사 요프람과 천야장 그리고 스노빈을 불러서 편지 내용을 보였다. 그들 역시 편지 내용을 장난으로 여기지는 않았다.

피난 계획이 세워졌고, 곧 실행에 옮겨졌다.

만스크와 벨레스카르 덕분에 크립테아의 군대가 어디로 올라올지 이미 알고 있었다. 사람들을 안전한 곳으로 이동시키되, 그들의 동태 또한 살펴야 한다고 생각했다. 그래서 정찰대를 조직했다.

황철호는 고민 끝에 트로얀, 스노빈 그리고 윤태희에게 그 임무를 맡겼다.

"충돌은 최대한 피해야 한다."

"알겠습니다, 사백."

트로얀이 대답했다.

정찰대가 떠난 직후, 황철호는 사람들을 이끌고 수왕진을 떠났다. 들판을 가로질러 숲이 울창한 골짜기로 숨을 생각이었다. 임무를 완수한 정찰대가 돌아올 때까지는 거기 머물 계획이었다.

선두는 천야장이 맡았다.

후방에 선 황철호는 수왕진을 힐끔 쳐다보았다. 왠지 모르게 피 냄새가 진하게 나는 듯했다.

한숨을 내쉰 그는 일행 뒤로 따라붙었다.

깃털 달린 펜이 책상 위로 떠올랐다.

고개를 갸웃거린 파르소겐은…… 펜뿐 아니라 잉크가 담긴 병, 의자, 책상에 놓였던 낡은 지도, 심지어 자신의 몸까지 둥실 공중에 떠 있다는 사실을 깨달았다.

대현자는 허우적거리며 창가로 움직였다.

검은 바다 마레 너머 엘루마가 보였다. 아침 햇살이 비추자 도시 전체가 빛났다. 왜 엘루마가 빛의 도시로 알려졌는지 설명해 주는 장면이었다.

부서진 수레가 지붕 높이로 떠 있었다.

두고 간 옷가지, 찢어진 책 따위도 마찬가지로 허공에서 흔들리고 있었다.

이 기이한 현상은 엘루마 전역에서 일어나고 있었다.

파르소겐은 무슨 일인지 깨닫고 한숨을 토해 냈다.

재앙이 시작된 것이다!

잠시 후, 설명 불가능한 현상은 사라졌다.

대현자는 엉덩방아를 찧었지만 고통은 참을 만했다.

그 순간, 굉음에 귀가 아팠다.

창가로 가서 소리가 들린 곳을 쳐다봤다. 북동쪽 레기루트 산맥의 봉우리 하나가 폭발하며 검붉은 화염을 뿜어내고 있었다.

그 규모는 작은 편이라서 아직 엘루마를 덮칠 정도는 아니었다. 문제는…… 저 화산 폭발은 시작이라는 점이었다.

오래지 않아 대지진이 엘루마를 삼켜 버릴 것이다.

"길어야 세 시간이야."

모레얀이 말했다.

호지센의 회주였다가 스스로 망량이 된 모레얀은 대지진을 겪었다. 그 말은 신뢰할 만하다.

따라서 세 시간 안에 막지 못하면…… 엘루마는 지도에서 사라질 테고…… 어쩌면 룬트란 왕국의 동부 지역이 송두리째 날아가 버릴지도 모른다.

엘루마에서 할 수 있는 일은 끝났다. 피난 계획은 완료되었다.

옥상으로 올라간 파르소젠은 예복 리토랄레의 오른쪽 소매에 손을 얹었다. 거기 깃들인 와이번을 불러냈다. 그 와이번 역시 망량이었다.

와이번에 올라탄 파르소젠은 하늘로 솟구치는 화염과 연기를 노려보았다.

실종된 동생 하르도젠은 왜 레기루트 산맥에 있었을까?

왜 거기 세계수가 심겼을까?

공중으로 날아오른 와이번은 북동쪽으로, 레기루트 산맥으로 방향을 잡았다.

콰콰쾅!

굉음과 함께 바닥이 세차게 흔들렸다. 암벽 일부가 갈라지며 아래로 커다란 바위가 굴러떨어졌다.

"다 된 것 같군요. 아주 마음에 들어요."

칼리고크의 타워 마스터 블라크가 세계수와 그 근처에 설치된 마법진을 바라보며 말했다. 흡족해하는 미소가 입가에 걸려 있었다.

하르도젠은 자신도 모르게 블라크를 노려봤다.

아무리 대의를 위한다고 해도 이 재앙으로 인해 무수한 룬트란 백성이 목숨을 잃을 텐데. 죽음의 마법사라 그런지 사람들의 희생에는 눈곱만큼의 관심도 두지 않았다.

저런 작자가 혈문의 마주라니!

블라크를 마주 자리에 앉힌 사람은 바로 혈문을 이끄는 문주였다. 문주의 명령은 절대적이기에 저항할 수 없지만, 그래도 불만이 사라지진 않았다.

가슴은 거부해도 머리로는 납득이 된다.

거악을 제거하기 위해 소악을 이용하는 셈이니까.

이계의 위험을 없애면, 그다음 목표는 블라크 저 사악한 마법사가 될 것이다.

"아, 소식 들었습니까?"

블라크가 하르도젠을 돌아보며 물었다.

"······소식이오?"

"아, 깜박 잊고 말을 하지 않은 모양입니다. 부마주께선 엘루마에서 살아가는 하루살이 같은 놈들 염려를 많이 하지 않았습니까? 이제 한시름 내려놓아도 되겠습니다. 부마주의 형님이신 대현자가 어떻게 알아냈는지 대지진이 온다는 사실을 알렸을 뿐 아니라, 아주 훌륭하게 사람들을 대피시켰으니까요."

블라크의 눈이 차갑게 빛났다.

이 죽음의 마법사는 하르도젠을 의심하고 있었다. 그가 대현자에게 비밀을 누설했다고 생각한 것이다.

하르도젠은 깜짝 놀랐다. 파르소젠이 어떻게 이 사실을 알아냈는지 자신도 몰랐기 때문이다.

"음, 부마주께서도 몰랐던 모양이군요. 쥐새끼는 다른 곳에서 찾아야겠네요."

하르도젠의 얼굴을 자세히 살핀 블라크는 그 어느 때보다도 예리했다.

하르도젠은 블라크 따위는 무시하고 안도의 한숨을 토해냈다. 지금처럼 파르소젠이 고마운 적은 한 번도 없었다. 어릴 때부터 워낙 엉뚱해서 감당하기 어려웠던 형인데…… 처음으로 존경스럽다는 생각까지 했다.

한편으로는 마음이 무거웠다.

파르소젠의 성향이면…… 재앙을 막아 냈으니 그 원인을 끈질기게 쫓아다닐 것이다. 그 능력이면 혈문이라는 정체불명의 조직을 알아낼 테고, 거기 친동생이 가담했다는 사실 또한 밝혀낼 것이다.

동생이 엘루마 대지진의 배후라는 사실을 알면, 어떤 표정을 지을까?

한 번도 보지 못했던…… 형의 분노를, 대현자의 격분을…… 직접 경험하게 될 것이다.

과연 자신이 형을 설득할 수 있을까?

이방인으로부터 이 세계를 지키기 위해서 엘루마를 희생

시켜서라도 이런 일을 할 수밖에 없음을 형이 이해할 수 있을까?

쉽지 않을 것이다.

지금까지 혈문이 대현자 파르소겐을 찾아가지 않은 이유는…… 그가 입문을 거절하리란 사실을 잘 알았기 때문이다.

만약 파르소겐이 방해가 된다는 판단이 서면, 혈문은 조직적으로 대현자를 제거할 것이다. 자칫 잘못하면 하르도젠이 자신의 손으로 형을 죽여야 할지도 모른다.

대의를 위해서.

자신이 속했던 빛의 마탑 루스텔라를 버린 것도.

엘루마 사람들을 죽음으로 내몬 것도.

스스로의 신념마저 꺾은 것도.

모두 대의를 위해서였다.

사람들은 나를 악마라 부를지도 모르지만 역사는 내 뜻을 알아줄 것이다, 하르도젠은 그렇게 생각했다.

"자, 갑시다."

블라크가 박수를 치며 독려했다.

사람들은 이동 마법진 위로 몰려들었다. 한때 8대마탑에 속했던, 지금은 대의를 위해 혈문의 일원이 된 마법사들이었다. 그들도 이번 일만큼은 양심의 가책을 느끼는 듯 고개를 숙인 채 서로의 시선을 외면했다.

블라크가 마법진을 발동시켰다.

테네파르 인스푸모가 마법진을 에워쌌다. 하르도젠은 그 검은 마력의 소용돌이 사이로 날아오는 와이번을 볼 수 있었다. 그 와이번 위에는…… 낯익은 사람이 서 있었다.

　파르소젠.

　이동이 완료되었다.

　사람들은 엘루마 북동쪽 레기루트 산맥에서…… 단숨에 룬트란 왕국의 동북부 스코덴 산맥 깊숙한 곳으로 이동했다.

　하르도젠이 띵, 머리를 때리는 미약한 두통에 관자놀이를 어루만지며 동굴 밖으로 나가는데, 블라크가 따라붙었다.

　"봤지요?"

　그가 무엇을 말하는지 알지만, 장단에 맞출 생각은 없었다.

　"뭘 말입니까?"

　"어쩐지 파르소젠이 세계수가 있던 그곳으로 찾아온 것 같아서요. 물론 대현자라고 해서 이미 시작된 재앙을 막을 방법은 없겠지요."

　"나를 의심하는 겁니까?"

　하르도젠은 대놓고 물었다.

　"그럴 리가요. 부마주보다 혈문에 충성스러운 분은 아주 드문데, 어찌 감히 제가 의심하겠습니까. 그저 제 성격이 좀 꼼꼼해서 말입니다. 그 재앙으로 페트람의 영구적 발동에 필요한 마력이 충분히 흡수될 테니, 앞으로도 잘 부탁드립니다."

싱크

하르도젠은 가볍게 고개를 끄덕인 후 그에게서 멀어졌다.

'대의'를 마음으로 중얼거렸다.

엘루마의 희생으로…… 페트람이 작동될 것이다.

페트람 계획이 성공한다면, 이방인이 이곳으로 쉽게 넘어오듯…… 혈문 역시 이계로 넘어갈 수 있을 것이다.

좁은 길로 들어섰다가 옆으로 꺾자, 저 아래 협곡으로 거대한 마법진이 모습을 드러냈다.

바로 페트람이었다.

구조변경

켄티르는 한 걸음 앞으로 다가갔다. 구슬을 들고 있는 서
왕 타릴의 표정이 심상찮았기 때문이다.

혹시 자신이 부대를 이끌고 마그나타를 이탈했기 때문에
화가 난 걸까?

데알렘의 질서 유지를 위해 상부에서 명령이 내려왔기에
어쩔 수 없이 따랐다는 말은…… 서왕에겐 통하지 않는다.
켄티르는 서왕의 명령에 복종하는 서왕군 소속 천부장이기
때문이다.

조금 더 앞으로 움직였는데, 몸이 살짝 닿았는지 신임 책
사 베풀런이 켄티르를 보며 사납게 눈을 부라렸다.

프리온을 제치고 책사 자리를 꿰찬 이 주술사에 대해서 켄

티르는 예전부터 알고 있었는데, 잠시 못 본 사이 다른 사람이 되어 있었다.

호위대를 통해 베풀런이 사실은 이방인이라는 이야기를 듣긴 했지만 켄티르는 가볍게 무시했다. 아무리 천부장이라는 이유로 깔본다고 해도 분수가 있지, 황당무계한 거짓말로 속이려 들다니.

마그나타로 침입한 사람들 중에 이방인이 포함되어 있다는 말은 타릴에게 직접 들었기 때문에 믿을 수밖에 없었다. 그래도 조금은 보고 과정에서 차질이 생겨 이방인이라는 잘못된 내용이 섞인 게 아닌가 생각했다.

크립테아에 이방인이라니.

퍽.

타릴이 손에 힘을 주자, 구슬이 박살 났다.

돌아선 서왕이 켄티르를 노려보았다.

"전하, 무슨 소식이옵니까?"

켄티르는 조심스럽게 물었다.

"크, 하하하, 하하하하하하!"

쩌렁쩌렁 울리는 웃음소리.

켄티르뿐 아니라 뒤에 도열해 있던 부대 전체가 긴장했다. 타릴이 갑자기 웃는 이유를 몰라서였다. 분위기를 맞추기 위해 어색하게 웃으면서도 서로를 쳐다보며 그 이유를 찾고 있었다.

"그동안! 다들 수고했다! 드디어! 드디어 시간 장벽이 소멸되었노라!"

그제야 켄티르는 안심하고 마음을 다해 기뻐할 수 있었다.

크립테아를 가두었던 감옥이 무너진 것이다.

켄티르는 서왕 앞으로 다가갔다. 이곳에서의 임무는 이제 의미가 없다. 지금이라면 서왕 타릴에게 직접 요청을 할 수 있을 것이다. 서왕군으로 합류하여 선봉에 서기 위해서였다.

"켄티르!"

타릴이 먼저 그를 불렀다.

"네, 전하."

"너는 저 마법진을 파괴해라. 그리고 잠입한 쥐새끼를 모조리 없애 버려라."

타릴은 마그나타를 가리켰다.

"……존명."

"이번 임무를 제대로 완수한다면, 넌 나의 만부장으로 룬트란을 함께 유린할 것이다."

"목숨을 걸고 해내겠습니다!"

만부장이라니!

그때, 타릴이 갑자기 신임 책사를 덮쳤다. 타릴의 오른손이 책사의 가슴에 푹 박혔고, 왼손은 목을 홱 꺾어 버렸다.

순식간에 절명한 책사는 땅바닥에 쓰러졌다.

켄티르는 가만히 있었다. 서왕이 직접 책사를 죽였다면 마땅한 이유가 있을 것이다.

타릴은 책사의 이마에 손을 대고 눈을 감았다.

'서왕이 주술사의 힘을 흡수해? 그래 봐야 도움이 안 될 텐데……'

책사의 피부를 뚫고 나온 씨앗 같은 것이 타릴의 가슴으로 파고들었다. 서왕은 그 씨앗을 낚아채더니 으스러뜨린 후 흡수해 버렸다. 눈을 감고 몸을 떨던 그는 한층 더 밝은 얼굴로 눈을 떴다.

"유니온이라, 이계는 재미있는 세상이군."

이계?

켄티르는 호위대의 말이 사실임을 그때 깨달았다. 이방인이 베폴런의 몸을 장악했다가 서왕 타릴에게 흡수된 것이다.

타릴은 호위대를 이끌고 떠났다. 베크렘에 주둔한 서왕군을 지휘하기 위해서였다.

동왕군, 북왕군, 남왕군은 이미 진군을 시작했을 것이다. 마그나타 보호를 위해 내려와 있던 각 왕군 소속 부대도 떠날 준비를 하는 중이었다.

켄티르는 몸을 돌려 부대 앞에 섰다. 실망한 눈빛으로 자신을 보는 백부장, 십부장에게 군침 흘릴 만한 약속을 했다. 이번 임무를 제대로 해낸다면 천부장, 백부장으로의 승진을 보장했던 것이다.

금세 사기는 하늘을 찔렀다.

부대는 갖가지 장비를 동원해 마그나타의 외벽부터 부수기 시작했다.

안진후는 거대한 디스플레이로 바뀐 벽을 통해서 마그나타의 외벽을 부수는 크립테아 병사들을 볼 수 있었다. 도끼와 곡괭이 같은 것으로 사정없이 외벽을 내리찍는 병사들의 얼굴에는 광기가 서려 있었다.

안진후는 김현을 쳐다봤다.

손가락으로 뺨을 긁던 김현은 입술을 깨물었다. 김현 역시 무슨 일이 벌어졌는지 깨달은 것이다.

크립테아가 마그나타를 부수는 이유는 단 하나, 시간 장벽이 사라졌기 때문이다. 더 이상 마그나타가 필요하지 않기 때문에, 내부로 숨어든 침입자를 찾아서 없애기 위해 마법진까지 부수고 있는 것이다.

안진후는 한숨을 내쉬었다.

이곳까지 오느라 그 고생을 했는데, 한발 늦고 말았다. 자신이 조금만 더 빨리 마그나타의 패턴을 파악했다면 최악의 상황은 막아 낼 수 있었을지도 모른다.

천재라는 자부심은 산산조각이 났다.

"미안하다."

안진후가 말했다.

김현은 아무 말도 하지 않았다. 친구의 말이 들리지 않았던 것이다.

시간 장벽의 소멸로 사왕군이 진군할 테고, 그 결과 벌어지게 될 제3차 몬스터대전에 집중하고 있을 것이다. 어떻게 해야 피해를 최소로 줄일 수 있을지 생각하고 있는지도 모른다.

안진후는 한숨을 내쉬었다.

이제 자신이 할 수 있는 일은 없다. 이그드라실의 뿌리가 꽤 쓸 만하지만 저 용맹한 크립테아 군대를 막아 낼 만큼은 아니었다.

안진후는 벽을 쳐다봤다. 아이맥스 영화를 보는 것처럼, 거대한 벽 전체가 외벽을 부수는 병사들로 가득 차 있었다.

그 순간, 의문이 들었다.

아무런 행동도 하지 않았는데, 저절로 벽을 통해 외부 상황을 알게 된 셈이었다. 크립테아 병사의 행동을 보지 못했다면 여전히 시간 장벽 소멸 소식도 알지 못했을 것이다.

안진후는 눈살을 찌푸렸다.

마그나타를 순진한 아이라고 생각했건만, 그 판단은 보기 좋게 틀렸다.

훌륭한 마법진이라는 유치한 칭찬 때문에 안진후와 김현을 이곳으로 들어오도록 허락한 게 아니었다. 마그나타는……마그나타를 조종하는 무언가는…… 이런 사태를 예견하고 두 사람을 이곳 마법진의 중심부로 안내한 것이다.

물론 침입자가 무엇을 원하는지 파악한 후에 그런 결정이 내려졌을 것이다.

안진후는 한 가지 사실을 깨닫고 전율을 느꼈다.

스스로 크립테아 군대의 힘을 이겨 낼 수 없기에, 마그나타는…… 외부인에게…… 안진후에게 도움을 요청하고 있었다.

안진후는 비석처럼 서 있는 혼마석 앞으로 다가가 이그드라실의 뿌리로 감쌌다.

그 뿌리를 통해 혼마석의 미묘한 변화를 느낄 수 있었다. 그 변화는 굉장히 빨랐지만 그 때문에 패턴을 쉽게 발견할 수 있었다. 다른 마법진을 분석하면서 알아냈던 패턴도 있고, 낯선 패턴도 있었다.

곧 안진후는 확신에 이르렀다.

마그나타는 혼마석을 통해 이야기를 걸고 있었다.

안진후는 김현을 쳐다봤다.

"끝날 때까지 끝난 건 아니야. 만스크와 벨레스카르를 데려와. 난 그동안 이 녀석과 이야기를 좀 해야겠어."

안진후는 눈짓으로 혼마석을 가리켰다.

김현은 잠시 친구를 바라보았다. 고개를 끄덕인 그는 입구로 달렸다.

십중팔구 안진후가 한 말의 뜻은 모를 것이다. 그럼에도 김현이 움직인 이유는 그저 친구를 신뢰하기 때문이었다.

그 믿음에 보답하기 위해서 안진후는 눈을 감고 그 어느 때보다도 깊이 몰입했다.

이그드라실의 뿌리를 통해 자신에게로 몰려드는 수많은 패턴 속에서…… 그 의미를 찾아내야 한다. 그 의미를 쌓아 올려 진실의 탑을 세워야 한다.

안진후는 지금 하는 행동이…… 친숙하다는 사실을 뒤늦게 깨달았다.

옛날에 밥 먹듯이, 숨 쉬듯이 했던 일이었다.

해킹!

언젠가 화력발전소의 내부 시스템에 침입한 적이 있었다. 워낙 취약점이 많아서 평소엔 생각지도 않았던 애국심이 발동되었다. 적대적 성향의 외국 해커가 들어오기라도 하면 국가적으로 피해가 발생할 것 같아서였다.

발전소라는 특수한 목적을 위한 시스템을 공부하는 건, 안진후에게 큰 도움이 되었다. 시스템 속 패턴에 익숙해질수록 화력발전소의 기본 구조는 물론 거기서 일하는 사람들의 일과까지 손에 쥘 듯 파악할 수 있었다.

그 결과, 익명으로 화력발전소는 물론 관련 부처에 해킹 대처 매뉴얼을 첨부한 이메일을 보냈다. 당연히 언론에도 제보했다.

책임자 몇 명의 목이 날아갔지만, 다행히 시스템은 웬만한 공격에는 끄떡도 하지 않을 만큼 견고해졌다.

안진후는 손을 비볐다. 해킹은 자신이 가장 잘하는 것이며, 누구보다도 잘할 수 있는 것이었다.

즉시, 패턴 분석에 돌입했다.

기본 언어는 이미 잘 알고 있었다. 김현이 자신에게 줬던 뱀파이어 마법서 덕분이었다.

데멘티아, 콤미투오, 콘트라, 액토, 트란스포르, 센티오, 테르미, 암플리오, 비디스, 퀴니날리스, 페툼 그리고 마쿠콤은 그 마법서에 기록된 기본 마법이자 마법진을 이루는 기본 단위였으며, 마법이라는 광대한 언어의 바탕이었다.

마그나타는…… 놀라운 마법진이었다.

수왕진은 단 하나의 목적, 즉 물의 정령왕을 소환하기 위해 건설된 마법진이었다. 다른 목적으로는 애초에 사용이 불가능했다.

그에 반해, 마그나타는 구조변경이 가능해서 다양한 목적으로 사용할 수 있는 마법진이었다.

마그나타가 화염 마법진이라는 건, 엑셀을 실행하기 때문에 엑셀 전용 컴퓨터라는 말과 비슷했다. 엑셀을 띄워 일을 하다가도 RPG를 즐길 수 있는 것처럼, 마그나타 역시 화염 마법진 역할을 하다가…… 구조변경으로 토계 마법진으로 바뀔 수도 있었다.

놀라운 가능성에 안진후는 뛸 듯이 기뻤다.

마그나타로 시간 탑을 무너뜨릴 수 있었다면, 구조변경으로 시간 탑을 재건할 수도 있지 않을까?

시간 탑의 구조에 대해 궁금해서 대학사 요프람을 찾아간 일이 있었다. 요프람은 굉장히 똑똑했지만, 현장 경험은 부족해서 안진후가 원하는 만큼의 지식을 줄 수는 없었다.

그래서 찾아간 사람은…… 비디타스였다.

비디타스 앞에 서면 왠지 모르게 아버지 앞에 서는 기분이 느껴졌다.

굉장히 똑똑해서 안진후가 무슨 말을 해도 바로 이해할 뿐 아니라, 복잡한 이야기 속에서도 논리적 비약을 발견하고 사정없이 찔러 버리는 무뚝뚝한 남자.

비디타스 역시 아버지처럼 안진후의 역량을 금세 알아차렸고, 농담하듯 시간 탑에 대해서 알려 주었다.

기본 원리를 이미 이해하고 있었기 때문에 시간 탑의 재건 가능성 역시 나름대로 결론을 내릴 수 있었다.

물론 마그나타를 해킹하여 마음대로 구조변경을 할 수 있어야 한다.

안진후는 다음 단계로 넘어갔다.

취약점 탐색.

어떤 시스템이든 완벽할 수는 없다. 내부로 침투 가능한 취약점을 포함하기 마련인데, 설계가 잘된 시스템일수록 의도적으로 취약점을 드러낸다. 사실, 그런 취약점은 더 이상 취약점이 아니다.

겉으로는 취약점이지만 파고들면 틈 자체가 사라져 버려 헛고생이 되기 때문이다.

안진후는 설계자조차도 예상 못 한 취약점을 찾고 있었다.

"크크크."

기본적이지만 루트 권한, 즉 설계자와 동일한 능력을 가질 수 있는 치명적인 취약점을 세 개나 찾아냈다.

마그나타를 만든 사람이 누군지는 모르지만, 안진후 같은 천재의 침투 가능성에 대해서는 전혀 대비하지 않은 모양이었다. 어쩌면 이 세계에는 해킹이라는 개념 자체가 거의 없기 때문일지도 모른다.

휘파람을 불면서 마그나타 시스템의 핵심으로 조금씩 접근했다.

안진후는 마그나타의 제작자가 자신과 비슷한 성향의 소유자라는 사실을 깨달았다. 오만하고 독선적이며 굉장한 능력을 가진, 그와 동시에 모두에게 인정을 받고 싶어서 안달이 난 사람이었다.

그 성향을 파악하자 돌파는 일사천리로 진행되었다.

드디어, 안진후는 루트 권한을 탈취했다.

마그나타의 지배자가 된 것이다.

"크하하하하하하!"

안진후는 악당처럼 웃어 댔다.

마침 김현이 옷이 찢기고 몸 곳곳에 상처를 입어 피가 흐르는 만스크, 벨레스카르를 데리고 방으로 들어섰다.

두 사람이 왜 그런 꼴인지 안진후는 바로 알아차렸다. 크립테아 병사들이 몰려들자 도망치다가 함정에 빠졌던 것이다.

김현이 다가왔다.

"뭔가 찾아냈어?"

"잘하면, 시간 장벽을 되살릴 수 있겠어."

눈에 힘이 들어간 김현은 순간 석상이 된 듯 움직이지 않았다.

웬만한 일로는 저 녀석을 놀라게 할 수 없기에, 안진후는 더 짜릿했다.

한참 만에 김현이 물었다.

"어떻게?"

"해킹."

"아!"

단어 하나로 김현은 안진후가 하려는 바를 이해했다. 김현역시 마그나타라는 마법진이 기존 마법진과 다르다고 생각했던 것이다.

안진후는 마그나타의 '스펙'을 확인했다.

보통 컴퓨터는 CPU, RAM, 그래픽 카드의 능력으로 스펙이 결정된다. 마그나타의 경우에는 어떤 종류의 마법진으로 변경할 수 있는지, 얼마나 큰 힘을 발휘할 수 있는지 등이 중요한 기준이었다.

처음 컴퓨터를 선물받았을 때처럼 기뻤다.

마그나타는…… 정말 마법진과 관련해서 뭐든 가능한…… 최고의 마법진이었다. 시간 탑을 무너뜨릴 만큼 강력할 뿐 아니라, 음양오행 등 거의 모든 종류의 마법을 펼칠 수 있는 마법진이기도 했다.

안진후는 크립테아의 수준에 절망을 느꼈다.

놈들은 최고 사양의 슈퍼컴퓨터를 한 가지 목적으로만 쓰다가…… 더 이상 필요 없다고 부수는 중이었다.

"잘 봐."

안진후는 김현, 만스크, 벨레스카르를 힐끔 쳐다본 후, 마그나타에 구조변경 명령을 내렸다.

웅웅웅.

바닥과 벽, 천장에서 진동이 느껴졌다. 복잡한 미로가 전혀 다른 형태로 바뀌고 있다는 뜻이었다.

그 순간, 외벽에서 불이 뿜어져 나와 크립테아 병사들을 덮쳤다. 몸에 불이 붙은 병사들은 비명을 지르며 도끼, 곡괭이 따위는 버리고 달아났다.

안진후는 김현 앞으로 갔다. 그리고 해야 할 일을 알려 주었다. 시간 탑을 재건하기 위해서는 누군가가 직접 거기로 가야 하기 때문이다.

김현은 고개를 끄덕였다. 해야 하는 일 앞에서 발을 뺄 녀석은 아니었다.

안진후는 벨레스카르트와 만스크를 쳐다봤다. 둘 중 누가 가는 게 나을까?

"내가 가지."

벨레스카르트가 나섰다. 안진후도 그게 낫다고 생각했다.

두 사람이 마그나타 밖으로 나가는 순간부터 크립테아 군대가 따라붙을 것이다. 현섬으로 단숨에 추격을 뿌리칠 수 있다면 좋겠지만, 공간 이동술을 방지하는 기운이 사방에 퍼져 있을 가능성이 꽤 높았다.

안진후는 친구를 위험한 길로 내몬 것 같아서 별로 기분이 좋지 않았다.

"나중에 보자."

김현이 말했다.

"그래, 나중에 보자."

김현이 벨레스카르트와 함께 방을 나가자 안진후는 마그나타에 명령을 내렸다. 두 사람이 마그나타를 벗어날 무렵, 마그나타는 짙은 안개를 사방으로 뿜어내고 있었다.

현섬은 불가능했다.

공간 이동을 막는 묘한 기운 데펜도르가 곳곳에 퍼져 있었다. 크립테아 병사들 중 일부가 그 기운을 뿜어내는 중이었다.

자욱한 안개를 뚫고 마그나타가 건설된 공간을 벗어난 김현은 동굴로 들어섰다. 뾰족한 종유석과 석순 사이로 달리면서 뒤를 살폈다.

벨레스카르가 빠르게 따라오고 있었다. 엘프 특유의 발놀림이 매우 경쾌했다.

군대가 쫓아오는 중이었다.

벨레스카르를 앞으로 먼저 보낸 후, 김현은 벌 떼처럼 달려오는 크립테아 병사들을 쳐다보았다. 속으로 타이밍을 재면서 가볍게 발을 굴렀다.

텅!

오직 병사들을 향해서 뻗어 나간 충격파는 벽을 타고 천장으로 올라갔다.

뒤로 물러선 김현은 천장에 매달린 고드름 같은 종유석의 윗부분이 쩍쩍 갈라지며 하나둘씩 추락하는 모습을 확인한 후, 달리기 시작했다.

뒤에서 들리는 요란한 소리엔 신경을 껐다.

순식간에 벨레스카르를 추월한 김현은 데알렘을 관통했다가 더 깊은 곳으로 흐르는 시커먼 강 앞에 멈췄다. 가장 가까운 시간의 탑으로 가장 빨리 가는 방법이 바로 이 강이었다.

김현은 손을 뻗었다.

소용돌이치며 공중으로 솟구친 물이 커다란 거품의 형태

로 뭉쳤다. 거품의 벽에 구멍을 만든 그는 벨레스카르를 보며 눈짓했다.

"……설마 강으로 들어가려는 건 아니겠지?"

안진후의 설명을 제대로 듣지 못했던 벨레스카르는 꺼리는 표정이었다.

《룬트란 왕국의 역사》를 통해 대다수의 엘프가 강이나 바다를 질색한다는 사실을 잘 알았기에, 김현은 하프엘프가 용기 내기를 기다리는 대신 거품을 움직여 벨레스카르를 삼켰다.

벨레스카르가 저항하기 전에 김현 역시 거품 안으로 들어가 얼른 강으로 풍덩 뛰어들었다.

천부선공 오행의 묘리로 만든 거품이 강의 중심으로 흘러가자, 급류에 휘말렸다. 격렬한 물살이 거품을 때렸다.

그 충격으로 김현도, 벨레스카르도 거품 안에서 균형을 잃고 뒹굴었다.

30미터 앞쪽에서 물살이 둘로 나뉘었다가 그 너머에서 합쳐졌다. 수면 바로 아래 암초가 도사리고 있다는 뜻이었다.

김현은 오행의 묘리로 거품을 이동시키려 했지만, 강의 유속은 예상외로 빨랐다.

턱.

암초의 끝부분에 걸린 거품은 찢어질 뻔했지만, 겨우 오행의 힘으로 집중하여 위기를 넘겼다. 순간적으로 찌그러졌던 거품은 반탄력에 의해 붕, 공중으로 날았다.

허공에서 또 한 번 나뒹굴면서도 김현은 종유석을 뚫고 쫓아온 군대를 볼 수 있었다.

병사들은 제각기 다른 형태로 변신하여 쫓아오고 있었다. 일부는 강으로 뛰어들었고, 일부는 날개를 펼쳐 동료를 데리고 강 위로 날았다.

모기나 나방 등으로 변신한 병사들이 순식간에 거품 근처로 접근했다. 김현을 노려보는 병사들의 시선에는 살기와 광기가 번들거렸다.

발톱이나 침으로 거품을 찔러 댔지만 오행의 묘리로 만들어 낸 거품의 벽은 뚫리지 않았다. 다만 놈들의 공격으로 거품이 흔들리는 바람에 중심을 잡기가 힘들었고, 그 때문에 메스껍고 어지러웠다.

창백한 벨레스카르의 얼굴.

"……안 돼."

김현은 고개를 흔들었다.

벨레스카르는 급히 손으로 입을 막았지만 속에 든 것을 게워 내고 말았다.

거품의 내벽에 닿아서 흘러내리던 허연 액체 몇 방울이 김현의 머리카락과 어깨에 닿았다. 김현은 하마터면 거품에 구멍을 내어 벨레스카르를 밖으로 던질 뻔했다.

거품을 유지하는 데 최선을 다하면서 오행의 묘리로 주먹만 한 강물을 움직여 모기처럼 생긴 병사의 날개를 찢어 버렸다. 휘청 균형을 잃은 놈이 강으로 추락했고, 검은 급류는 병사를 덥석 삼켰다.

하지만 집중력이 살짝 흔들리는 바람에 거품이 일그러지며 구멍이 났고, 거기로 강물이 쏟아졌다.

급히 구멍을 막았지만, 강물은 무릎까지 차올랐다. 거품이 흔들릴 때마다 강물은 찰랑거리며 금세 몸 전체를 흠뻑 적셨다.

끈질기게 쫓아오며 거품을 공격하던 병사들이 갑자기 흩어졌다.

"마, 마스터!"

벨레스카르가 앞을 가리켰다.

급류를 거스르며 다가오는 건, 거대한 아가리였다.

몸길이가 20미터, 어쩌면 30미터는 될 법한 악어 같은 몬스터가 거품을 덥석 문 채로 강물 아래로 잠수했다.

끼익. 끽.

이빨이 거품을 압박하는 소리였다.

가만히 있다가는 급류 속에서 거품이 깨질 테고, 잘못하면 물과는 거리가 먼 벨레스카르가 익사하거나…… 저런 몬스터에게 먹힐지도 모른다.

놈은 거품을 삼켰다.

갑자기 격류 특유의 소리가 멀어졌다. 몬스터의 배 속으로 들어간 것이다.

김현은 거품을 유지하면서 오행의 묘리로 불꽃을 일으켰다. 공중에 촛불 크기의 빛이 생겨나 어둠을 밀어냈다.

몬스터의 위장은 표면이 매끈한 동굴 같은 느낌인데, 아귀처럼 생긴 대형 물고기가 여기저기 흩어져 있었다. 바닥에 차오른 액체는 어딘지 모르게 위험해 보였다.

"괜찮아요?"

김현은 벨레스카르를 쳐다봤다.

벨레스카르는 허연 얼굴로 고개를 끄덕였다. 입을 열 힘도 없는 모양이었다.

김현은 웃음이 터질 뻔했지만 꾹 참았다. 대신 몬스터의 배 속에서 벗어날 방법을 고민했다.

놈이 삼켰으니 놈 스스로 토해 내도록 괴롭히면 된다.

거품을 해제했다. 오행의 힘을 아끼기 위해서였다.

무시무시한 악취가 몰려왔다.

"윽."

괴로워하는 벨레스카르.

김현은 그쪽을 쳐다보지도 않았다.

천부선공 제5단계 오행의 힘은 단순한 무공이 아니었다. 극도의 집중력이 요구되는데, 그런 정신력은 아껴야 필요한 순간에 사용할 수 있는 힘이기도 했다.

김현은 마른고기를 꺼내어 우적우적 씹었다. 김현을 힐끔

본 벨레스카르는 말린 과일을 입에 넣고 오물거렸다. 냄새에는 금세 익숙해졌다.

"진짜로 가능하다고 생각하나?"

벨레스카르가 물었다.

김현은 하프엘프를 쳐다봤다. 좀 더 구체적인 질문을 듣고 싶어서였다.

"시간의 탑 재건 말일세. 드래곤과 신족이 건설한 그 탑을 자네와 안진후 두 사람이 재건할 수 있을까?"

좀 더 자세한 질문에는 하프엘프의 마음이 담겨 있었다.

김현은 빙긋 웃었다.

'할 수 있을까?'는 '하기 힘들다.'와 같은 뜻이었다. 아니, 더 나쁘다. 좀 더 정확히 말하면 '하기 힘들다고 생각해야 정상인데, 왜 너는 그렇게 생각하지 않는 거냐?'라는 의미였다.

하프엘프는 이미 할 수 없다는 믿음을 가지고 김현에게 질문을 던진 것이다.

구구절절 설명해도, 할 수 있다는 근거를 알려 줘도 믿음은 또 다른 이유를 만들어 낸다.

"시간의 탑, 한번 보고 싶었습니다."

"……뭐?"

황당한 얼굴의 벨레스카르.

김현은 속으로 웃었다. 이렇게 엉뚱한 말을 던지면, 아주 잠시 믿음을 잊어버린다.

"시간의 마탑에 대해 들어 본 적 있어요?"

"……아, 들어 본 적이야 있지. 시간 마탑 티메는 아주 오래전에 사라진…… 전설의 마탑이니까."

벨레스카르는 시간 탑 재건은 불가능하다는 믿음에서 빠져나와, 시간 마탑 티메에 대해 알고 있는 것들을 머릿속 깊은 곳에서 끄집어내고 있었다.

"역사상 최강의 마탑이라 불렸던 티메가 갑자기 사라진 이유에 대해 관심 있는 사람들이 기를 쓰고 찾아봤지만, 알려진 바는 거의 없습니다. 《룬트란 왕국의 역사》를 쓴 역사학자 강진우는 시간 마탑의 타워 마스터가 바로 드래곤이었다고 주장합니다. 저 역시 일리가 있다고 생각합니다."

"음, 드래곤이 티메를 세웠다? 근거가 부족해도 정황은 그럴듯하군."

벨레스카르는 서서히 부정적 믿음에서 빠져나오며 호기심을 드러냈다.

"하지만 티메가 배출한 최강의 시간 마법사 플로런은…… 드래곤이 아니었습니다. 티메를 전설로 만든 그 전투에서 홀로 중명 제국군을 전멸시킨 플로런은 암습을 받아서 죽었고, 많은 사람들이 그 장면을 봤으니까요."

플로런이 룬트란 왕국의 북부 스투덴 강 하류의 평원에서 3만 명에 달하는 중명 제국 군대를 몰살시킨 이야기는 너무나 유명해서…… 이제는 사실이 아니었다고, 백 명 정도…… 많아야 천 명 정도 물리친 것이 과장되었다고 사람들은 말했다.

그러나 강진우를 비롯해 과거의 진실에 관심이 많은 역사학자들은 파고들면 파고들수록 티메의 플로런은…… 압도적인 마법사였음이 드러난다고 주장했다.

군대는 플로런 앞에서 무용지물이었다.

비처럼 쏟아지는 화살도, 창으로 땅바닥을 두드리며 사기를 올리는 병사들도, 진격 명령을 내리는 지휘관도, 군대에 동원된 주술사들도, 시간 마법이 실행된 순간…… 얼어붙었다.

플로런은 정지된 세계를 혼자 움직이며 여유롭게, 조금은 지루함을 참아 내며 군대를 전멸시켰다.

다시 시간이 흐르기 시작하자, 그 많은 병사들은 비명도 지르지 못하고 동시에 쓰러졌다.

그 넓은 평원은 적막으로 가득 찼다.

잠시 후, 죽음의 냄새를 맡고 몰려든 까마귀 떼가 하늘을 뒤덮었다.

벨레스카르가 김현을 쳐다봤다. 하고 싶은 말이 뭐냐는 눈빛이었다.

"드래곤이 만든 마탑이지만, 티메를 전설로 만든 건 인간이었습니다. 시간 탑 역시 드래곤과 신족이 세웠지만, 오늘 재건하여 크립테아를 다시 가두는 전설을 만드는 건 바로 우리가 될 겁니다."

김현은 차분하게 말했다.

눈이 커진 벨레스카르는 천천히 고개를 저었다. 그러더니 웃음을 터트렸다.

저 웃음, 긍정적인 신호였다.

"자, 어떻게 전설을 만들어 낼 생각인가?"

질문이 바뀌었다.

김현은 빙긋 웃으며 물의 거품을 만들어 냈다. 거품을 본 벨레스카르는 흠칫 몸을 떨었다. 하지만 하프엘프는 용기를 내어 스스로 거품 안으로 들어섰다.

김현은 내공을 모아 물컹거리는 바닥에 타각을 펼친 후 즉시 거품 안으로 뛰어들었다.

타각의 충격파가 위장을 통해 몸 전체로 퍼져 나가자 바로 반응이 왔다. 위아래가 뒤집혔다. 커다란 거품은 위로, 아래로 돌아다녔고…… 그 안에 있던 두 사람 역시 균형을 잃고 나뒹굴 수밖에 없었다.

벽과 바닥이 위로 올라오더니, 거품과 반쯤 소화된 물고기를 위로 튕겨 냈다.

그와 동시에 흡입력이 거품을 당겼다. 강에 서식하는 그 불행한 몬스터는 몇 번 캑캑거리다가 거품을 토해 냈다. 두 사람은 급류 속으로 튀어 나가 물살에 휘말렸다.

거품이 물살에 떠밀려 허공으로 떠오른 순간, 김현은 거품을 해제하며 사라겐의 비월을 꺼냈다. 양날도끼 위에 선 그는 추락하는 벨레스카르의 손목을 잡고 끌어 올렸다.

아래로 검은 강이 굉음을 내며 흐르고 있었다.

사라겐의 비월은 그 강 위를 낮게 날기 시작했다.

"불가능하다?"

켄티르는 화를 억누르며 물었다.

"사왕 전하를 모시는 책사 어르신이 와도 어려운데 저 같은 말단 주술사 따위가 마그나타를 부수는 건, 정말이지 말도 안 되는 일입니……."

늙은 주술사는 더 이상 말할 수 없었다. 목 윗부분이 어깨와 분리되어 공중으로 떠올랐기 때문이다.

피를 뿜는 주술사의 몸을 켄티르는 발로 밀어 버렸다. 어찌나 화가 나는지, 술 냄새까지 풍기는 주술사의 대가리마저 반으로 잘라 버렸다.

천부장을 보는 병사들의 눈에 공포가 어렸다. 켄티르와 눈만 마주쳐도 움찔움찔했다.

한숨을 내쉰 켄티르는 마그나타를 노려보았다.

저 대형 마법진은 시간 탑 붕괴에 결정적인 역할을 담당했다. 마그나타가 없었다면 시간 장벽의 소멸은 그저 꿈에 지나지 않았을 것이다.

그렇게 유용했던 마법진이 지금은 골칫덩이가 되고 말았

다. 짜증이 솟구치는 이유는…… 당장이라도 이곳을 벗어나 베크렘으로 달려가고 싶은 마음 때문이었다.

마그나타에 숨어 버린 이방인이 발목을 잡고 있었다.

다행히 밖으로 달아난 두 놈은 검은 강을 지배하는 몬스터 라이베크에게 먹혔다. 넷 중 둘은 해치웠으니 이제 둘만 남았는데, 놈들은 도무지 나올 생각이 없는 듯했다.

펜타가 다가왔다.

"천부장님은 부대를 이끌고 베크렘으로 가십시오. 제게 백 인대 하나만 맡겨 주신다면 반드시 침입자를 없애겠습니다."

펜타는 켄티르가 십인대장으로 좌천당했을 때 눈여겨본 놈으로, 머리 회전이 빨랐다. 마음 같아서는 그에게 임무를 맡기고 자신은 서왕군이 있는 곳으로 달려가고 싶었다.

"방법이 있나?"

켄티르가 물었다.

"놈들 스스로 나오게 만들어야 합니다. 군대의 수가 줄어들면 기어 나올 겁니다. 마그나타 안에 있어 봐야 굶어 죽기 밖에 더하겠습니까?"

"음."

일리가 있는 방법이다. 다만, 시간이 걸린다는 게 문제였다. 그러니 펜타에게 맡기는 게 최선일 것이다.

켄티르는 마음이 꺼림칙했다. 서왕 타릴은 자신에게 임무를 맡겼다. 그건 자신이 책임지고 침입자를 해치워야 한다는 뜻이다.

일이 어긋나 문제라도 생긴다면, 펜타가 놈들을 놓치기라도 한다면…… 서왕은 펜타는 물론 켄티르까지 처벌할 것이다.

처음으로 찾아온 기회, 우뚝 설 수 있는 기회가 날아가 버리고 말 것이다.

그렇다고 여기 죽치고 앉아 있는 것도 마음에 들지는 않았다. 다른 천부장들이 공을 세운다면, 서왕 타릴도 그들을 만부장으로 임명할 것이다.

켄티르는 마음이 급했다.

"놓치면 넌 죽어."

"목숨을 걸고 반드시 없애 버리겠습니다. 대신……."

펜타가 말했다.

자신을 닮은 펜타가 무엇을 원하는지 켄티르는 너무도 잘 알고 있었다.

"내가 만부장이 되면 널 천부장으로 임명하겠다."

"감사합니다."

백인대 하나만 남겨 둔 켄티르는 마그나타를 벗어나 달리기 시작했다.

데알렘으로 올라갔다가 초소, 관문을 통과하여 베크렘에 도착하려면 시간이 제법 걸린다. 지름길로 이동하면 시간을 꽤 많이 줄일 수 있을 것이다.

척살대주로 일하면서 크립테아 곳곳을 훑고 다녔기에, 켄티르는 몇 개의 지름길을 떠올릴 수 있었다.

그중 하나로 결정하는데, 머릿속으로 한 가지 가능성이 번쩍 스치듯 지나갔다.

그 이방인 책사는…… 침입자를 무시해선 안 된다고 강조했었다.

서왕 타릴에게 흡수되는 자신의 앞날조차 모르는 놈의 말 따위, 처음엔 가볍게 넘겼다. 하지만 지금은 아니다.

'놈들은 똑똑해. 서왕군이 주둔한 베크렘은 물론 관문까지 통과했고, 심지어 이곳까지 잠입했으니까. 타릴 전하가 오지 않았다면 아무도 몰랐겠지. 그런 놈들이 무서워서 달아났고, 그 때문에 라이베크에게 먹혔다? 나머지 둘은 왜 마그나타에 처박혀 있을까?'

순간, 지름길이라는 단어가 떠올랐다.

검은 강은…… 위험천만한 급류지만 그쪽으로 내려가면…… 보다 빨리 시간 탑에 도착할 수 있다. 강 자체가 지름길인 셈이었다.

마그나타는 이제까지 한 번도 안개 따위 뿜어낸 적이 없었다. 불덩이를 외부로 쏜 적도 없었다. 마그나타를 위해 상주하는 주술사들은 그 이유를 전혀 몰랐다.

만약 그 변화의 원인이 침입자라면, 그 침입자가 마그나타를 마음대로 조종할 수 있게 되었다면, 시간 탑을 무너뜨렸던 그 마법진을 이용하여 시간 탑을 재건할 수도 있지 않을까?

그렇다면 둘은 시간 탑으로 가고 둘은 마그나타에 남은 침입자들의 행동이 설명된다.

아마도 시간 탑으로 직접 가야 재가동이 가능한 모양이었다.

선두에서 달리던 켄티르가 주먹을 쥐며 멈췄다. 따라오던 부대는 지휘관을 바라보았다.

"돌아간다."

켄티르는 실망하는 병사들을 무시하며 마그나타를 향해 뛰기 시작했다.

양날도끼는 검은 강을 벗어나 동굴로 접어들었다.

사람의 발길이 닿지 않은 듯, 바위가 겹쳐진 동굴 바닥으로 물이 흐르고 있었다.

종유석이 복잡하게 달려 있고 석순과 석주가 여기저기 위태롭게 솟아나 있어서 이동이 쉽지 않은 동굴이었지만, 공중으로 둥실 떠올라 날아가는 도끼 덕에 고생할 필요는 없었다.

벨레스카르는 도낏자루에 앉아 두 손으로 자루를 꽉 움켜쥐고 있었다. 어떻게든 추락하지 않으려고 애를 쓰는 그와 달리, 김현은 도끼날 위에 서서 뒷짐을 진 채 앞을 바라보고 있었다.

갑자기 도끼가 아래로 쑥 내려갔다.

벨레스카르는 비명을 지를 뻔했다. 자루를 잡고 있던 터라 떨어지진 않았지만 엉덩이가 세게 자루에 부딪혀 꼬리뼈가 부러진 것처럼 아팠다.

화를 낼 수는 없었다.

양날도끼는 대나무 숲처럼 빽빽한 종유석 사이를 지그재그로 통과하는 중이었다.

앞에 서 있던 김현은 틈이 좁다 싶으면 손짓만으로 커다란 종유석을 부수었는데, 손가락 끝에서 맹렬한 바람이 뿜어져 나갔다.

'저건…… 청지풍이야.'

셀레스카르가 가끔 보여 준 스킬이니, 수제자가 펼치는 건 지극히 당연했다.

하지만 벨레스카르 역시 무극심법을 익혔고, 어떻게든 셀레스카르처럼 강해지고자 애를 썼기 때문에…… 너무나 능숙한 청지풍에 배신감마저 들었다.

저 녀석 역시 셀레스카르 같은 천재였다.

그러니 자신 같은 평범한 재능의 소유자는…… 도무지 따라잡을 수가 없는 것이다.

종유석의 숲을 무사히 빠져나갔을 때, 벨레스카르는 속내를 숨기고 김현에게 말을 걸었다.

"무극심법을 익혔겠군."

"네."

김현은 돌아서서 벨레스카르를 쳐다봤다.

"물, 불, 흙 등 이질적인 속성까지 다루는 걸 보면 제5단계 오행의 경지인가?"

"맞습니다."

김현의 눈이 살짝 커졌다.

"나도 무극심법을 배웠었네. 재능 부족으로 제1단계 축현에서 그만두고 말았지만 말이야."

김현이 고개를 갸웃거렸다.

"축현은 재능이 필요 없는 단계입니다만."

아무리 용을 써도 축현을 벗어나지 못해서 벌컥 불만을 터트렸을 때, 셀레스카르가 벨레스카르에게 했던 말이었다.

"자네도 셀레스카르와 같은 말을 하는군."

"사실이니까요."

김현은 담담했다. 자기 말이 무조건 옳다는 고집과는 거리가 멀었다. 너무나 당연하기 때문에 굳이 주장할 필요가 없다는 태도였다.

"……난 무려 50년이나 축현을 수련했네."

"어떻게 수련을 했는지 자세히 말해 보세요."

벨레스카르는 잠시 머뭇거렸다. 이런 요구를 받게 될 줄은 몰랐다. 셀레스카르는 자신의 말에 그저 한숨만 내쉴 뿐이었는데.

옛날 기억을 더듬은 벨레스카르는 은색눈썹 일족 특유의 수련 방식에 대해 설명했다.

엘프가 특정한 스킬을 익히기 위해 제일 먼저 하는 행동은 차분하게 앉아서 그 스킬을 전체적으로 살피고 의문이 드는 부분을 파고드는 것이었다.

벨레스카르 역시 스스로 엘프라고 자부했기에, 축현의 방식…… 그 괴상한 자세가 몸에 끼치는 영향력에 대해 깊이 고민했다. 하도 답답해서 엉거주춤한 자세를 취하기도 했지만, 몸에 도움이 되는 방식도 모르는 상태로 수련해 봐야 소용이 없다는 건 상식이었다.

"하하하, 하하하하하."

김현은 박장대소했다.

"……뭐가 웃기는가?"

"큭큭, 상상도 못 한 이야기라서요. 엘프는 원래 그렇게 수련해요?"

"엘프를 무시하지 말게."

벨레스카르는 단호하게 말한 후에 바로 후회했다. 아무리 스스로 엘프라고 생각해도, 다른 엘프들의 눈에 자신은 인간과 다를 바가 없었다.

"아, 미안합니다."

여전히 웃음을 참지 못하는 김현.

벨레스카르는 몸을 돌렸다. 양날도끼가 날아가는 방향이

아니라, 뒤쪽을 보며 앉은 것이다.

"원하면 제가 축현, 알려 드리겠습니다. 그리고 적어도 5
년 안에 축현 단계 돌파까지 보장하겠습니다."

"……뭐?"

바로 돌아앉아 버린 벨레스카르는 부끄러움을 느꼈다. 어
른답게 행동해야 하건만.

"다만, 제 지시에 무조건 따라 주셔야 합니다."

"축현을 돌파하여 쌍각에 이를 수만 있다면, 내 무엇이든
다 하겠네."

벨레스카르는 신이 났다.

5년이라면 그리 긴 시간이 아니다. 일단 축현만 통과한다
면, 무극심법 특유의 수련법만 제대로 익힌다면, 순식간에
쌍각, 파위, 천맥을 넘어 오행에 도달할 수도 있을 것이다.

그때, 동굴이 끝났다.

양날도끼는 이글이글 열기를 뿜어내는 용암 호수 위로 나
왔다.

크립테아 지하에 이렇게나 거대한 용암 호수가 있을 줄이
야. 벨레스카르는 데알렘에 잠입하기 위해 갖가지 정보를 모
았지만, 이런 이야기는 듣지 못했다.

호수 건너편 절벽에 구멍이 나 있었다. 또 다른 동굴의 입
구였다.

양날도끼는 그 동굴을 향해 날아갔다. 아무래도 그 동굴로

들어가야 시간 탑으로 갈 수 있는 모양이었다.

벨레스카르는 아래를 내려다봤다.

바람 한 점 없는데도 용암 호수는 파도가 치고 있었다. 그것도 서로 다른 방향에서 파도가 밀려와 곳곳에서 부딪히며 위로 솟구쳤다. 그 붉은 기둥은 거의 50미터까지 올라왔다.

호수와 동굴 입구를 번갈아 바라보던 김현의 어깨와 등이 긴장으로 단단해졌다.

이제 벨레스카르는 김현의 뒷모습만으로도 어떤 일이 벌어질지 대충 예상할 수 있었다. 그 어느 때보다 도낏자루를 꽉 움켜쥐었다.

그 순간, 용암을 뚫고 무언가가 나타났다.

벨레스카르는 할 말을 잃었다.

'고, 골렘이잖아…….'

검붉은 골렘이 손을 뻗었다.

양날도끼는 아슬아슬하게 용암이 흐르는 손가락 사이로 빠져나갔다. 그 엄청난 열기에…… 김현의 머리카락 일부가 타 버렸고 머리카락은 곱슬곱슬 말렸다.

벨레스카르는 손을 들어 머리를 더듬어 봤다. 자신의 머리 역시 멀쩡하지는 않았다.

한 놈이라면 어떻게 피해 가겠지만…… 둘, 셋, 넷…… 거의 열 마리나 되는 거대 골렘이 나타나 동굴 입구로 가는 길을 막았다. 놈들은 심지어 물가에서 아이가 장난치듯 용암으로 물장구를 쳤다.

용암 덩어리가 옆으로 휙휙 지나갔다. 김현이 양날도끼를 왼쪽으로, 때로는 오른쪽으로, 그러다가 아래로 조종하지 않았다면 용암 세례를 뒤집어쓰고 말았을 것이다.

"꽉 잡아야 합니다."

벨레스카르는 고개를 끄덕이며 죽을힘을 다해 도낏자루를 움켜쥐었다.

김현은 사라졌다.

벨레스카르는 할 말을 잃었다. 설마, 이 녀석이 자신을 미끼로 삼고 혼자만 빠져나간 것일까?

아니다. 그럴 리는 없다.

벨레스카르는 주위를 둘러봤다.

용암 호수의 천장에 김현이 있었다. 커다란 종유석 끝에 매달린 채 아래를 내려다보고 있었다. 그제야 벨레스카르는 김현이 공간 이동술로 이동했음을 깨달았다.

김현이 또 사라졌다.

다른 종유석으로 이동한 김현이 위쪽 굵은 부위를 부수자, 종유석은 아래로 떨어졌다.

김현은 그 종유석 위에 서 있었다.

그 종유석이 양날도끼 옆으로 떨어질 때, 벨레스카르는 헤헤 웃으며 손을 흔드는 김현을 보았다.

'미, 미친 새끼!'

욕이 튀어나올 뻔했다.

종유석은 정확히 골렘의 정수리에 박혔다.

충돌 순간, 벨레스카르는 김현이 종유석의 중심을 타각으로 밟는 것을 보았다. 종유석은 즉시 5미터 이상 아래로……
골렘의 대가리 속으로 파고들었다.

용암이 종유석을 덮치기 직전, 김현은 사라졌다.

다시 한 번 천장의 종유석을 부순 김현은 공중에서 종유석의 궤도까지 바꾸어 골렘의 어깨에 깊이 박았다.

세 번째 종유석이 엎드린 골렘의 등을 꿰뚫자, 벨레스카르는 할 말을 잃었다.

세상에 저런 식으로 용암 골렘을 박살 낼 수 있다니!

심지어 김현은…… 벨레스카르가 상상도 못 한 방법으로 용암 골렘을 공격했다.

현섬으로 종유석 자체를 이동시킨 것이다!

그리 크지 않은 종유석이지만 눈에 푹 박히자 골렘은 몸부림치다가 넘어졌고, 근처의 다른 골렘을 덮쳤다.

그 틈을 타서 벨레스카르가 탄 양날도끼는 용암 호수를 무사히 건너 맞은편 동굴 입구에 도착했다.

다리가 후들거려 양날도끼에서 내려 땅을 디디고 선 벨레스카르는 아직 끝나지 않은 전투를 바라보았다.

이제 골렘도 팔을 들어 올려 종유석을 막기 시작했다. 어떤 녀석은 입을 벌려 용암을 뿜어 김현을 노리기도 했다.

그때, 저쪽 동굴로 원치 않은 손님이 도착했다. 바로 크립테아 군대였다.

김현은 이미 그쪽으로 이동 중이었다.

분노한 골렘들이 뒤따랐다.

벨레스카르는 그 의미를 알아차리고 웃음을 터뜨렸다. 끈질기게 여기까지 쫓아온 크립테아 군대는…… 영문도 모르고 용암 세례를 받게 될 것이다.

크립테아 군대 사이로 쏙 이동했던 김현은 용암 골렘이 화염을 뿌리자 바로 사라졌다. 그리고 벨레스카르 옆에 나타났다.

"가죠."

양날도끼 위에 선 김현이 말했다.

"그, 그러지."

도낏자루에 앉은 벨레스카르는 뒤를 쳐다봤다. 크립테아 군대가 불쌍해 보이긴 처음이었다.

시간의 탑

저 멀리 시간의 탑이 보였다.

김현은 주먹을 꽉 쥐었다. 드디어 도착했다. 그런 수중 몬스터와 용암 골렘을 만나게 될 줄은 상상도 못 했다.

거대한 쐐기가 거꾸로 박힌 형상은…… 비디타스의 설명과 정확히 일치했다.

탑 근처에는 천막이 세워져 있었다. 개미처럼 보이는 사람들은 병사들 같았다.

날아오는 두 사람을 발견한 병사들이 황급히 무기를 챙겼다. 주술사로 보이는 몇 명이 불러낸 망량은 흐릿한 유령처럼 보였다.

김현은 고개를 돌려 벨레스카르를 쳐다봤다.

"바깥을 맡아 주십시오."

"그러지."

벨레스카르는 멋진 자세로 사라겐의 비월에서 뛰어내려 땅에 착지했다.

하프엘프는 어느새 금속 재질의 단검을 손에 쥔 채 병사들에게로 달려들었다. 무려 50년이나 '수련'했음에도 무극심법 제1단계도 통과하지 못했지만, 저 가벼운 몸놀림만큼은 최고 수준에 도달해 있었다.

김현은 군대와 주술사는 처음부터 벨레스카르에게 맡기고, 시간 탑 내부에는 혼자 들어갈 생각이었다.

《룬트란 왕국의 역사》21권에는 시간의 마탑 티메와 관련된 내용이 기록되어 있었다. 분량은 그리 많지 않지만, 8대 마탑을 압도할 만한 이야기였다.

현재 최강의 마탑은 빛의 마탑 투스텔라로 알려져 있지만, 역사상 최강은 티메라는 것이 역사학자 강진우가 내린 결론이었다.

그 근거는 3만의 군대를 홀로 전멸시킨 대마법사 플로런이었다. 물론 그 외에도 몇 가지 역사적 증거가 제시되었다.

수많은 마법사들이 최강의 칭호, 최강의 마법사라 불리기 위해 마탑 티메를 찾아 헤맸다. 티메 안에 플로런의 비밀이 담긴 마법서가 숨겨져 있다는 전설 때문이었다.

그 쟁탈전에는 마법사뿐 아니라 무인, 상인 심지어 기사단과 군대까지 가세했다.

여기저기서 시간 마탑 티메를 발견했다는 소문이 줄을 이었다. 대부분은 낭설이었다.

그러나 수많은 사람들이 대륙을 샅샅이 뒤진 결과, 진짜 시간 마탑이 모습을 드러내고 말았다.

바로 스코덴 강 상류의 협곡 안에 서 있던 낡은 탑이 바로 티메라는 사실이 알려진 것이다.

무수한 사람들이 몰려들었다.

서로 앞다투어 탑 안으로 들어갔다. 수백수천 명이 탑으로 들어섰지만, 밖으로는 단 한 명도 나오지 않았다.

신중한 사람들, 탐욕보다는 목숨을 아낄 줄 알았던 사람들 덕분에 그 이야기가 외부로 알려졌다.

오랫동안 셀 수도 없는 사람들을 삼켜 버린 그 탑은 갑자기 와르르 무너졌다. 드래곤이 파괴했다는 이야기도 있고, 실종자의 가족이 힘을 합쳐 시간의 마탑을 헐어 버렸다는 이야기도 나돌았다.

시간의 마탑은…… 들어가면 나오지 못하는 곳이었다.

만약 시간의 탑과 티메가 관련이 있다면, 저 거꾸로 박힌 쐐기에 들어서면…… 빠져나오지 못할지도 모른다.

김현은 겁이 나기는커녕 오히려 호기심만 커졌다. 전혀 다른 형태의 몬스터가 도사리고 있다면 아주 기쁜 마음으로 상대하여 짓밟아 버릴 생각이었다.

사라겐의 비월을 인벤토리에 집어넣은 김현은 시간의 탑 꼭대기에 섰다.

똑바로 서 있어야 정상인 탑은 외벽이 갈라지거나 일부 무너지며 한쪽으로 기운 상태였다. 시간의 탑이 재건된다면 꼿꼿이 서게 될 것이다.

입구는 석문이었다.

틈새를 보니, 크립테아도 이 문을 열고 내부로 들어간 모양이었다. 김현은 문에 손바닥을 대고 오행의 묘리를 끌어올렸다. 마찰음이 들리며 석문이 천천히 열렸다.

캄캄할 줄 알았던 내부는…… 의외로 밝았다. 벽과 천장 곳곳에 흐릿한 빛을 뿜어내는 야명석이 박혀 있었다. 대낮처럼 밝지는 않았기 때문에 김현은 횃불 같은 불꽃을 만들어 공중으로 띄웠다.

꽤 긴 복도를 천천히 걸었다.

언제 벽을 뚫고 몬스터가 기습할지 모른다. 심장이 쿵쿵 뛰었다. 온몸의 세포가 하나하나 깨어나는 느낌이었다. 무슨 일이 벌어질지 모르기 때문에 긴장감은 더 강렬해졌다.

시간 탑은 마그나타와는 구조적으로 달랐다. 마그나타가 갈림길의 연속이라면 시간 탑은 통로가 이리저리 구부러지거나 꺾였지만 기본적으로 하나의 길뿐이었다. 선택 따위는 필요하지 않았다.

한참을 걸었다.

공격은 없었다.

슬슬 흥분은 가라앉고 지루함이 고개를 쳐들었다.

그때, 저 앞으로 문이 보였다.

길은 독특한 문양이 새겨진 문 앞에서 끝났다. 문을 열고 안으로 들어가야 한다는 뜻이다.

김현은 멈춰 서서 문을 자세히 살폈다.

문장紋章 몇 개는 자신도 아는 것이었다. 중명 제국 특유의 문장, 룬트란 왕국과 레나르카 왕국의 문장도 한쪽에 새겨져 있었다.

혹시나 하는 마음에 《룬트란 왕국의 역사》 11권과 21권, 22권을 꺼내어 확인해 봤다.

불의 마탑 플라도르, 변신 마법으로 유명한 마탑 바트란, 물의 마탑 아쿠아 등 마탑의 상징도 여기저기 각인되어 있었다.

심지어 그레아트, 콘빅토르, 태천문 등 7대무문의 문장도 찾을 수 있었다.

구석에 적힌 문구도 발견했다.

드디어 티메 안으로 들어간다.

행운이 따라 주기를!

플로런의 마법서는 내 것이다.

김현은 깜짝 놀랐다.

이 시간의 탑이 바로…… 시간의 마탑 티메였다.

스코덴 강 상류에 있었던 티메가 왜 여기 크립테아로 옮겨졌는지 그 이유를 알 수는 없지만, 눈앞에 드러난 증거를 무시해선 안 된다.

그제야 김현은 이 무수한 문장들이 이 문 안으로 들어간 사람들, 대마법사 플로런의 힘을 갖기 위해 목숨을 건 사람들이 마지막으로 남긴 흔적이라는 사실을 깨달았다.

기분이 묘했다.

김현은 자신도 무언가를 남기기로 마음먹었다. 단순하게 '김현'이라는 이름을 귀퉁이에 새겼다.

"자, 가 볼까."

김현은 명검 퀘르를 손에 들고서 문을 열었다.

꽤 넓은 방이 보였다.

벽에는 거대한 태피스트리가 걸려 있었다. 벽에 거는 장식 직물인 태피스트리 중앙에 우뚝 솟은 시간 탑 주위로 사람들이 춤을 추고 있었다. 인간, 엘프, 드워프, 뱀파이어 등등 종족의 구분은 찾아보기 힘들었다.

이 방은…… 박물관 같았다.

명검 퀘르를 검집에 찔러 넣은 김현은 자세히 살피기 시작했다.

그 정교하게 짠 태피스트리도 예술 작품 같았고, 벽에 걸

려 있는 풍경화나 초상화도 볼수록 무언가 깊이가 느껴지는
게, 평범한 작품은 아닌 듯했다.

다비드상 같은 멋진 누드 석상도 꽤 많았다.

청동 재질의 조각상도 여기저기 흩어져 있었다.

화려한 색감에 비해 내용이 난해한 현대 스타일의 작품도
군데군데 섞여 있었다.

검이나 도끼, 창도 벽에 걸려 있었다. 마법사의 지팡이는
그 옆에 진열되어 있었다.

주위를 둘러본 김현은 이 커다란 방의 입구 맞은편에 또
다른 문이 있음을 알아차렸다. 암습에 대비하며 그 문으로
걸어가는데, 갑자기 바닥에서 빛이 흘러나왔다.

바닥 전체가…… 일종의 마법진이었다.

뒤로 물러서기도 전에 그 마법진이 작동했다. 마법진이 뿜
어낸 섬광이 그를 덮었다.

오래전에 죽었던 친구가 김현을 바라보고 있었다.

"……이기용?"

학교 옥상 난간에 서 있던 이기용이 슬픈 얼굴로 미소를
지었다.

김현은 이기용이 교복을 입고 있다는 사실을 알아차렸다.

자신 역시 마찬가지였다.

어떻게 된 걸까?

분명히 시간 탑 안에 있었는데.

이기용은 한 발을 허공으로 내디뎠다.

김현은 무슨 일이 벌어질지 잘 알았다. 이 순간을…… 수천 번, 수만 번 떠올리며…… 조금만 빨리 알아차렸다면…… 조금만 빨리 움직일 수 있었다면…… 친구는 죽지 않았을 거라고 수도 없이 후회했었다.

김현은 현섬을 펼쳤다.

단숨에 난간으로 올라선 김현은 손을 뻗어 추락하던 이기용의 손목을 꽉 움켜잡았다.

친구는…… 가벼웠다. 아마도 삶에 대한 모든 애착과 생각을 내려놓았기 때문일지도 모른다.

놀란 얼굴로 친구를 올려다보는 이기용의 눈가로 눈물이 흘러내렸다.

김현의 눈에도 눈물이 글썽거렸다.

오랫동안 자신이 아는 모든 신에게 기도했었다. 제발 그때로 돌아가게 해 달라고. 친구를 살릴 수 있게 해 달라고.

어떻게 된 일인지 모르겠지만, 그 기도가 이루어진 것이다.

김현은 이기용을 끌어 올렸다. 그리고 난간에서 내려왔다.

고개를 푹 숙인 채 어깨가 흔들리는 친구를 보자, 분노가 확 들끓었다.

싱크

친구를 데리고 교실로 내려갔다.

일단 책상을 들어 이기용을 괴롭혔던 패거리를 향해 던졌
다. 책상은 잡지를 읽던 백정현을 덮쳤다. 순식간에 교실이
조용해졌다. 아이들은 김현과 백정현 패거리를 번갈아 바라
볼 뿐 누구도 입을 열지 않았다.

"야, 이 시발아! 미쳤냐? 미쳤어?"

욕을 퍼붓는 녀석들을 보자, 김현은 웃음이 나왔다.

왜 그때는 놈들을 무서워했을까? 아무리 봐도 겁이 나서
짖어 대는 개새끼들인데.

김현은 이기용을 쳐다봤다.

"잘 봐."

한 걸음 앞으로 내딛자, 놈들이 몰려들었다.

김현은 결각보로 그 사이를 빠져나가 백정현 앞에 섰다. 4
년 후 각성으로 유니온에 들어가게 될 녀석은 그 몸놀림에
놀랐는지 뒤로 물러섰다.

그동안 백정현 패거리가 이기용을 어떻게 괴롭혔는지 떠
올랐다. 하나씩 그대로 돌려주면 얼마나 고통스러운지 이 녀
석들도 알게 될 것이다.

일단 손가락으로 콧등을 가볍게 때렸다.

퍽.

코뼈가 부러졌고, 피가 흘러내렸다.

"아, 미안. 일부러 그런 건 아니야. 이해하지? 이해해야

할 거야."

　주저앉은 백정현은 공포에 질린 눈으로 김현을 올려다보
았다. 그러다 일순간 눈빛이 바뀌었다. 김현 뒤쪽으로 달려
드는 부하들을 본 것이다.

　김현은 여전히 백정현을 응시하면서 한 손으로 놈들을 해
치웠다.

　벽으로 날아가 처박힌 새끼, 천장에 대가리를 쿵 박았다가
널브러진 새끼, 문을 뚫고 복도로 튕겨 나간 새끼 등 모두가
신음을 흘렸다.

　그 거짓말 같은 결과에 백정현은 눈만 껌벅거렸다.

　김현은 백정현의 멱살을 잡고 복도로, 계단으로, 옥상으로
이동했다.

　난간에 서서 백정현을 들어 올렸다. 아래를 내려다본 백정
현은…… 오줌을 쌌다. 바지가 사타구니에서부터 아래로 축
축하게 젖었다.

　"앞으론 나대지 마라."

　"어, 어, 어."

　백정현은 연신 고개를 끄덕였다.

　놈을 옥상에 버려두고 이기용과 함께 내려오자, 복도를 가
득 채웠던 아이들이 양쪽으로 갈라졌다. 김현을 보는 눈빛
자체가 달라졌다.

　그 순간, 김현은…… 별로 원하진 않았지만 중학교 1학년

의 짱이 되었음을 깨달았다.

항상 그렇듯이 선생님이 늦게 나타났다. 무슨 일인지 신경질적으로 물었지만 진심으로 알고 싶은 눈치는 아니었다. 그저 소동으로 문제가 생기지 않기를 바랄 뿐이었다.

새로운 세계가 열렸다.

김현은 일주일 동안 백정현 패거리를 괴롭혔다. 녀석들이 이기용을 따돌리고 괴롭혔던 방식 그대로 돌려주었다. 백정현은 쉬는 시간마다 매점으로 달렸다. 다른 녀석들에게도 왕따의 고통과 공포를 뼛속 깊이 새겨 주었다.

정확히 일주일 후, 김현은 몸에 맞지 않는 옷 같은 행동을 멈췄다.

누군가를 괴롭히는 것도 부지런해야 가능한 일이었다.

이제부터는 멋진 학교생활이 될 줄 알았는데, 의외의 일이 터졌다.

중학교 2학년 선배가 김현을 옥상으로 부른 것이다. 피할 생각은 없었다. 올라갔더니, 1학년 짱으로 인정할 테니 정기적으로 '상납'을 하라면서 까불어 댔다.

짜증이 나서 이야기를 다 듣기도 전에 밟아 버렸다. 천무삼권, 수라부월공 등 무공을 펼칠 필요도 없었다.

일진으로 불리는 2학년을 해치운 후, 3학년까지 불러내어 마무리를 했다. 학교의 짱이 된 것이다.

김현은 학교에서 왕따 같은 괴롭힘을 없앴다. 불만이 있으면 서로 당당하게 싸우는 자리를 마련해 줬다.

아이들은 김현이 또 다른 짱이 되어 돈을 뺏고 누군가를 괴롭힐 거라고 생각했다. 하지만 한 달이 넘도록 조용하게 자기 할 일만 하자 김현을 보는 눈빛이 달라졌다. 어쩌면 여전히 김현과 친했던 이기용 덕분일지도 모른다.

조금씩 김현에게 다가와 말을 거는 아이들이 늘어났다. 김현은 같이 노래방도 가고, PC방에서 게임도 즐겼다.

3학년 짱이었던 양근호가 찾아왔다.

"……○○학교 짱이 널 노리고 있어. 그러니까 조심해."

김현은 양근호에게 자세한 이야기를 부탁했다.

중학교 1학년이 짱을 먹었기 때문에, 인근 학교가 군침을 흘리고 있다는 내용이었다.

별로 신경 쓰고 싶지 않았다. 싸우기 좋아하는 놈들의 세계라 생각했다. 그러나 그 학교 놈들 때문에 피해를 보는 아이들이 늘어나자 생각이 달라졌다.

감히!

김현은 공터에서 21명을 쓰러뜨렸다. 직접 그 모습을 본 아이들의 입을 통해…… 김현은 전설이 되었다.

그다음 주, 또 다른 학교 일진과 맞붙었다. 결과는 마찬가지였다.

그런 식으로 1년이 못 되어 지역의 짱이 되었다.

중학교 3학년으로 올라갈 즈음, 멋진 외제 차를 탄 건달이 김현을 찾아왔다. 말로만 들었던 조직으로의 영입 제안을 받게 되었다.

김현은 최대한 점잖게 거절했다. 엄마를 걱정시키고 싶지 않아서였다.

고등학생이 된 후로는 공부에 매진했다. 안진후 덕에 기본을 익혔고, 무공 수련하듯 꾸준히 공부하니까 성적도 쑥쑥 올라가서 재미도 있었다.

그래도 간간이 싸웠다. 자신이 원해서가 아니라, 강하다고 알려진 사람의 운명 같은 것이었다. 김현을 꺾을 때 얻을 수 있는 명성에 이끌려 각 학교의 짱들이 찾아왔던 것이다.

김현은 열심히 공부한 끝에 이기용과 함께 서울대에 합격했다. 그 자신도 기뻤지만 환한 엄마의 얼굴을 보자 더 기분이 좋았다.

멋진 대학 생활 중에 여자 친구를 만났다.

방학 때 천무관을 찾아갔다. 김현의 실력에 다들 깜짝 놀란 눈치였다. 6개월도 못 되어 노관장의 제자가 되었고, 2년 후에는 계승자로 지목을 받았다.

졸업 후 바로 천무관으로 들어갔고, 몇 년 지나지 않아 결혼도 했다. 자신을 닮은 아이가 주는 감동이 얼마나 큰지도 알게 되었다. 아이의 성장은…… 그 자체가 마법이었다.

김현은 아버지와도 화해했다. 여전히 서먹서먹했지만 손자, 손녀는 그 존재만으로도 아버지를 무장해제 시킬 수 있었다.

행복한 나날이었다.

그럼에도…… 새벽 일찍 일어나 습관처럼 천부선공을 수련할 때면, 가슴이 텅 빈 듯한 느낌을 받는다. 이제는 흐릿해진 기억의 단편만 떠오른다.

분명히 시간의 탑에 있었는데.

혹시 그 방의 바닥에 있던 마법진이…… 시간을 왜곡해 과거로 보내 주는 마법진이었을까?

기분이 이상했다. 중요한 무언가를 놓친 느낌이랄까.

아주 긴 꿈을 꾸는 것만 같았다.

절대로 깨고 싶지 않은 꿈.

"……절대로?"

김현은 번개를 맞은 것처럼 몸을 부르르 떨었다.

시간의 마탑에 들어갔던 사람들 중 왜 한 명도 나오지 못했을까?

그 질문에 대한 답을 찾아냈다.

각자가 원하는 삶, 꿈꾸던 삶이 기적처럼 이루어졌다. 문제 하나 없는 꿈같은 삶……에 푹 빠져 절대로 깨고 싶지 않았던 것이다.

완벽한 삶을 버려야 시궁창 같은 현실로 돌아갈 수 있다. 현실에서 그토록 노력하는 이유는 바로 이런 삶을 살기 위해서가 아닌가?

지금 충분히 행복했다.

김현은 혹시나 하는 마음에 **뺨**을 철썩 때렸다. 눈물이 날 만큼 아팠다.

'그래, 꿈이라니…… 말도 안 돼.'

갑자기 아들 윤우와 딸 예은이 보고 싶었다.

김현은 아들 방으로 들어갔다. 이불 사이로 삐져나온 다리에 웃음이 나왔다. 이불을 제대로 덮어 주고 딸 방으로 들어섰는데, 어찌나 얌전하게 자고 있는지 숲속의 공주님 같았다.

그래, 꿈이라도 좋다.

이곳에서…… 벗어나고 싶지 않았다. 이 삶을 포기할 생각은 조금도 없었다.

언제까지고 계속될 것 같던 행복은…… 하루아침에 끝장나고 말았다.

예은이의 유치원 학예회에 참석했던 날, 유난히 가슴 언저리가 답답했다. 정밀 검사라도 받아야 하나 하면서 의자에 앉았는데 한껏 예쁘게 꾸미고 나와 무대 위에서 춤을 추며 노래하는 예은이를 보자…… 김현은 통증마저 잊을 수 있었다.

하지만 발표회가 끝날 무렵, 참을 수 없을 만큼 가슴이 아팠다. 가슴 안쪽에 숯불이 들어앉은 것만 같았다.

생수를 벌컥벌컥 마셔도 소용이 없었다.

화장실에서 세수를 한 후에야 무슨 일이 벌어지는지 깨달았다.

자카리안의 구슬.

거기에 쌓인 열기가…… 폭발하려는 것이다!

주위를 살핀 김현은 공간 이동술로 이동했다. 이제까지 잠잠해서 그 존재조차 몰랐던 자카리안의 구슬이 왜 하필 지금…… 폭발하려는 것일까?

서울을 벗어난 순간, 구슬이 폭발했다.

김현은 숲이 우거진 야산에 처박혔다.

김현은 눈을 떴다.

모자이크 형태의 천장이 보였다.

살짝 고개를 틀자…… 그 태피스트리가 시야에 들어왔다. 그 옆 벽에는 풍경화가 걸려 있었다.

눈물이 차올랐다.

자신의 삶은…… 박살이 났다.

그건…… 꿈이었다.

아들 윤우와 딸 예은도…… 꿈이었다.

그 행복한 나날은 가짜였다.

김현 역시 과거 시간의 마탑에 들어섰다가 영영 사라졌던 사람들처럼…… 꿈에 빠져 끝장날 뻔했다. 자카리안의 구슬이 폭발하지 않았다면, 그 충격으로 이 기이한 마법이 깨지지 않았다면…… 결과는 같았을 것이다.

하지만 조금도 기쁘지 않았다.

꿈이었다고 해도, 거짓이라고 해도, 열심히 살았던 하루하루는 진짜였다.

몸을 일으킨 김현은 타각으로 바닥에 설치된 마법진을 부수고 벽을 향해 주먹을 휘둘렀다. 두 번 다시 가짜로 사람을 현혹할 수 없도록 만들기 위해서였다.

"……이런."

쩍쩍 갈라진 바닥, 푹 들어간 벽은 놀라운 속도로 회복되었다.

한 번 더 난동을 부려도 마찬가지였다.

한숨을 내쉰 김현은 인벤토리에서 가죽옷을 꺼내어 입었다. 입었던 옷은 자카리안의 구슬이 토해 낸 열기에 타 버린 지 오래였다.

다행히 비디타스에게 빌렸던 드래곤 아머는 한쪽에 떨어져 있었다. 천리적경을 비롯한 다른 아이템도 대부분 멀쩡했다.

천천히 아이템을 착용한 김현은 한숨을 내쉬며 방을 가로질러 출구 앞에 섰다.

문을 열었다.

그 너머엔 복도가 이어져 있었다.

김현은 성큼성큼 걸어서 복도로 나갔다.

옷자란 풀 사이로 언덕 아래에 펼쳐진 거대한 군대가 한눈에 들어왔다.

윤태희는 쌍안경으로 자세히 살폈다.

10만을 훌쩍 뛰어넘는 군대는 거대한 마법진을 만드는 중인데, 그 많은 병사들이 일사불란하게 움직이자 마법진은 눈에 띄게 형태를 갖추어 가기 시작했다.

"옵니다."

옆에서 스노빈이 속삭였다.

윤태희는 풀숲 속으로 고개를 숙였다.

상공 20미터 높이로 날개 달린 크립테아 병사들이 휙 지나갔다. 비마대라 불리는 부대로…… 일종의 공군이었다. 몸을 돌린 윤태희는 쌍안경으로 비마대를 확인했다. 들은 이야기처럼 벌레나 새처럼 저마다 다른 날개를 가지고 있었다.

쌍안경을 옆에 내려놓은 윤태희는 수첩을 꺼내어 본 것과 머릿속으로 떠오른 것을 휘갈겨 썼다.

시선이 느껴졌다.

현자 스노빈이 윤태희를 보고 있었다.

"기록하지 않으면 잊어버리니까요."

윤태희가 뎁스 파이브 또는 만계라 불리는 이곳으로 온 이유는 단 하나, 호기심 때문이었다.

세계는 어떤 식으로 존재하는지, 차원은 어떻게 연결되어 있는지, 왜 지구와 페플이 가상현실이라는 기괴한 방식으로 이어졌는지 알고 싶어서였다.

갑자기 함성이 들렸다.

"와아!"

동왕군 전체가 고함을 내질렀다. 가끔 저런 식으로 소리를 높여 사기를 끌어올리는 게 크립테아 전통이었다.

그 부분에 대한 생각을 적는데, 수첩의 마지막 장까지 채워졌다.

윤태희는 다 써 버린 수첩을 가방에 넣고 새 수첩을 꺼냈다.

이곳으로 넘어와서 쓴 수첩만 벌써 일곱 권이었고, 써 버린 볼펜만 열 자루가 넘었다. 윤태희는 저널리스트 특유의 끈질긴 친화력을 발휘하여 사람들을 인터뷰했고, 그 내용을 수첩에 빼곡히 담았다.

대학사 요프람은 자원의 보고였다. 무엇이든 질문을 던지면 답이 흘러나온다. 방대할 뿐 아니라 깊이까지 갖춰 아무리 들어도 질리지 않았다.

윤태희는 요프람에게 들은 지식을 뼈대로 삼아 나머지 사람들을 만났다.

마법사 레반은 수다쟁이라서 아주 쉬웠다. 레반 역시 이계에 대해 궁금한 게 많았던 것이다.

드워프 테룽은 무뚝뚝했지만 속은 순수해서 초반만 약간 어려웠을 뿐이다.

　정령술사 세르프는…… 까다로웠다. 그래도 어렵다고 볼 수는 없었다.

　진짜로 힘든 사람은 과묵한 뱀파이어 트로얀, 달궈진 쇠붙이만 두드리는 천야장 그리고…… 끝판왕 비디타스였다. 특히 비디타스는 근처에 가기도 힘들었다.

　페플 사람들에 대해서 풍부한 이야깃거리를 모으긴 했지만, 지구로 돌아갔을 때 과연 글로 써낼 수 있을지는 미지수였다. 아니, 쓴다고 해도 사람들에게 아무런 영향을 주지 못한다면 전혀 의미가 없을 터였다.

　특정 사실을 잊게 만드는 세계의 의지.

　누구도 그 강력한 힘에 대해서는 아는 바가 없었다.

　김현을 통해 슬쩍 비디타스에게 물어봤다. 돌아온 대답은 가관이었다.

　-인간은 원래 잘 잊지. 멍청하니까.

　드래곤의 눈에는…… 그렇게 보일 법도 했다.

　"시작합니다."

　스노빈의 목소리였다.

　윤태희는 스노빈을 쳐다봤다.

트로얀이 고개를 끄덕였다.

스노빈은 풀숲 사이에 똑바로 누웠다. 얼굴이 창백해진 느낌이 드는 순간, 윤태희는 섬뜩한 느낌을 받았다. 보이지는 않지만…… 앞에 있는 기이한 존재가 느껴진 것이다.

'이게 에톨롬인가?'

에톨롬은 콘센치오 5단계에 속하는 스킬로, 정신을 망량의 형태로 뽑아내는 능력이었다.

이제 스노빈은 망량처럼 동왕군 내부로 잠입하여 무슨 일이 벌어지는지 확인할 것이다.

윤태희는 쌍안경으로 한 번 더 동왕군을 살폈다. 어마어마한 규모였는데, 저런 군대가…… 셋이나 더 있다는 사실은 상상하기도 싫었다.

사실, 크립테아와 싸워서 반드시 이겨야 한다는 열망은 그리 크지 않았다. 중동 어딘가에서 전쟁이 일어나 치열한 전투가 벌어진다는 뉴스를 들을 때처럼 무덤덤했다.

전쟁은 참혹한 일이지만, 직접적인 당사자가 아닌 이상…… 자기 일처럼 생각하진 않는다.

김현이 적극적으로 나섰기 때문에 그 녀석을 돕기 위해 움직이고 있을 뿐이었다.

스노빈이 돌아왔다. 주둔지의 구성은 물론 건설되는 마법진의 구체적 형태까지 확인한 모양인지 얼굴이 밝았다.

"갑시다."

트로얀이 몸을 일으켰다.

임무를 완수한 정찰대는 살금살금 물러나 동왕군을 뒤로
하고 달리기 시작했다.

김현은 두 번째 방 앞에 서 있었다.

그 문에도 문장이나 이름이 새겨져 있었는데, 몇 명 되지
않았다. 시간의 마탑 티메에 도전했던 대다수 사람들이 첫
번째 방, 너무나 행복한 삶에 푹 빠져…… 영영 헤어나지 못
했던 것이다.

선뜻 방으로 들어설 수 없었다. 첫 번째 방, 첫 번째 함정
에서 벗어난 건 순전히 자카리안의 구슬 덕분이었다.

김현은 이제 깨달았다.

여기 시간의 탑에 몬스터는 존재하지 않는다. 그 어떤 몬
스터보다 무서운 함정이 설치되어 있을 뿐이다.

시간의 탑에서 벗어나고 싶었다.

당장 도망치고 싶었다.

하지만 김현은 꿋꿋하게 서 있었고, 손을 뻗어 문을 열어
젖혔다.

문틈으로 검은 안개 같은 것이 맹렬하게 뿜어져 나와 김현
을 덮쳤다.

물러섰다가 내부로 뛰어든 김현은 시꺼먼 골렘을 발견했다. 즉시 명검 퀘르를 뽑으며 현섬으로 이동했다. 놈의 어깨에 선 그는 목에 퀘르를 푹 박았다.

커다란 손이 김현을 노리고 다가왔다.

김현은 퀘르의 자루를 꽉 움켜쥔 채 반대쪽 어깨로 뛰었다. 깊이 박혔던 퀘르는 골렘의 목을 신나게 찢었다.

시꺼먼 액체가 목에서 가슴으로, 그 아래로 쏟아졌다.

김현은 놈의 관자놀이에도 퀘르를 박았다. 겨드랑이와 옆구리에도 검이 깊이 박혔다.

1분도 못 되어 어둠의 골렘은 만신창이가 되었고 뒤로 쿵소리를 내며 쓰러졌다.

퀘르를 검집에 꽂은 김현은 고개를 갸웃거렸다.

던전도 1층보다는 2층이 더 힘들다. 2층에 출몰하는 몬스터가 훨씬 강하다.

두 번째 방…… 이게 전부일까?

첫 번째 방에는 치명적인 함정이 설치되어 있었는데 왜 두 번째 방에는 이런 골렘만 있을까? 물론 상당히 강하긴 해도, 어딘지 모르게 부족한 느낌이랄까.

의문이 들었지만, 이런 고민에 시간 낭비할 수는 없었다.

두 번째 방을 통과하자 또 복도가 나왔다. 한참을 걸었더니 세 번째 방이 모습을 드러냈다.

망설이다가 들어선 세 번째 방은…… 김현이 페플로 넘어와서 싸웠던 온갖 종류의 몬스터로 가득 차 있었다.

김현은 퀘르 대신 사라겐의 비월을 꺼냈다. 1분 40초라는 시간제한이 걸려 있는 퀘르로는 장시간 전투를 치를 수 없다.

죽이고 또 죽였다.

몸이 피로 흠뻑 젖었다.

발 디딜 곳이 없도록 몬스터를 쓰러뜨렸다.

지친 김현은 비틀거리며 세 번째 방을 통과했다.

넓은 공간이 나왔다.

그 중앙에 시간석이 놓여 있었다.

김현은 안도하며 그 앞으로 다가갔다.

안진후의 말이 옳았다. 외부의 충격으로, 시간석이 원래 있어야 하는 위치에서 벗어나 있었다.

자신이 할 일은 시간석을 원래 자리로 돌려놓는 것이었다. 그렇게만 하면, 나머지는 마그나타를 장악한 안진후가 맡을 것이다.

"휴우."

늦지 않았기를 바라며, 김현은 영롱한 시간석을 들어 올려 우묵한 곳에 끼웠다.

웅웅웅.

시간석은 즉시 반응했다.

다시 한 번 시간석을 확인한 김현은 시간 탑을 빠져나갔다. 벨레스카르는 담배를 한 대 피우고 있었고, 그 발 근처에는 주술사와 병사들이 쓰러져 있었다.

둘은 마그나타로 돌아갔다. 거기서 안진후, 만스크와 만나서 데알렘으로, 관문으로 그리고 베크렘으로 올라갔다.

텅 빈 도시 중앙에…… 흐릿한 커튼이 드리워져 있었다. 시간의 장벽이 돌아온 것이다.

그 장벽을 통과해 지상으로 올라갔다.

윤태희를 통해서 어떤 일이 벌어졌는지 알 수 있었다.

갑자기 하늘이 새까맣게 변한 순간, 크립테아 군대가 광기에 휩싸여 서로를 죽이더니…… 서서히 몸이 무너지며 소멸했다는 이야기였다.

수십만에 이르는 군대가 전멸한 것이다.

김현은 엘루마로 이동했다.

레기루트 산맥의 봉우리 하나가 폭발하여 용암이 흘러내렸지만, 엘루마는 을씨년스러운 분위기 외에는…… 평소와 다를 바 없었다.

빛의 도시는 안전했다.

이제 피난을 떠났던 사람들도 엘루마로 돌아올 것이다.

며칠 쉬며 동료와 기쁨을 나눴던 김현은 벨레스카르와 함께 엘루마를 떠났다. 망각의 문제를 해결하기 위해서였다.

몇 가지 퀘스트를 수행한 끝에 천도에 올라갈 수 있었다. 천형, 즉 천도의 도주가 내리는 망각의 벌에 대해 알 수 있다면, 천형을 되돌릴 방법을 확인한다면, 집으로 돌아갔을 때

아들을 알아보고 반기는 엄마를 만날 수 있을 것이다.

일은 제대로 풀리지 않았다.

도주는 김현을 오해하여 감옥에 가두었다. 벨레스카르는 공개적으로 처형당했다. 김현은 탈옥했다. 그 과정에서 끈질기게 앞을 가로막던 천족이 죽는 사고가 발생했는데, 그 때문에 천도와는 적이 되고 말았다.

그 충돌은 일파만파 커졌다.

천도의 명령을 받고 천족 몇 명이 김현을 잡으려고 땅으로 내려온 것이다.

그들은 김현 대신 섬바디 길드 사람들을 잡았고, 사사형 가쿨라와 육사형 콜마, 그리고 정령술사 세르프가 죽었다. 체리는 왼팔을, 트로얀은 오른손을 잃고 말았다.

비디타스가 나섰다. 크립테아 일로 천도에 불만이 많았던 드래곤은 천족을 사로잡았다.

그 때문에 드래곤과 천족 사이에 크고 작은 충돌이 빈번하게 일어났다.

후대에 '용천 전쟁'으로 기록된 어마어마한 대전쟁이 시작된 것이다.

용천 전쟁은 몬스터대전만큼이나 극심한 피해를 입혔다. 사람들은 천족과 드래곤이 하늘에서 격렬하게 싸울 때마다 바위틈이나 동굴로 피한 채 벌벌 떨어야 했다.

균형이 깨져 재앙이 여기저기서 터졌다.

지진으로 마을이 파묻혔고, 갑작스러운 해일로 도시가 물에 잠겼다. 몇 년째 가뭄이 들어 굶어 죽는 사람들이 속출했으며, 살기 위해 빼앗는 범죄가 기승을 부렸다. 급기야 하늘처럼 땅에서도 전쟁이 일어났다.

한동안 잠잠했던 무마 전쟁, 또는 마무 전쟁이 본격적으로 재개되었다. 중명 제국과 레나르카 왕국이 국운을 걸고 싸우자, 그 사이에 있던 룬트란도 전쟁에 휘말리지 않을 수 없었다. 라모넬린 공국, 서율 등 주위 국가까지 뛰어들어 전쟁의 규모는 더 커졌다.

사람들은 너무나 쉽게 죽었다.

섬바디 길드 멤버도 마찬가지였다.

김현은 페플로 들어와 알게 된 사람들이 하나둘 죽거나 사라졌다는 사실이 믿기지 않았다. 그들을 안전하게 보호할 힘이 자신에겐 없었다. 천족과 드래곤의 싸움을 말릴 수도, 지상의 대전쟁을 막을 방법도 없었다.

김현은 시체로 뒤덮인 들판에 혼자 서 있었다. 엘루마를 공격한 중명 제국의 군대를 단신으로 전멸시켰지만, 전혀 기쁘지 않았다.

수천 마리의 까마귀와 독수리가 시체 위를 즐겁게 돌아다니며 만찬을 즐기고 있었다.

후회가 찾아왔다.

그때, 그 시간의 탑에서…… 첫 번째 방에 있던 그 함정……

거기에서 빠져나오지 않았다면…… 결과가 달라졌을까?

멀리서 화살이 쌩 날아왔다.

김현은 피할 수 있었지만 피하지 않았다.

화살이 목에 푹 박혔다.

몸에서 피가 빠져나오자 고통은 조금씩 줄어들었다. 몽롱한 기분으로 잠드는 느낌이었다.

흠칫 놀란 김현은 눈을 의심했다.

그 문이었다!

두 번째 문!

들판도…… 거기 가득한 시체도…… 까마귀도 없었다.

그제야 김현은 두 번째 함정이 무엇인지 깨달았다. 자신이 겪었던 것들…… 천도에서의 탈옥과 용천 전쟁까지도 모두 두 번째 방의 함정이었던 것이다.

허탈해서 웃음이 터졌다.

이 시간의 탑은…… 정말이지 상상을 초월했다.

그 길고 끔찍한 경험에 비해 시간은 얼마 흐르지 않은 느낌이었다.

어떻게 해야 두 번째 방을 통과할 수 있을까?

한숨을 내쉰 김현은 문을 열었다. 부딪쳐 봐야 방법을 찾을 수 있을 것이다.

"헉헉⋯⋯."

김현은 거칠게 숨을 토해 냈다.

눈앞에서⋯⋯ 엄마가 돌아가셨다. 그것도 자신 때문에.

용천 전쟁은 막을 수 있었지만 유니온의 기습은 피하지 못했고, 김현 역시 목숨을 잃었다.

김현은 다시 두 번째 문 앞에 서 있었다.

벌써 다섯 번이나 문으로 들어가 기괴하면서도 끔찍한 꿈을 꾸었다. 특정한 선택이 가져오는 결과를 알기 때문에 매번 좀 더 현명한 결정을 했지만⋯⋯ 그로 인해 벌어진 현실은 감당하기 힘들 만큼 비참했다.

두 번째 들어갔을 때는⋯⋯ 분노에 사로잡힌 안진후의 뿌리가 김현의 가슴을 꿰뚫었다.

세 번째에는 당대의 드래곤 로드 테아도프에게 죽었다.

네 번째는⋯⋯ 생각하기도 싫었다. 마탑 칼리고크의 타워 마스터 블라크에게 사로잡혀 너무나 긴 시간 동안 실험체로 살다가 목숨을 잃은 것이다.

김현은 문을 노려보았다.

차라리 몬스터였다면⋯⋯ 드래곤만큼 강하다고 해도 어떻

게든 틈을 찾아내어 공략할 텐데.

　문이 김현에게 '결코 통과할 수 없으니, 돌아가라.'라고 말을 하는 듯했다.

　이를 악문 김현은 다시 문으로 들어섰다.

다음 권으로 이어집니다

중결 신무협 장편소설

일평

본격 실존 무협!
숨겨져 있던 진짜 영웅이 온다!

명뼤 말, 무적함대로 대해의 해적들을 휩쓴 **칠해비룡**!
철마류로 천하를 경동시킨 그의 실체가 드러난다!

지각한 부하들 빡 세게 굴리기
과부가 된 상관의 딸 보쌈해서 구해 내기
수많은 무인을 벤 흉적 생포
흉악한 간응의 마수로부터 복건 무림 구하기

고강한 무공과 원대한 꿍꿍이(?)를 감추고
평범한 척 살아가던 일평
소박하게, 되는대로 살던 그의 삶이
새해를 맞아 모험으로 뒤덮이는데……

사소하고, 괴상하고, 거창한 문제들
무엇이든 상관없다. **일평**이 나서면!